HEYNE<

ZORAN DRVENKAR
STILL

THRILLER

WILHELM HEYNE VERLAG
MÜNCHEN

Dieses Buch wurde auf Wunsch des Autors in der alten deutschen
Rechtschreibung gesetzt.

Der Verlag weist ausdrücklich darauf hin, daß im Text enthaltene externe Links
vom Verlag nur bis zum Zeitpunkt der Buchveröffentlichung eingesehen werden
konnten. Auf spätere Veränderungen hat der Verlag keinerlei Einfluss.
Eine Haftung des Verlags ist daher ausgeschlossen.

Verlagsgruppe Random House FSC® N001967

Vollständige Taschenbuchausgabe 04/2016
Copyright © 2014 by Zoran Drvenkar
Copyright © 2014 by Eder & Bach GmbH, Berlin
Copyright © 2016 dieser Ausgabe
by Wilhelm Heyne Verlag, München,
in der Verlagsgruppe Random House GmbH,
Neumarkter Str. 28, 81673 München
Printed in Germany
Umschlaggestaltung: Nele Schütz Design, München,
nach der Originalgestaltung von © wunderlandt.com,
unter Verwendung mehrerer Motive von shutterstock.com
Druck und Bindung: GGP Media GmbH, Pößneck
ISBN: 978-3-453-41934-6

www.heyne.de

für Mika & für jeden,
der in die Dunkelheit eintaucht,
um sich das Herz der Bestie zu holen

SIE

SIE

Sie steigen aus dem Eis wie hungrige Geister, die einen Wirtskörper suchen. Ihre Haut dampft und ihr Haar gefriert innerhalb von Sekunden. Die Genitalien sind geschrumpft, die Brustwarzen hart. Sie lachen, stoßen sich an und stapfen durch den Schnee, als würden sie einem unsichtbaren Pfad folgen. Bevor sie die Hütte betreten, reibt jeder von ihnen über die Einkerbungen, die auf Augenhöhe in den Türrahmen eingeritzt sind. Es ist eines von vielen Ritualen, es soll Glück bringen. Keiner von ihnen vertraut auf das Glück, dennoch tut es gut, dieses Ritual zu haben. Es verbindet sie miteinander wie ein Knoten, der nur einmal alle hundert Jahre gelöst wird.

Als sie die Hütte wieder verlassen, hat sich das Eisloch geschlossen, und nur ihre Fußabdrücke im Schnee erinnern daran, daß sie aus dem See gestiegen sind. Jetzt tragen sie Stiefel und Mäntel, jetzt ist ihnen warm. Sie setzen sich in den Wagen und fahren ohne Licht los. Die Dunkelheit ist angebrochen, und der Mond schaut zwischen den Wolken hervor, als würde er sie im Auge behalten wollen. Erst nachdem sie die Straße erreicht haben, schalten sie die Scheinwerfer ein, und das Licht reißt eine Bresche in die Nacht. Es ist windstill, aber die Stille täuscht, in den nächsten Stunden soll es stürmen. Sie schweigen und schauen in die Dunkelheit, und die Dunkelheit weicht ihren Blicken aus und schaut nicht zurück.

Das Haus unterscheidet sich kaum von den anderen Häusern. Zwei Stockwerke, ein Vorgarten, drei Tannen und eine Schaukel mit einem Schneemann davor. Es liegt in einer schmalen Einbahnstraße im Herzen von Lankwitz. Hier gibt man sich noch der Illusion hin, nicht zu Berlin zu gehören. Die Fahrbahn ist unberührt, und auf dem Bürgersteig sind keine Fußspuren zu sehen.

Sie parken den Wagen und betrachten die Häuserreihe. Das Blinken der Weihnachtsbeleuchtung färbt die Fassaden in einen regelmäßigen Takt, als hätte die Straße ihren ganz eigenen Herzschlag. Der Schneefall ist jetzt dicht. Sie warten und lassen den Motor laufen, sie sitzen reglos im Wagen, und der Rhythmus der blinkenden Lichter wird zu einem Rhythmus der Ruhe.

Ihr Blick kehrt immer wieder zu dem einen Haus zurück.

Eine Stunde vergeht, dann steigen sie aus.

DU

DU

Sie holen dich in der Nacht, drei Tage später lebst du nicht mehr.

So schnell kann das gehen.

Es ist kurz nach sieben und ein Winterabend, wie du ihn dir nur wünschen kannst – seit gestern sind Weihnachtsferien und vor einer Stunde hat es wieder angefangen zu schneien. Der Schneefall liegt über der Stadt wie eine Decke, die sich bei jeder Windböe hebt und senkt und dir zu winken scheint. Es ist Weihnachtsstimmung pur. Am Fensterglas ranken sich die ersten Eisblumen, und über deinem Bett hängt eine Lampe in der Form eines roten Papiersterns. Sie verwandelt dein Zimmer in eine warme, schummrige Höhle, der die Kälte nichts kann.

Wäre da nicht der Fernseher an deinem Bettende, würdest du die ganze Nacht am Fenster stehen und rausschauen. Es ist zwar noch früh, dennoch trägst du schon deinen Schlafanzug und liegst neben deinem kleinen Bruder. Eigentlich hat er nichts in deinem Zimmer verloren und erst recht nichts in deinem Bett. Er sollte bei einem Freund übernachten, aber der Freund ist krank geworden. Also haben dir deine Eltern zwanzig Euro versprochen, damit du dich den Abend über um ihn kümmerst. Und so teilt ihr euch eine Schale Popcorn, und du erträgst sein Gequassel, wie man im Sommer die

Mücken erträgt. Du bist müde, denn ihr schaut schon den zweiten Film, aber um keinen Preis würdest du auch nur eine Minute versäumen wollen. Eure Eltern haben euch den Fernseher nach dem Abendbrot hochgetragen und gesagt, sie bräuchten heute Zeit für sich. Es ist ihr Hochzeitstag, und gleich werden sie in die Oper gehen und später in dem kleinen Restaurant essen, in dem sie sich kennengelernt haben.

Du hörst ihre Stimmen aus dem Erdgeschoß – das Lachen deiner Mutter, den Bass deines Vaters, und immer wieder ihr Flüstern, als würden sie ein Geheimnis teilen.

Es geht deiner Familie gut, und das Leben könnte nicht besser sein, wenn du nur nicht so müde wärst. Dein Bruder dagegen ist hellwach. Seine Füße bewegen sich unter der Bettdecke, als wollte er jeden Moment lossprinten. Er stopft sich Popcorn in den Mund und kommentiert den Film mit Sprüchen, die alle mit »Ach, du Kacke« anfangen. Er ist sechs Jahre alt, und du hast es längst aufgegeben, ihn zum Schweigen zu bringen.

Als eure Eltern hochrufen, daß sie jetzt gehen würden, schreckst du zusammen.

Das Innere deines Mundes fühlt sich pelzig an, und dein Kopf ist schwer, einen Moment lang bist du weggenickt. Eure Eltern rufen, daß sie jetzt gehen, daß sie in drei Stunden wieder da sind, und daß ihr spätestens um halb elf im Bett sein sollt. Bevor du ihnen antworten kannst, schnappt die Haustür zu, dann ist kein Laut mehr von unten zu hören. Dein Bruder stellt fest, er würde auf jeden Fall bis Mitternacht und noch später wach bleiben. Du gähnst, von dir aus kann er bis um fünf Uhr früh Polka tanzen, falls er überhaupt weiß, was Polka ist.

– Von mir aus kannst du Polka tanzen, sagst du.

– Ausgerechnet Polka, sagt er.

Deine Augen fallen wie von allein zu.

Das Lachen deines Bruders weckt dich wieder auf.

Du weißt nicht, wieviel Zeit vergangen ist. Auf dem Boden der Schale liegen nur noch ein paar Maiskörner, und die Cola in deinem Glas ist lauwarm. Dein Bruder hat nicht einmal mitbekommen, daß du geschlafen hast. Er zeigt auf den Fernseher und stellt fest, der Film wäre ganz schön albern. Du willst ihm gerade sagen, er solle mal in den Spiegel schauen, dann würde er sehen, was wirklich albern ist, als es dunkel wird im Haus. Stockdunkel und still. Du kannst den Schnee hören, der mit einem Knistern an das Fensterglas geweht wird. Dein kleiner Bruder sitzt so reglos neben dir, daß du nicht weißt, ob er noch im Zimmer ist. Kein Atemzug, nichts. Du lauschst, und nach einer gefühlten Ewigkeit hörst du ihn sagen:

– Was jetzt?

Du wartest, daß der Stern wieder angeht und der Fernseher erwacht, aber nichts geschieht. Nur der gelbliche Schein der Straßenlaterne beleuchtet einen Teil der Zimmerdecke, und die Schatten der Schneeflocken wandern wie träge Insekten durch dieses Licht.

– Gleich wird es wieder hell, flüsterst du, aber es klingt nicht überzeugend.

Dein Bruder drückt sich an dich.

– Mach was, sagt er.

Du versuchst die Lampe neben deinem Bett einzuschalten, sie bleibt aus. Deine Fingerspitzen sind klebrig vom Popcorn. Du wischst die Hand an der Bettdecke sauber, obwohl du weißt, daß deine Mutter deswegen meckern wird. Ihr habt euch in letzter Zeit wegen den winzigsten Kleinigkeiten gestritten. Du bist dreizehn Jahre alt und lebst deine erste Rebellion, es ist ein wunderbares Gefühl der Macht, bewußt Nein zu sagen.

– Lucia?

– Was denn?

– Mach mal was.

Du wünschst dir, deine Eltern wären noch da. Bestimmt würden sie dann mit Kerzen zu euch hochkommen, wie letztes Jahr, als ein heftiger Sturm über Berlin hereinbrach und der Strom für Stunden ausfiel. Dein Bruder hatte alles verschlafen, du aber weißt noch ganz genau, wie es sich angefühlt hat, zwischen den Eltern zu liegen und dem Wind zu lauschen, der zornig an den Fensterläden rüttelte, während dein Vater im Kerzenschein aus einem Buch vorlas und deine Mutter dir über das Haar strich, als wäre der Sturm aus deinem Kopf entflohen und sie müßte nur deine Gedanken besänftigen, dann würde auch das Unwetter sich beruhigen. Das war im Sommer, jetzt ist Winter, und du wünschst dir, deine Eltern wären noch im Haus.

Kaum hast du das gedacht, hörst du Schritte auf der Treppe. Es knarrt, und dein Bruder sagt was, aber du achtest nicht auf ihn, denn du konzentrierst dich auf dieses Knarren.

Einmal, zweimal.

Pause.

Ein drittes Mal.

Du weißt, woher das Knarren kommt. Es ist die achte Stufe von unten. Sie ist lose, seitdem eurer Mutter beim Putzen der Staubsauger runtergefallen ist. Euer Vater will die Stufe seit Monaten reparieren, und niemand tritt mehr drauf, weil das Knarren so fies ist, daß selbst dein kleiner Bruder sich das gemerkt hat.

Es knarrt ein viertes Mal.

Wer ist das? denkst du, als die Tür zu deinem Zimmer aufschwingt.

Sechs Jahre später sitzt du auf einem Stuhl und dein Bruder und deine Eltern sind nicht mehr. Ihre Namen, ihre Worte, ihre Gedanken. Die Erinnerung an sie befindet sich in einem verschlossenen

Zimmer, von dem niemand weiß, daß es existiert. Deine Erinnerung ruht dort und auch du ruhst. Ohne Bewußtsein, ohne Gedanken. Du kannst dieses Zimmer nicht betreten, denn du bist in dir selbst gefangen. Dein Bewußtsein ist ein zerbombtes Dorf, aus dem alle Bewohner geflohen sind. Alle außer dir. Du sitzt in den Ruinen und bist geduldig. Deine rechte Hand liegt auf deinem rechten Knie, die Handfläche zeigt nach oben und wartet, daß jemand kommt und den Schlüssel hineinlegt, der das Zimmer deiner Erinnerung öffnet.

Und wann immer jemand deine Hand schließt, kommen dir die Tränen.

Und wann immer Schnee fällt, stirbst du ein bißchen mehr.

Du bist eine Tote, die atmet. Du bist eine Tote, die wartet.

Genau das hast du gesagt, als sie dich fanden.

– Ich bin tot.

– Nein, widersprachen sie dir, Du bist gerettet.

Als du das hörtest, hast du dir gedacht: *Nur ein Lebender kann sowas sagen, die Toten wissen es besser.* Seitdem sitzt du geduldig am Fenster, Tag für Tag, mit der offenen Hand auf dem Knie und hoffst und wartest, daß jemand den Schlüssel findet und zu dir bringt. Jemand wie ich.

ICH

ICH

1

Ich will nichts Falsches sagen. Ich habe mein drittes Bier vor mir stehen und will auf keinen Fall was Falsches sagen. Die Jukebox wiederholt *Eye of the Tiger* zum achten Mal an diesem Abend, der Dartautomat dudelt seine Melodie, das Licht ist gedimmt. Ich starre auf die Theke. Die Worte in meinem Kopf sind poliert wie Flußkiesel, die vom Wasser glattgerieben wurden. Keine Kanten, keine Ecken. Ich sortiere sie immer wieder neu und suche nach der richtigen Ordnung. Die Worte müssen mir ins Blut übergehen. Ich muß ein Teil des Flusses sein.

Der Mann links von mir murmelt, daß nichts mehr so ist, wie es einmal war, seitdem keiner mehr rauchen darf, wann er will, wo er will, und sind wir denn hier in der DDR oder was? Er wiederholt sich wie einer von diesen mechanischen Papageien, die auf dem Volksfest die Besucher anlocken sollen. Die Leute ignorieren ihn, der Barkeeper wischt über die Theke, ich sehe auf.

Sie sind zu zweit an einem der Tische. Sie sitzen im Halbdunkel und reden, wie Männer gerne reden – mit beiden Händen ums Glas, ohne sich anzusehen, versunken im Bierschaum oder in der Maserung des Tisches und manchmal auch im Raum, als wäre da ein unsichtbarer Zuhörer. Einer der Männer fängt meinen Blick auf, ich nicke ihm zu und hebe mein Glas. Er nickt zurück, läßt sein Glas aber stehen.

Der Anfang ist gemacht.

Ich zahle und gehe.

Zu Hause stelle ich mich unter die Dusche und warte, daß die Kälte weicht. Das Bad ist eine Nebellandschaft, meine Haut steht in Flammen, die Fingerspitzen sind aufgequollen. Nach zehn Minuten gebe ich auf. Die Kälte sitzt so tief in meinen Knochen, daß ich frierend aus der Dusche steige. Nichts hilft.

Die nächsten Stunden verbringe ich im Internet, bis meine Beine unruhig sind und ich saure Übelkeit auf der Zunge schmecken kann. Ich will die Augen nicht verschließen. Ich will sehen, was es zu sehen gibt. Nach sechzehn Downloads kann ich nicht mehr. Es ist keine gute Zeit für mich. Ich balanciere auf einem schmalen Grat entlang, dabei weiß ich es besser. Es gibt Regeln. Wir sollten immer jemanden an unserer Seite haben, der uns vor dem Absturz bewahrt. Immer. Meine Frau fehlt mir. Sie ist bitter, sie ist wütend. Ich kann mich nicht gut erklären. Sie nennt mich krank, sie nennt mich pervers und hat mir mit der Polizei gedroht. Ich konnte sie nur ansehen. Ich bin nicht der, der ich sein wollte. Ich wurde zu dem, der ich bin, weil der Wind sich gedreht hat, weil ein Stern verlöscht ist oder irgendwo in Afrika ein Blatt vom Baum fiel. Ich weiß, es wird nicht ewig so weitergehen. Ich arbeite daran.

Meine größte Sorge ist im Moment, daß man mich so kurz vor meinem Ziel ausfindig machen könnte. Auch wenn alle sagen, daß das Usenet sicher ist, gibt es keine Garantien. Nichts im Internet ist sicher. Vielleicht bin ich paranoid, vielleicht reichen die neu installierten Programme völlig aus. Ich weiß es nicht, ich weiß nur, es ist das Risiko wert. Jeden Tag aufs Neue.

Das Notebook fährt mit einem Seufzer herunter, ich klappe es zu und gehe schlafen.

2

Der Pub befindet sich in Friedenau und wirkt sehr stilvoll. Er ist keine von diesen Kneipen mit Spitzengardinen und Stammtisch. Sie haben Guinness und Murphy's vom Faß, und zu jedem Bier gibt es eine kleine Schale mit Chips oder Erdnüssen. Zu Weihnachten befanden sich Lebkuchenherzen in den Schalen, und den ersten Glühwein gab es umsonst. Obwohl der Pub schon ab zwei geöffnet hat, kommen die Gäste erst zum späten Nachmittag. Anfangs habe ich jeden dritten Tag vorbeigeschaut, jetzt lasse ich kaum einen Abend aus. Ich trinke, werfe Geld in die Jukebox, trinke mehr. Ich werde gesehen, denn ich lasse mich sehen, und spricht mich jemand an, antworte ich, ansonsten bin ich für mich allein.

Die Barkeeper wechseln sich die Woche über ab. Gunter. Ivan. Ferris. Jeder von ihnen hat seine Art, seinen Humor, sein eigenes Publikum. Ich beobachte, an welchen Tagen welche Gäste in den Pub kommen. Studenten, Vereinsleute, Junggesellen, Pärchen, Dartspieler, Säufer. Die, die sich langweilen, die sich einsam fühlen, und dann die, die so sehr mit der Umgebung verschmelzen, daß man mehrmals hinschauen muß, um sie zu bemerken. Leute wie ich. Leute, die an dem

Tisch in der Ecke sitzen. Ich weiß, wer sie sind. Ich bin bereit für sie. Und was auch passiert, ich darf nichts Falsches sagen. Keine Ecken, keine Kanten.

Am nächsten Abend hebt einer der Männer sein Glas und prostet mir zu. Auch der andere sieht mich an. Geduldig. Ich nicke nicht. Ich lächle nicht. Ich halte seinem Blick stand. Das habe ich vor dem Spiegel geübt, bis mir schwindelig wurde und ich Tränen in den Augen hatte. Der Blickkontakt bricht ab, weil der eine Mann was zum anderen Mann sagt. Als ich erneut aufsehe, winken sie mich zu sich.

Heute sind sie zu zweit, manchmal sind sie zu dritt, aber ich weiß, daß sie erst zu viert komplett sind. Ich kenne ihre Namen. Seit einem Jahr studiere ich diese Männer wie einen Splitter, der sich mir unter die Haut gebohrt hat – ich spüre ihn, sehe ihn aber nicht. Seit zwei Monaten besuche ich diesen Pub regelmäßig. Ich darf es nicht vermasseln. Sie müssen mich verstehen. Das ist die ganze Wahrheit: ich lechze nach ihrem Verständnis.

Hagen ist groß und schlank. Er hat das Gesicht einer Statue und lockiges blondes Haar, das ihm bis auf die Schultern fällt. Seine Hände sind groß und sehen aus, als wären sie unter eine Walze gekommen, die Finger sind erschreckend dünn, die Nägel flach und lang. Er sagt, das kommt vom Rudern. Wenn er vom Tisch aufsteht und zur Toilette geht, drehen sich die Frauen nach ihm um. Er erinnert an einen dieser Engel aus alten Gemälden, der gegen das Böse ankämpft und nie unterliegt. Seine Wangen sind immer leicht gerötet, als würde er sich für seine Gedanken schämen. Vor vier Jahren hat er das Studium abgebrochen, nachdem ihm sein Vater ein gutgehendes Antiquariat im Herzen von Charlottenburg vererbt hat. Hagen ist seit dem Frühjahr ein fester Teil der Gruppe und mit Ende zwanzig der Jüngste von ihnen.

– Hagen von Rhys, sagt er und reicht mir die Hand, sein Lächeln ist warm, der Griff schwielig und sicher.

– Mika, sage ich.

– Mika wer? fragt der andere Mann.

Er heißt Achim und er ist das Gegenteil von Hagen – niemand dreht sich nach ihm um, niemand würde ihn für einen Engel halten. Achim hat die Statur eines Rammbocks und bleckt gerne die Zähne. Es ist seine ganz eigene Form der Einschüchterung. Ich zucke ein wenig zurück, er ist zufrieden mit meiner Reaktion. Achim verkauft Solar- und Satellitenanlagen, seine Frau ist Steuerberaterin und Mutter von zwei Jungen. Sie war dabei, als Achim vor acht Jahren ein Hund angefallen hat. Die Narbe ist von vorne nicht zu sehen, sie beginnt am rechten Ohr, geht um den Kopf herum, wo sie am Nakken endet. Früher trug Achim sein Haar halblang, jetzt rasiert er sich den Schädel, damit jeder sehen kann, daß mit ihm nicht zu spaßen ist. Er sagt: »Ich habe den Köter überlebt, ich überlebe alles.« Seine Frau war auch mit dabei, als Achim den Hund danach erwürgt hat. Niemand erstattete Anzeige. Der Köter war ein Streuner und hatte es verdient zu sterben. Es scheint, als wäre das Wesen des Hundes auf Achim übergegangen. Sein Gesicht ähnelt einer müden Bulldogge. Die Schatten unter seinen Augen liegen tief und schimmern lila. Ich weiß, daß er ein Schlafproblem hat.

– Mika Stellar, sage ich und reiche ihm die Hand.

– Achim, sagt er, und ich frage nicht, wie er weiter heißt. Ich habe mir Regeln zurechtgelegt. Regeln der Bescheidenheit. Sein voller Name ist Achim Brockhaus. Mein Name ist nicht Mika Stellar.

– Setz dich doch, sagt Achim.

Die Kellnerin kommt, Hagen fragt, was meine Sünde sei. Ich werde rot, schaue auf die Tischplatte und sage Wodka Lemon. Hagen bestellt drei Wodka Lemon. Ich schaue wieder auf, sie sehen mich fragend an. Ich weiß, was sie wissen wollen.

– Ihr werdet es nie erraten, sage ich.

Sie warten.

– Lehrer, sage ich.

Hagen stößt einen Pfiff aus. Achim schlägt mir auf die Schulter.

– Scheiße, ein Lehrer! ruft er.

Es ist ein guter Anfang.

Nichts weiter geschieht an diesem Abend. Wir trinken, wir lernen uns kennen und tauschen Geschichten, Abenteuer, Vorlieben aus. Ich erfahre kaum etwas Neues. Die Oberfläche ist dünn, aber sie bricht nicht. Die Chemie zwischen uns stimmt. Mit Hagen gibt es überhaupt keine Probleme. Achim wird erst mit der Zeit privat und läßt die Deckung nur zögerlich sinken. Sie spüren meine Einsamkeit, auch sie haben mich über die letzten zwei Monate hinweg beobachtet, wie ich da am Tresen saß und für mich war. Ich bin gut vorbereitet.

Die folgenden Abende verlaufen ähnlich. Wir reden, trinken, reden. Am fünften Abend kommt der dritte Mann gegen Mitternacht dazu. Er ist gebaut wie ein Grizzly und mit einem Jahr Unterschied zu Achim der Älteste in der Gruppe – silbergraues Haar, das immer zu einem Zopf geflochten ist, und eine Brustbehaarung, die aus dem Hemdkragen emporwächst. Plötzlich steht er in seiner Lederkluft am Tisch, sieht auf mich herab und stellt fest:

– Das ist also der Neue.

Ich komme ungeschickt auf die Beine und stoße gegen den Tisch, Bier schwappt aus den Gläsern, ich schwanke und es sieht aus, als ob ich nach zwei Wodka Lemon schon angeschlagen wäre. Die Männer lachen, ich strecke die Hand aus.

– Der ist Lehrer, sagt Achim, Die sind alle ein wenig wacklig.

– Mika, sage ich.

Seine Hand schließt sich fest um meine. Ein richtiger Kumpelgriff. Dann dreht er meine Hand, so daß sich unsere Handballen treffen, zwei Hände werden zu einer Faust. Es fehlt nur noch, daß er mich umarmt.

– Edmont, sagt er und zieht mich zu sich ran, so daß ich fast über den Tisch falle, Und weißt du was?

– Was?

– Ich hasse Lehrer.

Ich mache große Augen, Edmont ahmt mich nach und läßt die Sekunden verstreichen, dann löst er den Moment auf und lacht mir ins Gesicht, so daß ich sein Abendessen riechen kann – Hähnchen, Pommes, Mayonnaise. Achim und Hagen lachen mit ihm. Ich tue, als wäre der Witz eben erst bei mir angekommen. Und lache. Und lache.

Ich kehre gegen ein Uhr morgens nach Hause zurück. Plötzlich geht es so schnell. Hagen. Achim. Edmont. Ich habe das Gefühl ich könnte die ganze Nacht laufen, so rastlos bin ich. Der Wetterbericht hat einen Kälteeinbruch für das Wochenende angekündigt, die Luft ist frostig, und ich schmecke den Winter bei jedem Atemzug. Eisig und bitter wie eine Frucht, die nicht gegessen werden sollte. Ich fürchte mich vor dem Schnee. Er wird meine Erlösung sein, aber dennoch fürchte ich mich vor ihm.

Als ich das Haus betrete, gebe ich mir Mühe, leise zu sein, und laufe nur in Socken durch die Zimmer. Ich kann jetzt nicht schlafen, also starte ich den Computer, aber das Internet ermüdet bloß die

Augen, der Verstand bleibt ruhelos und will gehört werden. Ich wünschte, ich wäre wieder im Pub. Ich wünschte, ich könnte sie sofort wiedersehen.

Hagen. Achim. Edmont.

Wir sind fast komplett.

Ich setze mich vor den Fernseher. Als es draußen hell wird, ziehe ich mich an und mache mich bereit für die Arbeit. Ich bin Lehrer und muß Geld verdienen, denn ich habe ein Leben.

3

Der Mittwochabend beginnt mit einem Kurzschluß. Draußen tobt
ein Sturm, die Scheiben sind vereist. Plötzlich ist es finstere Nacht
im Pub. Die Gespräche verstummen, irgendwo klirren Gläser aneinander, dann ist nur noch der Verkehr auf der Rheinstraße deutlich
zu hören. Ein Bus rumpelt vorbei und gibt ein Schnaufen von sich.
Jemand ruft, ob denn die Welt untergegangen sei oder was. Sie lachen und verlangen nach Freibier. Feuerzeuge werden in die Luft
gehalten, einer stimmt *Freiheit* von Westernhagen an, und alle singen
mit. Mittendrin geht das Licht wieder an. Der Gesang verstummt,
keiner sagt was, die Gäste runzeln die Stirn und sehen sich um, dann
brechen sie in lauten Jubel aus, als hätten sie einen Bombenangriff
überlebt. Die Jukebox erwacht wieder zum Leben und nach einer
Minute ist es so, als wäre nichts geschehen.

Vor mir steht eine Schale mit Erdnüssen und ein Wodka Lemon. Das
Glas schwitzt auf die Tischplatte. Es ist Mitte Februar und die Hei-
zungen laufen auf Hochtouren. Hagen sitzt mir gegenüber und wei-
gert sich, seine Wollmütze abzunehmen. Seine Locken schauen unter
den Rändern hervor, und er erinnert mich an einen Fischer, der eben

sein Schiff verlassen hat. Achim und Edmont sind mir so nahe, daß sich unsere Schultern berühren. Achim sitzt links von mir, er hat bisher kein Wort gesagt. Sein kahler Kopf glänzt, als hätte er ihn eben erst rasiert. Rechts von mir rieche ich Edmonts Kleidung. Sein Hemd ist aus Hirschleder, und ich muß es anfassen, weil er meint, sowas Weiches hätte ich bestimmt noch nie berührt.

– Wie Babyhaut, erklärt er mir.

Edmont ist einer von diesen Kumpels, die einen immer anstoßen. Derb, laut und nah. Er klackt mit seinem Glas gegen Achims Glas.

– Ohne dich wäre ich nicht hier.

– Laß mal stecken, sagt Achim und grinst plötzlich.

Achim und Edmont sind Mitte der 80er Jahre direkt nach dem Abitur von Bonn nach Berlin gezogen, um dem Wehrdienst zu entgehen. Sie sind seit ihrer Kindheit beste Freunde und sagen, sie haben die Flucht gemeinsam geplant. Bonn hat sie seitdem nicht wiedergesehen. Achim schloß sein Studium als Elektroingenieur ab, zwei Jahre später leitete er seine eigene Firma und verlegte sich Anfang der 90er auf die Installation von Satellitenschüsseln. Edmont dagegen hat zehn Jahre lang Oldtimer aufgemotzt, jetzt betreibt er mit seiner Frau eine Fahrschule in Frohnau. Lemke & Lenkrad. Er fährt das ganze Jahr über Motorrad und trägt einen offenen Helm. Dementsprechend ist sein Gesicht windgegerbt, und die Männer nennen ihn spaßeshalber *Leatherface*. Edmont hat ein winziges Hörgerät, ohne das er auf dem rechten Ohr taub wäre. »Irgendeine Kinderkrankheit«, hat er mir erklärt, aber ich weiß es besser. Als er sieben war, schlug ihn sein Stiefvater krankenhausreif. Edmont spricht nie über seine Kindheit. Er spricht viel über seine Urlaube. Die letzten drei Wochen war er mit seiner Frau in Tunesien. Sie verreisen zweimal im Jahr. Es muß immer exotisch sein, denn exotisch ist anders und spannend. Jetzt ist er braungebrannt und

31

froh, wieder in Deutschland zu sein. Er sorgt für die Balance in der Gruppe, er wäre gerne der Anführer, der Anführer ist noch nicht da.

– Irgendwas von Franco gehört? fragt Hagen.

Achim und Edmont schütteln den Kopf.

– Ich ruf ihn mal an.

Hagen fischt sein Handy heraus. Achim legt ihm die Hand auf den Arm.

– Franco kommt schon.

– Aber---

– Alter, laß es sein, okay?

Achim grinst, seine Zähne sind unglaublich weiß, Hagen steckt das Handy weg, sein Gesicht ist rot angelaufen, er nimmt die Wollmütze ab und fährt sich durch die Haare. Es ist an der Zeit, daß ich neugierig bin.

– Wer ist Franco?

Edmont lacht, und wenn Edmont lacht, ist am Tisch alles wieder gut. Hagen ist der schüchterne Witzbold, Achim der Brüter und Franco ihr Anführer. Edmont hat sich wieder gefangen, er wischt sich eine Träne aus dem Auge und legt dann die Hände zusammen, als würde er ein Gebet in den Himmel schicken. Mit tiefernster Stimme sagt er:

– Du fragst, wer Franco ist? Ich sage dir, wer Franco ist. Franco ist Gott.

Achim spuckt vor Lachen sein Bier über den Tisch. Hagen schmeißt Edmont ein paar Erdnüsse an den Kopf. Edmont grinst. Ich schaue überrascht.

– Gott! spielt Hagen das Echo und weitet dabei seine blauen Engelsaugen, Jeder muß einen Gott haben, unser Gott ist Franco, verstehst du?

Ich verstehe. Wir lachen zusammen.

4

Einen Abend später betritt Gott den Pub und sieht sich um. Sein
voller Name ist Franco Abramo Pardi, und er arbeitet für das Radio.
Als er acht war, verließen seine Eltern Italien und kamen nach
Deutschland, wo sie im Zentrum von Stuttgart eine Pizzeria eröffne-
ten. Franco hielt nie viel von dem Familienbetrieb, er hatte nur ein
Ziel, und das war, so schnell wie möglich aus Stuttgart verschwinden.
Wenn Achim eine Bulldogge ist, dann ist Franco ein Windhund.
Elegant, schlank, edel. Er trägt nur italienische Markenklamotten,
und seine Schuhe werden in Turin handgemacht. Ein Seidenschal
verbirgt eine Narbe, die ein Strick vor dreißig Jahren hinterlassen hat.
Im Polizeibericht steht, zwei Türken hätten Franco vor dem Restaurant seiner Eltern aufgelauert. In dem Polizeibericht steht nicht, was
Franco den zwei Türken danach angetan hat. Damals war er siebzehn, es war auch das Jahr, in dem er Stuttgart verließ. Franco trinkt
als einziger von uns Rotwein.

– Du mußt Mika sein.

Er reicht mir die Hand. Seine Finger sind eisig von der Kälte, aber
sein Griff ist warm und sicher. Achim nickt mir zu, als hätte ich eine
Prüfung bestanden. Franco setzt sich. Er sieht nicht aus wie acht-

undvierzig, ich hätte ihn gute zehn Jahre jünger geschätzt. Edmont
kehrt von den Toiletten zurück und riecht nach Zigarettenrauch. Seit
Jahren versucht er, mit dem Rauchen aufzuhören. Wir tun, als hätte
er es geschafft. Edmont freut sich, Franco wiederzusehen.

– Na, Meister, alles klar?

– Alles klar, Edmont. Wo ist Hagen?

– Er kommt gleich.

Edmont wedelt mit der Hand, ich soll rüberrutschen. Ich rutsche
rüber, er setzt sich neben mich auf die Bank, legt seinen Arm um
meine Schulter und zeigt mit dem Kinn auf Franco.

– Siehst du den?

Ich nicke.

– Das ist Gott.

Franco lächelt zufrieden. Edmont spricht weiter.

– Wenn du nachts im Bett liegst und nicht mehr weiterweißt, dann
machst du das Radio an und suchst ein wenig nach dem richtigen
Sender, und wenn du Glück hast, hörst du, wie Gott zu dir spricht.

– Aber nur, wenn du Glück hast, sagt Gott.

– Ich werde es versuchen, verspreche ich.

Gegen Mitternacht kommt Hagen dazu, und wir sind das erste Mal
komplett. Die Zeit des Wartens ist vorbei. Sie sind alle in der Stadt
und werden die nächsten Wochen in der Stadt bleiben. Wir sind fünf
Männer um einem Tisch, die ihre Gläser heben.

– Auf unseren Neuen!

Sie mögen mich. Ich bin schüchtern und dennoch neugierig, ich
zeige Respekt und kann zuhören. Achim und Edmont reden von ihrer Studienzeit, Franco hat nie studiert, und Hagen wünscht sich
manchmal, er würde es noch immer tun. Achim reibt sich über den
geschorenen Kopf und stellt fest, daß ihm die langen Haare manch-

mal fehlen würden. Edmont will in diesem Winter unbedingt in eine Schwitzhütte und »mal so richtig die Sau rauslassen«. Achim sagt, für sowas wäre er zu alt. Franco fragt mich, was ich von Neapel halte. Er besitzt dort zwei Hotels, klein aber chic. Er liebt sein Heimatland und weiß überhaupt nicht, was er im arschkalten Deutschland verloren hat. Hagen spricht von seinem Ruderverein, von der vietnamesischen Küche und den vielen Serien, die er aus dem Fernsehen aufnimmt, um dann die Werbung rauszuschneiden. Hagen kauft keine DVDs.

– Ich bin ja kein Idiot, erklärt er mir.

Sie reden gerne durcheinander, aber sie hören, was der andere sagt. Es ist ein guter Rhythmus, es gibt keinen unangenehmen Moment des Schweigens. Der Schlagabtausch ist entspannt, denn sie sind zufrieden mit sich, und es gibt viel zu erzählen.

Achim hält sich als einziger zurück. Wenn Ratschläge gefragt sind, hat er immer ein paar parat, ansonsten ist er wie ein Reserverad, das gepflegt wird, weil man ja nie weiß, ob man es braucht. Er beobachtet. Ich habe das Gefühl, daß ihm nichts entgeht. Vor Achim muß ich mich in Acht nehmen, jede Bewegung und jedes Wort muß stimmen. Achim und Franco haben als einzige Familie und bereuen es nicht. Edmont wird nächstes Jahr fünfzig und denkt nicht daran, sich ein Kind ans Bein zu binden. Hagen ist single und will es auch bleiben.

Der Abend endet vor dem Pub. Wir schließen Jacken und Mäntel und ziehen die Schultern hoch. Die eisige Luft sticht in den Lungen. Franco drückt mir zum Abschied die Hand und sagt, es hätte ihn sehr gefreut mich kennenzulernen. Edmont steigt auf sein Motorrad und setzt den Helm auf. Er will nicht, daß wir Motorrad sagen. Es ist eine Yamaha XVS 1100 Drag Star. Cruiser ist das richtige Wort. Edmont tätschelt den Tank, als wäre er der Maschine dankbar, daß sie auf ihn gewartet hat. Dann streift er sich die Handschuhe über und fährt vom Bordstein. Der Zopf ragt wie ein Stück Tau unter dem Helm hervor und hängt gerade auf seinen Rücken. Achim schaut auf seine Uhr und überquert die Straße, ohne sich von uns zu verabschieden. Hagen winkt ein Taxi heran. Ich sage, ich habe nicht weit zu laufen. Hagen und Franco steigen ein. Als das Taxi außer Sichtweite ist, hocke ich mich zwischen zwei geparkte Autos und erbreche den Abend. Ich bin zu nervös, meine eigenen Worte machen mir Angst, ich darf verdammt nochmal nichts Falsches sagen.

Ich fürchte mich vor mir selbst.

5

– Mensch, wir haben uns ja seit Ewigkeiten nicht gesehen!

Er ist mein Urologe. Ich brauche keinen Termin, ich kann zu ihm kommen, wann ich will, er zieht mich immer den anderen Patienten vor. Wir plaudern eine Viertelstunde, dann fragt er, was mich zu ihm führen würde. Er kennt mein Leben nicht mehr. Wir haben zusammen studiert, ehe er zu den Medizinern wechselte. Vor drei Jahren haben wir uns das letzte Mal gesehen. Kein Mann geht aus Spaß zum Urologen.

– Ich brauche Hilfe, sage ich.

Er schüttelt bedauernd den Kopf, als ich ihm von der Trennung erzähle. Er hat meine Frau nur einmal gesehen, wir aßen nach einem Theaterbesuch im selben Restaurant. Sie war ihm sympathisch. Also erzähle ich ihm von dem Umzug. Wie schwer es ist, sich auf die neue Umgebung einzustellen, wie unterschiedlich sich Häuser anfühlen, und betone dabei, daß ich schlecht schlafe. Er nickt und fragt, wie meine Tochter die Trennung verkraftet. Ich hebe die Schultern. Langsam. Wie jemand, der sich zu entspannen versucht.

– Wie soll ein Kind es schon verkraften, wenn die Mutter ihre Sachen packt und verschwindet?

Ich lasse die rhetorische Frage einen Moment in der Luft hängen.

– Es geht ihr gut, füge ich hinzu.

Meine Stimme ist kontrolliert, ich habe geübt und weiß, wie was klingen muß. Ich bin jemand, der sich erklärt.

– Außerdem habe ich eine andere Frau kennengelernt. Sie …

Ich schaue auf meine Hände.

– Nun, sie ist jünger und eine Kollegin an meiner Schule. Das war, nachdem mich meine Frau verlassen hat und---

– Es ist in Ordnung, unterbricht mich mein Urologe verständnisvoll, Du mußt ja auch an dich denken. Was sagt deine Tochter zu der neuen Freundin?

– Sie hat sie noch nicht getroffen.

Wir schweigen. Ich muß auf den Punkt kommen.

– Ich brauche Hilfe, sage ich halblaut, Da unten, da … passiert nichts mehr.

Mein Urologe stellt mir ein Rezept für Viagra aus. Er sagt, so eine Reaktion wäre völlig normal nach einer Trennung. Besonders wenn man verlassen wurde. Ich solle mir keine Sorgen machen. Er fragt, wieviel Tabletten ich haben will. Ich sage sechs. Er erklärt mir Viagra. Ohne daß ich nachfragen muß, verschreibt er mir auch ein Schlafmittel. An der Tür hält er meine Hand länger als üblich, während er mir einen letzten Ratschlag gibt.

– Du solltest bald mit deiner Tochter reden.

Er hat ihren Namen vergessen. Es ist in Ordnung. Er ist nur mein Urologe, und ich habe, was ich wollte.

6

Ein Mensch kann sich nur für eine bestimmte Zeit vor dem Leben verstecken. Ein Mensch kann hungern und dürsten, ein Mensch kann verdrängen und neu anfangen, er wird aber nie die Erinnerung daran verlieren, wie es ist, ein Mensch zu sein. Ich erinnere mich sehr gut, auch wenn ich mich jeden Tag mehr und mehr vom Menschsein entferne.

Das Zimmer meiner Tochter befindet sich im ersten Stockwerk am Ende des Flurs. Das Licht leuchtet am Abend beruhigend unter der Tür hervor. Wir haben ihr die Lampe geschenkt, als sie mit fünf Jahren Angst vor der Dunkelheit hatte. Es ist eine Jugendstillampe mit einem sich drehendem Papierschirm. Auf dem Schirm sind Papageien abgebildet, die zwischen Baumwipfeln fliegen. Das Licht verwandelt ihr Zimmer in einen magischen Ort, der voller Abenteuer ist. Ich betrete es nicht mehr. Das letzte Mal war ich voller Wut und habe ein Loch in die Wand geschlagen. Ich lerne dazu, ich reiße mich zusammen.

Ihr Name hängt in bunten Buchstaben an der Tür. Das eine S verrutscht immer wieder, ich rücke es gerade und hoffe, daß meine

Tochter merkt, daß ich das für sie tue. Wir haben es schwer miteinander. Ich gehe ihr, so gut ich kann, aus dem Weg, wie man jemandem aus dem Weg geht, der einen daran erinnert, wer man einst gewesen ist. Manchmal lege ich die Hand auf ihre Türklinke, weiter komme ich nicht. Oder ich decke den Tisch für uns beide. Dann gibt es Tage, da liegt ihr Name wie ein schweres Gewicht auf meiner Zunge, und kein Ton kommt heraus. An solchen Tagen denke ich nur an meine Tochter, ich denke nie an meine Frau, die ihr neues Zuhause auf der anderen Seite der Stadt gefunden hat. Sie sagt, mein Leben wäre eine Lüge, sie erträgt mich nicht mehr.

Oft stelle ich mir vor, was meine Frau für ein Gesicht machen würde, wenn sie die zwei Teller auf dem Tisch sehen würde. Gläser. Besteck. Servietten. Manchmal eine Kerze. Ich kann ein guter Vater sein, ich kann einen Tisch decken und es anständig aussehen lassen. Ich tue es nicht für meine Frau, denn ich suche nicht mehr ihre Zustimmung, ich tue es für unsere Tochter und die Normalität im Leben. Unseres Lebens.

An besonders guten Tagen hinterlasse ich meiner Tochter einen Zettel mit einer Nachricht, aber kaum kehre ich von der Arbeit zurück, zerknülle ich das Papier hastig, ohne einen weiteren Blick darauf zu werfen. Sie soll es nicht lesen, sie soll es lesen. Ich weiß nicht, was ich will. So werden aus besonders guten Tagen besonders schlechte Tage.

7

Edmont sitzt mir gegenüber und sein Hemd ist zwei Knöpfe weit geöffnet. Um den Hals trägt er ein Lederband mit einem indianische Symbol als Anhänger. Er sagt, den Talisman hätte er von einem Schamanen geschenkt bekommen. Niemand dürfte ihn anfassen, sonst ginge die Kraft verloren.

– Da steckt eine Power dahinter, das kannst du dir nicht vorstellen.

Es ist Samstag und die Straßen sind vereist. Wir sind die ersten am Tisch. Sonntags lasse ich mich nicht blicken. Zwischendurch setze ich immer wieder einen Tag aus, damit kein Rhythmus erkennbar ist. Ich will nicht berechenbar sein. Ich bin ein Mann mit Hintergrund und Geschichte. Ein Mann, den seine Frau verlassen hat, und das Leben geht weiter.

Edmont trinkt Kaffee. Ein Abend im Pub muß für ihn genau so beginnen – Kaffee mit Milch, zwei Kekse und Bruce Springsteen. Die Uhrzeit ist ihm dabei egal. Edmont rührt Zucker in seinen Kaffee und klopft den Löffel sorgfältig am Rand der Tasse ab, ehe er sagt, er würde jetzt mal ehrlich sein.

Ich nicke, es freut mich, daß Edmont jetzt mal ehrlich sein will.

Er nippt von seinem Kaffee und verzieht das Gesicht, als wäre es selbstgebrannter Schnaps. Danach legt er die Hände um die Tasse und schaut mich mit einem Lächeln an. Er sagt, daß er mich mag, er sagt, daß mich die Jungs mögen, aber er sieht da ein Problem. .

– Irgendwas stimmt nicht mit dir, Mika, und ich wüßte gerne, was da nicht stimmt.

Er hat es auf den Punkt gebracht. Beinahe schon poetisch. Ich bin ihm dankbar. Abend für Abend sende ich Furcht aus. Ich bin eine Leuchtboje auf dem Meer.

Seht mich, hier bin ich.

– Ich weiß nicht, was ich sagen soll, sage ich.

– Denk gut nach.

Er streicht mit dem Zeigefinger über den Rand der Kaffeetasse.

– Denk sehr gut darüber nach. Und wenn wir dann alle hier sitzen, dann …

Ich kann deutlich die drei Punkte am Ende seines Satzes hören. Edmont ist hier, um für die Balance zu sorgen. Springsteen singt: *Everybody's got a hunger, a hunger they can't resist.* Ich nicke. Ich verspreche ihm, sehr gut nachzudenken. Er klopft mir auf die Schulter und sagt, die nächste Runde gehe auf mich.

Drei Stunden später, und der Abend nimmt seinen üblichen Lauf. Samstag bedeutet volle Tische und viel Lärm. Eine neue Kellnerin sorgt für gute Laune, und die Männer machen ihr Augen, als wäre sie die Verführung in Person. Die Frauen spüren die Spannung und trinken mehr. Edmont und Achim spielen Dart. Franco konnte mit ihnen nicht mithalten und hat geschworen, daß Gottes Rache grausam sein würde. Jetzt sitzt er wieder an unserem Tisch und läßt sich darüber aus, wie albern Dartspielen ist. Hagen bestellt eine Runde Bier und einen Rotwein. Während wir warten, erzählt Franco von seiner Idee, einen neuen Radiosender ins Leben zu rufen.

– Ausschließlich Musik aus den 70ern. Soul, Pop und nochmal Soul. Kein Gelaber, keine Nachrichten, nur ein einziger Werbeblock jede Stunde, denn davon kommt die Kohle. Macht doch Sinn, oder?

Ich gebe ihm Recht, das macht Sinn. Hagen erklärt, daß er sich nur für klassische Musik interessieren würde. Ich weiß, daß er drei Jahre auf dem Hamburger Konservatorium war, ehe er das Antiquariat übernahm. Er spielt noch immer Geige. Franco schnaubt, er findet, Klassik wäre was für frigide Frauen, die auf frigide Männer stehen. Hagen fühlt sich nicht beleidigt, es gibt kaum etwas, was ihm nahegeht. Rod Stewart gibt einen Schrei von sich. *Hot Legs* setzt ein, und Franco stellt anerkennend fest, daß wohl jemand in diesem verdammten Pub Geschmack hat, denn das wäre genau die Musik, von der er die ganze Zeit über sprechen würde. Ich nicke mal wieder zustimmend, denn ich weiß, daß Franco die Jukebox vorhin selbst gefüttert hat. An manchen Tagen ist Gott sehr durchschaubar.

Als Achim und Edmont das Bier an sich vorbeiziehen sehen, geben sie das Dartboard frei und setzen sich zu uns an den Tisch. Die Narbe in Achims Nacken steht weiß hervor, Edmont dagegen wirkt sehr entspannt, er hat das Spiel gewonnen, verliert aber kein Wort darüber. Wir stoßen an. Es ist nach Mitternacht, der Pub schließt um zwei, die Stimmung könnte nicht besser sein. Mir bleiben noch gute eineinhalb Stunden. Ich wünschte, es wäre ein Jahr.

– Ich muß euch etwas erzählen, sage ich mitten in eine Diskussion über die Gaspreise hinein und bin überrascht, daß sie mir sofort zuhören. Ich atme tief durch und mit dem Durchatmen setzen sich die Flußkiesel in meinem Kopf langsam und träge in Bewegung, als hätte ich sie aus einem tiefen Schlaf geweckt. Erst einer, dann zwei. Das Wasser reißt sie mit. Keine Kanten, keine Ecken mehr, nur das Schaben von Stein auf Stein, als sie sich lösen. Seit einem Jahr arbeite ich auf diesen Moment hin. Ich habe mir Zeit gelassen. Der Winter hat sich jetzt erst auf die Stadt gestürzt, es hätte mir nichts genützt, diese Männer vorher kennenzulernen, denn das hier ist ihre Zeit.

Der Schweiß steht mir auf der Stirn, mein Mund ist trocken. Ich trinke meinen Wodka Lemon und die Eiswürfel schlagen mir schmerzhaft gegen die Vorderzähne. Ich sehe zwar Sympathie, begreife aber gleichzeitig, daß ich nach all unseren gemeinsamen Abenden noch immer nicht zu ihnen gehöre, trotzdem mögen sie mich und das ist ein gutes Zeichen. Ich bin dankbar und sage es ihnen.

– Ich wollte mich bedanken. Wie ihr mich die letzten Wochen aufgenommen habt, ihr …

Ich verstumme, mir fehlen die Worte, wir Männer und unsere verhaltenen Emotionen. Ich wische mir über den Mund. Genug ist genug. Ich mache weiter.

– Es ist mir peinlich, aber ich will, daß ihr mich versteht. Meine Frau und ich … Ich habe euch ja erzählt, daß sie mich verlassen hat, ich habe euch aber nicht erzählt, was der Grund gewesen ist. Ich … Ich weiß einfach nicht, wohin mit mir.

Ich zeige ihnen meine Hände, sie zittern, keine Tricks dahinter.

– Manchmal wache ich nachts auf und halte mich an der Matratze fest, damit ich nicht aufstehe, so hungrig bin ich.

Schweigen am Tisch. Die Musik spielt weiter, die Gespräche um uns herum sind ein Murmeln, der Dartautomat dudelt, aber ich höre nichts davon, denn ich sitze plötzlich in einem Kokon aus Stille. Vier Männer sehen mich an. Ihre Blicke sprechen zu mir. Ich soll aufhören, drumherum zu reden. Ich soll zum Punkt kommen. Also komme ich zum Punkt und schließe kurz die Augen und denke an meine Tochter, und sofort öffnet sich der Schmerz hinter meinen Schläfen wie ein Fächer aus Dornen. Fünf Sekunden vergehen. Fünf Sekunden können alles entscheiden. Ich sehe ihnen in die Augen. Meine Stimme ist ein Flüstern, als ich sage:

– Ich hungere nach meiner Tochter. Ich träume jede Nacht von ihr. Ich will sie. So sehr. Ihr seid Männer, ihr versteht das doch, oder? Ich meine … Bitte, versteht mich. Ich habe keine Ahnung, was ich tun soll. Ich will sie, versteht ihr mich? Ich will sie.

Blicke. Regungslos. Still. Ich warte. Ich warte, daß sie aufstehen, daß sie gehen, daß sie mich verlachen. Alles ist möglich. Hagen hat sich ein wenig zurückgelehnt, als bräuchte er Abstand zu mir, sein Lockenkopf ist schräg gelegt. Edmonts Brauen sind so weit hochgezogen, daß sein ledernes Gesicht glatt und jung aussieht. Ich bete, daß ich nichts Falsches gesagt habe. Franco sitzt da, als wäre er aus Stein gemeißelt. Achim hat sich als einziger nicht unter Kontrolle. Sein Gesicht zuckt, das Kinn zittert, er spuckt mir die Frage über den Tisch entgegen.

– Was hast du da gesagt?!

Ich senke den Blick, ich stammle:

– Bitte, versteht mich. Ich … Ich habe niemanden, dem ich das erzählen kann … Und ich dachte, ihr … Denn meine Frau … Sie ist nicht …

Ich greife nach dem Wodka Lemon, das Glas ist leer. Hagen schiebt mir sein Bier zu. Ich trinke es in einem Schluck aus. Es tut gut, daß alles raus ist. Edmont beugt sich über den Tisch, da ist keine Harmonie mehr, seine Stimme ist ein Zischen.

– Du willst was?!

Sein Speichel trifft mich im Gesicht. Ich rieche die letzte Zigarette in seinem Atem und will aufstehen und verschwinden, aber Achim ahnt, was ich vorhabe. Er drückt mich runter, sein Griff ist fest an meiner Schulter, er rutscht näher, so daß ich seinen Bauch spüren kann. Es ist fast schon obszön. Ich fühle die Hitze, die von ihm ausgeht, und lege die Hände flach auf den Tisch. Sie zittern heftig. Ich bin in Panik. Ich gebe auf.

– Es tut mir leid, flüstere ich.

– Du willst was?! wiederholt Edmont.

– Antworte dem Mann, sagt Franco.

– Ja, antworte ihm, sagt Achim.

– Mach schon, drängt Hagen.

Sie warten. Ich muß mit dem Geflüster aufhören. Meine Worte müssen rund sein. Ohne Kanten, ohne Ecken. Rund. Glatt. Und feucht. Feucht vor Lust.

– Ich begehre meine Tochter, sage ich.

Der Kokon ist gerissen. Die Worte sind raus. Der Lärm kehrt mit einem Mal zurück. Die Kellnerin lacht an der Theke, ein Stuhl scharrt über den Boden, die Gespräche brechen sich schrill in meinen Ohren. Ich kann es noch immer nicht glauben. Ich habe es getan, ich habe *begehre* gesagt. Die vergängliche Poesie der Verlangens. Ich habe es getan.

Achim ist wieder von mir weggerückt, ich bin froh, seine Hitze und seinen Bauch nicht mehr zu spüren. Die vier Männer starren mich an, als hätte ich mich eben erst vor ihren Augen materialisiert – nicht wirklich überrascht, mehr so, als hätten sie gewartet und gewartet und da, endlich bin ich aufgetaucht.

Sie wechseln einen Blick.

Hagen schaut zu Franco, und Franco schaut zu Achim, und Achim sieht Edmont an, und dann brechen sie in Lachen aus. Franco beugt sich vor und tätschelt meine Wange, als wäre ich ein Boxer, der sich gut geschlagen hat. Edmont macht eine Faust und hält sie mir unter die Nase. »Grrrr!«, macht er, »Grrrr!«. Hagen legt den Kopf in den Nacken und stößt ein kurzes Heulen aus, während er mit den Händen auf die Tischplatte trommelt. Die Leute schauen rüber, sie haben keine Ahnung, was los ist, aber sie prosten uns dennoch zu, der

Barkeeper zeigt uns einen Vogel, die Leute schauen wieder weg, Franco sagt:

– Mensch, Mika! Alter Junge, sieh dich doch mal um. Siehst du, was ich sehe? Wir alle wollen doch unsere Töchter ficken, nur leider hat nicht jeder von uns das beschissene Glück, eine Tochter zu haben.

– Leider, sagt Achim.

– Leider, sagt Edmont und seufzt.

– Schuldig, verkündet Hagen.

Dann rufen sie nach der nächsten Runde.

SIE

SIE

Sie sind keine Brüder, sie sind keine Freunde. Sie leben außerhalb ihres Lebens ein zweites Leben und nennen es das wahre Leben. In diesem wahren Leben hat jeder seine festen Aufgaben. Jeder steht für sich selbst ein, und zusammen sind sie eins. Sie haben es von ihren Vätern gelernt, ihre Väter haben es von ihren Vätern gelernt, und so geht es über Generationen.

Eine Fackel, die weitergereicht wird.

Ein Licht, das nie verlöscht.

Ihre Zeit ist der Winter, den Rest des Jahres planen sie und arbeiten an den Details der Jagd. Sie gehen dabei minutiös vor und halten immer eine respektvolle Distanz zueinander. Dabei sind sie wie ein See, und wenn das Eis den See bedeckt, ist ihre Zeit gekommen. Ihr normales Leben findet an der Oberfläche statt; unter der Oberfläche und fernab der Blicke toben ihre Seelen – hungrig, gierig und unersättlich. Niemand muß das sehen. Sie haben gelernt, diesen Hunger zu kontrollieren und die Gier in Schach zu halten. Sie haben schon in jungen Jahren von der Unsterblichkeit gekostet und wissen, daß sich ihr Hunger durch nichts stillen läßt. Nur Disziplin hält ihn in Grenzen. Diese Disziplin trennt den Barbaren vom zivilisierten Menschen.

Es ist Sommer, und sie haben das Dach der Hütte repariert und einen Teil des wackeligen Zaunes um das Grundstück herum wieder aufgerichtet. In den letzten Jahren waren es immer dieselben Stellen, an denen die Wildschweine durchkamen. Bisher hat es nicht wirklich gestört, dann aber wurden zwei der Gräber aufgewühlt, und sie wußten, daß es so nicht weitergeht. Sie haben Fallen und Gift ausgelegt, aber es half so wenig wie der Zaun. Andere Maßnahmen mußten ergriffen werden. Die Gefahr ist zu groß, daß eine der Leichen ausgegraben, verschleppt und außerhalb des Grundstücks entdeckt wird.

Die Jagd geht über zwei Tage und Nächte. Sie sind beharrlich. Sie weiten den Radius aus und geben solange keine Ruhe, bis sie mit der Ausbeute zufrieden sind. Am Morgen des dritten Tages lassen sie die Kadaver in eine Felsspalte fallen – acht ausgewachsene Wildschweine mit ihrer Brut. Danach herrscht Ruhe.

Einer kundschaftet die Gegend aus und stellt den Zeitplan auf.

Einer kümmert sich um die Ausrüstung und das Fahrzeug.

Einer kontrolliert die Umgebung und die Nachbarn.

Einer hält die Fäden in der Hand, wägt das Risiko ab und sagt, wann es soweit ist.

Sie haben ihre Beute über einen Zeitraum von vier Monaten beobachtet. Jeder einzelne von ihnen muß seine Zustimmung geben. Zweifel sind dabei sehr wichtig. Nichts darf sich ihnen in den Weg stellen, die Planung muß perfekt und jeder Schritt durchdacht sein.

Jetzt muß nur noch der Winter kommen.

Es ist vor vier Jahren, und der erste Schnee stürzt gegen Mitternacht so schnell vom Himmel, daß die Stadt innerhalb weniger Stunden von einem angenehmen Schweigen umschlossen ist. Der Junge heißt

Linus Holm und ist sehr zufrieden mit der Kälte. Er hat beschlossen, in diesem Winter so lange Rad zu fahren, bis es nicht mehr geht. Seine Freunde haben untereinander Wetten abgeschlossen, wie lange er durchhalten werde; seine Eltern halten ihn für verrückt. Linus weiß, daß der Schnee sein Freund ist.

Am Morgen gleitet er auf seinem Fahrrad durch die Straßen und fühlt sich wie ein Entdecker. Er ist zehn Jahre alt und lebt mit seiner Familie in einer Kleinstadt südlich von Bremen. Am Nachmittag verläßt er die Schule und fährt auf Umwegen nach Hause. Seine Reifen schnurren durch die dünne Schneedecke und hinterlassen eine nervöse Spur. Zu Hause lehnt er das Rad an die Fassade und betritt die Küche durch den Seiteneingang. Langsam taut sein Gesicht auf, und die Fingerspitzen prickeln. Er nimmt Cornflakes aus dem Regal, füllt eine Schale und begießt die Cornflakes mit Milch und Ahornsirup.

Als seine Eltern nachhause kommen, steht die Schale auf dem Tisch, und die Cornflakes haben die Milch aufgesogen, so daß kein Tropfen übriggeblieben ist. Sie finden keine Spur von ihrem Sohn. Sein Fahrrad lehnt an der Hauswand, sein Zimmer ist verlassen, der Hausschlüssel liegt neben dem Eingang auf dem Beistelltisch. Um die Stiefel herum hat sich eine Pfütze gebildet.

Die Eltern wissen es nicht, aber sie werden den Jungen nie mehr wiedersehen. Nach einem halben Jahr werden sie das Fahrrad in die Garage stellen. Die Zeit wird sie mit sich reißen, sie werden versuchen, ein zweites Kind zu bekommen, sie werden sich alle Mühe geben, ihr Leben so zu führen, als könnte ihr Sohn jeden Moment durch die Tür treten. Kein Tag wird vergehen, an dem sie nicht auf seine Rückkehr warten. Ihre Liebe wird sie zusammenschmieden. Liebe und Hoffnung. Denn mehr bleibt einem nicht, wenn es draußen Nacht wird und die Lichter eines nach dem anderen verlöschen.

ICH

ICH

1

Liebe ist, wenn du die bedeutenden Momente deines Lebens mit einem Messer aus deiner Erinnerung schneidest, mit Benzin übergießt und anzündest. Liebe ist, wenn du dich am nächsten Morgen an jede Einzelheit erinnerst und nichts bedauerst. Liebe ist auch, wenn ein Schatten über dein Leben fällt und die Finsternis mit sich bringt und du weiterhin daran glaubst, daß es eines Tages wieder hell wird. Nenn den Schatten Hass, nenn ihn Vernichtung, nenn ihn das Ende der Welt. Hass ist Wut auf Liebe, Hass ist Wut auf diese widerstandsfähigen Details, die sich in deiner Erinnerung entzünden wie eiternde Wunden. Hass ist aber auch das, was dir bleibt, wenn dir alles andere genommen wurde. Ich weiß, wovon ich spreche, denn ich habe es getan. Ich habe die Liebe angezündet und seziert. Ich habe mich von den Schatten umschließen lassen und lebe in der Finsternis. Nur die Narben sind mir geblieben, und die Narben sind überall.

Ich wünschte, ich wäre jemand, der vergißt, der vergibt. Ich bin ein Mann in einem Pub mit anderen Männern an einem Tisch. Einer von ihnen. Nacht für Nacht. Das Fensterglas ist getönt, deswegen herrscht hier immer ein Gefühl von Abenddämmerung. Wer in dieser Kneipe sitzt, will den Tag vergessen, aber so einfach ist das nicht. Denn da ist noch die Nacht. Und die Nacht findet kein Ende.

Wir sitzen am Tisch, ich habe mein Geständnis abgelegt, und die Männer haben meine Verzweiflung gesehen. Sie wissen jetzt, mit wem sie es zu tun haben. Meine Erleichterung ist rein körperlich, der Verstand ist vorsichtig und will es noch nicht wahrhaben. Ich rede ihm gut zu. All die Monate der Vorbereitung. Geschafft, es ist geschafft. Ich weiß, daß ich nach Schweiß stinke. Panik und Furcht. Ich weiß es. Aber es stört nicht, denn es ist geschafft.

Sie schicken mich weg. Sie sagen, der Abend wäre für mich gelaufen, ich solle mich entspannen und eine Dusche nehmen.

Sie sagen: Alles ist gut, Mika.

Sie sagen: Mach dir keinen Kopf, Mika, wir reden morgen.

Sie sagen: Schlaf dich aus.

Ich nicke zu ihren Worten und nehme meine Panik und meinen Gestank und gehe nach Hause. Mein Herz lacht bei jedem Schritt, mein Herz lacht so laut, daß es im Körper hallt, als hätte mir Gott eine gescheuert. Ich vibriere. Es ist geschafft.

Gegen halb zwei schließe ich die Haustür auf und höre die Stimmen aus der Küche.

– Aber er vermißt dich.

– Kleines, ich vermisse ihn doch auch, aber wir halten es nicht mehr miteinander aus. Du weißt, es geht ihm nicht gut.

– Papa geht es gut.

– Nein, ihm geht es nicht gut. Schau dich doch mal um, wie es hier aussieht. Dein Vater ist nicht mehr wirklich dein Vater.

– Sag sowas nicht. Es wird ihm bald besser gehen.

– Ich wünschte, es wäre so.

Die Stimme meiner Tochter wird schrill:

– Mama, bitte, sag sowas nicht!

– Es tut mir leid.

– Liebst du ihn denn gar nicht mehr?

Schweigen. Die Antwort kommt zögerlich.

– Du weißt, daß ich ihn liebe. Ich werde ihn immer lieben.

– Warum hilfst du ihm dann nicht?

– Ich habe es doch versucht, Kleines.

Für einen Moment überlege ich zu gehen. Ich fürchte mich vor einer Konfrontation. Dann schließe ich lautlos die Haustür hinter mir und streife die Schuhe ab. Die Sehnsucht ist zu groß. Ich mache zwei Schritte durch den Flur. Ich will sie sehen, ich will sie berühren und mit ihnen reden. Und bleibe stehen. Die Feigheit ist größer. Ich kann die Küche nicht betreten, denn ich gehöre nicht mehr dazu. Also lehne ich mich gegen die Wand und rutsche an ihr herunter, Arme um die Knie, Knie an der Brust. So lausche ich weiter. Meine Frau lügt nicht, sie hat es versucht. Meine Tochter sagt:

– Er hinterläßt mir diese Nachrichten. Er gibt nicht auf. Schau, hier, lies das. Was soll ich ihm darauf antworten? Wenn er dann nach Hause kommt, zerknüllt er sie. Der Papierkorb ist voll damit.

Ich stelle mir vor, wie meine Frau die letzte Nachricht auf dem Tisch betrachtet und traurig den Kopf schüttelt. Als sie spricht, klingt ihre Stimme nüchtern.

– Ich wünschte, ich könnte dich mitnehmen, Kleines.

– Mama, ich will bei Papa bleiben.

– Ich weiß.

– Du solltest auch bleiben.

– Das geht nicht.

Ich sitze da und habe die Wand im Rücken und kann mich nicht rühren. Ich will, aber ich kann nicht. Und dann sagt meine Tochter die vernichtenden Worte. Sie sagt sie immer zum Schluß, als würde sie die Worte in Blockbuchstaben unter den Abspann unseres gemeinsamen Lebens setzen.

– Mama, das Haus ist so leer ohne dich.

Ich beginne, lautlos zu heulen.

2

Vielleicht war es die Erschöpfung des Tages oder die Erleichterung, ihre Stimmen gehört zu haben – ich erwache Stunden später auf dem Boden. Mein Rücken schmerzt, aus der Küche kommt kein Laut mehr, nichts rührt sich im Haus. Sie haben mich schlafen lassen, und ich bin ihnen dankbar dafür. Wann habe ich das letzte Mal so lange durchgeschlafen?

Ich schaue auf die Uhr. Mein innerer Wecker funktioniert präzise. Es ist sieben Uhr früh.

Die Arbeit ruft.

Ich betrete die Küche, rücke einen Stuhl gerade und nehme den Zettel vom Tisch. Ich überfliege meine eigenen Worte, als würde sich dahinter eine geheime Botschaft an mich selbst verstecken, ehe ich den Zettel zerknülle und in den Papierkorb werfe. Für eine Weile lehne ich am Spülbecken und lasse das Wasser laufen. Ich trinke zwei Gläser und schlucke eine Vitamintablette. Das kalte Wasser breitet sich angenehm in meinem Magen aus. Die Worte meiner Frau wandern durch meinen Kopf:

»Du weißt, daß ich ihn liebe. Ich werde ihn immer lieben.«

Die Worte meiner Tochter folgen wie ein sanftes Echo:
»Ich will bei Papa bleiben.«

Als unsere Tochter fünf Jahre alt war, wollte sie wissen, warum Erwachsene manchmal das eine sagen, wenn sie das andere meinen. Ihr war aufgefallen, daß wir uns und andere offen anlogen. Sie verstand nicht, warum wir das taten. Sie kam nicht darauf, daß wir die Gefühle des Anderen schonen wollten. Ich weiß noch genau, was meine Frau ihr geantwortet hat. Sie sagte: »Wir wissen es nicht besser.« Sie sagte es so überzeugend, daß selbst ich ihr glaubte. Wir wissen es nicht besser. Wir wollen ehrlich sein, wir können es aber nicht, weil wir es nicht besser wissen. Auch das war nur eine weitere Lüge, die unser kleines Mädchen schützen sollte. Denn wir wissen es besser. Wir wollen den Anderen nur nicht unentwegt mit der Wahrheit verletzen. Deswegen ertragen wir die kleinen Stiche und Hiebe. Mit oberflächlichen Wunden kann man leben. Für eine Weile zumindest. Aber jede noch so unbedeutende Wunde blutet, und so fließt jeden Tag das Leben aus uns heraus, während das Herz schlägt und schlägt und wir dabei reden, essen, lieben oder in der Sonne liegen und tun, was auch immer wir tun, weil wir es nicht besser wissen. Jahr für Jahr verläßt uns die Kraft ein wenig mehr, weil selbst die kleinste Lüge Schaden anrichtet. Ich weiß, wovon ich rede. Ich blute ohne Pause.

3

Im Lehrerzimmer riecht es nach verbranntem Kaffee. Die Maschine war schon da, als ich hier im letzten Sommer anfing. Sie ist den Großteil der Zeit kaputt. Seit Neujahr sammeln wir für einen von diesen Vollautomaten mit Mahlwerk und integriertem Milchbehälter. Die Sekretärin prüft jede Woche die Kasse, aber kaum jemand wirft noch Geld hinein. Geiz wird großgeschrieben. Viele haben sich angewöhnt, ihren eigenen Kaffee mitzubringen. Eine Armee von Thermoskannen reiht sich neben der Spüle auf. Die Becher dazu sind beschriftet. Auf meinem steht nicht Papa.

In der Hofpause sitze ich mit meinem Kaffee alleine an einem der Fenster, blättere in einer Zeitschrift und denke nach. Vier Tage sind seit meinem Geständnis vergangen, und ich bin dem Pub ferngeblieben. Sie werden es verstehen. Ich muß mich von mir selbst erholen. Normale Dinge tun. Korrekturen machen. Einkaufen gehen. Wäsche waschen. Lehrer sein.

Ich betrachte den Becher in meiner Hand. Seitdem ich auf diese Schule gewechselt bin, führen meine Hände ein Eigenleben. Die Kollegen scherzen. »Parkinson oder Delirium tremens?«, fragen sie mich, so daß ich es mir angewöhnt habe, alleine zu essen, um mir die Kommentare zu ersparen. Die Kollegen sehen mich als Einzelgänger. Es ist ein Image, an daß ich mich gewöhnen könnte. Es wird jeder Prüfung standhalten. Ich stelle den Becher weg, schaue auf meine Hände und kann es nicht glauben. Ich habe die ruhigsten Hände in ganz Deutschland. Es ist ein herrliches Gefühl, daß mir mein Körper wieder gehört. Es ist ein sehr gutes Zeichen. Ich bin auf dem richtigen Weg.

4

Im Radio wird vor Blitzeis gewarnt, die Straßen glänzen, die Autos fahren im Schrittempo, und ich könnte wetten, daß Edmont heute nicht mit dem Motorrad unterwegs ist.

Es ist, als hätten sie mich erwartet.

Ich betrete den Pub, der Blickkontakt ist sofort da, sie winken mich zu sich. Meine Unsicherheit legt sich, und an ihre Stelle tritt eine nervöse Erwartung. Fleetwood Mac singt *Go Your Own Way.* Ich ignoriere den Rat und bleibe am Tisch stehen. Franco schiebt mir einen Stuhl zu. Ich setze mich.

– Na, hast du dich erholt? fragt Achim.

Ich nicke. Hagen schnuppert.

– Geduscht hat er auch.

Ich lächle, Edmont lächelt zurück.

– Schön, daß du wieder da bist.

– Danke.

Achim ruft nach der Kellnerin. Franco erklärt, die nächste Runde gehe auf seine Rechnung, dann tippt er mit dem Zeigefinger auf den Tisch.

– Wir wollen mal über die Regeln reden.

– Was für Regeln? frage ich.

– Unsere Regeln, Mika.

Sie sagen, sie gehörten keiner Organisation an, sie sagen, sie hielten sich von Vereinen fern, und mit Politik dürfe man ihnen gar nicht kommen. Keiner von ihnen wäre vorbestraft, sie lebten unter dem Radar und fielen nicht auf. Das Internet wäre tabu. Keine Foren, keine Chats. Sie blieben der Szene fern.

– Kannst du uns soweit folgen?

– Ich kann.

Franco erklärt, daß es eine Frage der Selbstbeherrschung ist. Wie lange man sich im Zaum halten kann. Was man tut, wenn der Hunger zu groß wird. Franco weiß das alles, er ist nicht umsonst ihr Anführer. Als er vor dreißig Jahren nach Berlin kam, hatte er keine Ahnung, was seine Berufung war, er wußte nur, daß er nie wieder in einem Restaurant arbeiten wollte. Anfangs half er einem Cousin aus, dem ein Kurierdienst gehörte. Es dauerte nicht lange, und Franco machte sich mit seinem eigenen Kurierdienst selbständig. Dann traf er seine Frau. Es folgte ein Sohn, eine gemeinsame Wohnung und eine Affäre mit einer Redakteurin vom RIAS, die ihm seinen ersten Sprecherjob verschafft hatte. Franco besitzt eine markante Stimme, und er ist ein guter Zuhörer, der wortgewandt von einem Thema zum anderen wechseln kann, ohne dabei den Faden zu verlieren. Seine Gedankengänge schließen sich immer, und er hinterläßt beim Hörer ein Gefühl von Gesamtheit – als hätte er alles im Griff, als würde jede Frage eine Antwort verdienen. Das Radio ist sein Medium. Er moderiert zwei Sendungen in der Woche. Jeden Dienstag und Freitag gibt es spät in der Nacht *Francos Special Delight*. Er lebt nicht mehr mit der Mutter seines Sohnes zusammen, er sieht den Jungen nur an den Wochenenden. Alles in allem ist Franco sehr zufrieden mit seinem Leben, und er will, daß ich das verstehe.

– Ich bin sehr zufrieden mit meinem Leben, Mika, und bevor ich dir von unseren Regeln erzähle, will ich, daß du weißt, wie sehr uns deine Unzufriedenheit stört. Schau dir Hagen an.

Ich sehe zu Hagen hinüber.

– Dieser Junge ist der lebende Sonnenschein, spricht Franco weiter, Er geht seinen Weg und steht mit beiden Füßen im Leben. Und jetzt schau dir Edmont an.

Franco packt Edmont an der Schulter und schüttelt ihn ein wenig. Edmont grinst.

– Dieser Mann saugt dem Tag die verschissene Seele aus dem Leib, weil er alles will, aber auch wirklich alles, was dieses Leben zu bieten hat, verstehst du? Er fährt sein Motorrad …

– Cruiser, sagt Edmont.

– … bei jedem Wetter und geht keine Kompromisse ein. Kompromisse wirst du bei ihm nie erleben. Kompromisse sind das Gift des Lebens. Alles oder nichts, Mika, das ist unser Motto. Und jetzt sieh dir Achim an.

Achim begegnet meinem Blick, kein Blinzeln, es ist so, als würde ich auf eine Wand schauen.

– Unser Achim findet keinen Schlaf. Einmal in der Woche glaubt er, er wäre sterbenskrank, aber ganz tief in seinem Inneren ist auch Achim zufrieden mit seinem Leben. Ist doch so, Achim?

– Das ist so.

– Er weiß, um was es geht, und ein wenig Leiden gehört eben dazu. Du bist überrascht? Du dachtest, es geht ohne Leiden? Mika, was ist das hier?

Franco macht eine Geste in den Raum.

– Siehst du, was ich sehe? Wir leben im Zeitalter des Egoismus, mach dir das bewußt. Jeder Arsch steht nur für sich ein. Das Ich hat das sagen. Frag Apple. iPod, iPhone, iArsch. Frag diese Egomanen, die auf ihrer Facebookseite jede Minute ihres öden Daseins festhalten, damit man ja nicht vergißt, daß sie existieren. Das iLife ist gefragt. Und natürlich gehört Leiden dazu. Das Ego leidet furchtbar gerne, denn das Leiden macht uns interessanter. Erst wenn wir Schwächen zeigen, beachtet man uns. Ohne das Leiden würden wir in Höhlen hausen und einander die Würmer aus dem Arsch fummeln. Leiden ist Religion, Leiden treibt uns an, Leiden sagt uns, das wir am Leben sind, Mika. Wie Liebe und Hass.

Die anderen nicken. Franco trinkt von seinem Wein, seine eigenen Worte erregen ihn.

– Aber das ist ein Thema, das wir ein anderes Mal diskutieren können. Heute geht es um die Regeln und deine Unzufriedenheit, mach dir das bitte bewußt, denn ohne Zufriedenheit kannst du hier nicht mehr herkommen. Deswegen will ich, daß du mir jetzt gut zuhörst. Die Regeln sind simpel und klar. Sie sind dein Weg zum Glück. Sie müssen sich dir einbrennen, und es darf dabei keine Mißverständnisse geben.

Er hält vier Finger hoch, vier Regeln, vier Männer sprechen:

– Wir sind ein Kreis, sagt Edmont, Und der Kreis ist geschlossen.

– Wir sind ein Team, sagt Achim, Es gibt keine Soloprojekte.

– Wir tun alles, sagt Hagen, Um unsichtbar zu bleiben.

– Wir lösen jedes Problem gemeinsam, sagt Franco, Nie allein.

Sie sehen mich erwartungsvoll an. Auch wenn ich weiß, daß es nicht so ist, fühlt es sich an, als hätten sie das nur für mich eingeübt.

– Eine Regel fehlt, sage ich.

Sie lachen nicht, sie warten.

– Und die wäre? fragt Achim.

– Es gibt nur einen Gott, und der hat das Sagen.

Hagen grinst, Achim runzelt die Stirn, weil er den Zusammenhang nicht versteht, Edmont lacht los und stößt Franco an, der abwehrend die Hände hebt, als würde er sich ergeben. Ich kann sehen, er ist zufrieden mit mir.

– Willkommen in unserem Kreis! sagt er.

– Auf Gott! sagt Hagen und hebt sein Glas.

– Auf die Scheißreligion! sagt Edmont.

– Auf uns! sagt Achim.

Wir stoßen an. Unsere Gesichter glühen.

Gemeinschaft. Spannung. Lust.

Aus den vier Männern sind jetzt fünf geworden.

Fünf Wege, die zu einem Ziel führen.

Vier Regeln und eine Regel dazu.

Den Rest des Abends verlieren wir kein Wort mehr darüber. Wir sprechen über die Krise bei der Deutschen Bahn, über die Querelen in der Politik und andere Belanglosigkeiten dieser Welt, die in der nächsten Woche schon wieder andere sein werden. Als wir vor dem Pub stehen, will Franco wissen, was für einen Computer ich habe.

– Notebook.

– Und warst du …

– … nur in den Foren, antworte ich schnell.

Er wartet.

– Ein paar Downloads bei Usenet, füge ich hinzu und werde rot, Meistens Photos, aber auch ein paar Filme.

Franco holt einen Geldclip heraus. Er hält nichts von EC- oder Kreditkarten. Er will nicht, daß man jeden seiner Schritte verfolgt. Sein Geldclip erinnert an ein gut belegtes Sandwich.

– Was hat dein Notebook gekostet?

Ich sage es ihm. Er gibt mir siebenhundert Euro.

– Kauf ein neues.

– Aber …

– Du brauchst keine Downloads mehr, du bist jetzt im wahren Leben angekommen, verstehst du?

Ich könnte protestieren, ich könnte sagen, daß ich mir selbst ein neues Notebook leisten kann, aber darum geht es nicht. Regeln sind wichtig, und Franco hat das Sagen. Ich lerne, keine Widerworte zu geben, und stecke das Geld ein. Achim räuspert sich wie jemand, der am Bühnenrand steht und vergessen wurde. Wir sehen ihn an, er wendet sich nur an mich.

– Komm Samstag zu mir. Und bring dein altes Notebook mit. So gegen acht.

Ich bin überrascht und verberge es nicht. Ich sage, daß mir acht passen würde. Achim gibt mir seine Adresse. Edmont steigt auf seinen Cruiser und fährt davon. Hagen vergräbt die Hände in den Hosentaschen, stellt sich an die Straße und hält Ausschau nach einem Taxi. Franco klappt sein Handy auf und fragt, wie er mich erreichen kann. Bisher hat keiner seine Nummer preisgegeben oder gefragt, ob er mich anrufen kann. Wir finden uns im Pub.

Ich sage ihm meine Nummer. Franco tippt. Sekunden später klingelt es in meiner Jackentasche. Franco klappt sein Handy wieder zu. Ein Taxi hält. Erst als sie weg sind, schaue ich auf mein Handy und speichere Francos Nummer unter GOTT ab. Ich schließe den Mantel bis zum Hals und mache mich auf den Weg nach Hause. Ich komme keine zehn Schritte weit, als ich die ersten Schneeflocken im Scheinwerferlicht der Autos schweben sehe. Ich muß stehenbleiben. Die Erinnerung schmerzt, sie schmerzt so sehr, daß mir schwindelig wird. Für eine Weile hocke ich mich in einen Hauseingang und betrachte den nadelfeinen Schneefall. Erst als keine Tränen mehr kommen, setze ich meinen Heimweg fort.

5

Der Keller ist acht mal sechs Meter groß und zweieinhalb Meter hoch. Der Boden besteht aus Beton, die Wände sind gekalkt. Hier unten sind die Sachen aus unserem alten Haus untergebracht – Kartons, Regale, Möbel.

Zwei Stunden lang trage ich die Sachen nach oben und verstaue sie im Gästezimmer. Die Kartons reichen bis zur Decke. Danach beginne ich mit der Isolierung des Kellers, das Material dafür steht in der Garage. Auch wenn ich glaube, daß es unnötig ist, befestige ich die Isolierplatten sogar an der Decke. Es ist ein alleinstehendes Haus. Zwischen den Nachbarn und mir liegen fünfzehn Meter, dennoch will ich keine Risiken eingehen. Ich versiegele die Fenster, die Wände bekommen einen abwaschbaren Weißanstrich. Langsam erinnert der Raum an das Innere eines Bunkers.

Ich befestige vier Strahler an der Decke. Im Boden ist ein Abfluß, ich lasse ihn offen, damit es später leichter ist, den Keller zu reinigen.

Zum Schluß packe ich die Utensilien aus. Ich habe in verschiedenen Sexshops eingekauft. An der einen Wandseite steht ein offener Schrank aus poliertem Metall. Ich bestücke die Fächer, entferne den

Plüsch von den Handschellen und schaffe Ordnung – Gleitgel, Kondome, Viagra, Peitschen mit Metallenden, Peitschen mit Dornen, Knebel, Lederbänder, Schraubenzieher, Zangen. Nur das Schlafmittel nehme ich mit nach oben.

In den nächsten Tagen werde ich das Sortiment vervollständigen.

Es ist noch Zeit. Ich bin nicht in Eile.

Der Winter hat eben erst begonnen.

Es ist noch genug Zeit.

DU

DU

Die Zeit hat für dich am Tag der Entführung aufgehört zu existieren.
Die Zeit nahm die Vergangenheit und die Zukunft bei der Hand und
ließ dich vierzehn Tage später allein und gestrandet in der Gegenwart
zurück. Die Gegenwart war der Randstreifen einer Autobahn.

Erinnere dich, wie du dort gestanden hast und der Wind dich
voranschob, als wollte er verhindern, daß du anfrierst. Deine Füße
waren blutig und vier Zehen erfroren. Deine Zähne schlugen so
heftig aufeinander, daß es schmerzhaft deine Wirbelsäule hinunter-
zog.

Und dazu der Schnee.

Er breitete sich vor dir aus wie ein weißes, frisch bezogenes Bett
und lockte dich.

Laß dich fallen, komm schon.

Erinnerst du dich an diese Sehnsucht?

Du hast ihr nicht nachgegeben. Du bist weitergegangen, die Arme
vor dem Bauch verschränkt, als würdest du eine Wunde verschließen.
Die vorbeifahrenden Autos bespritzten dich mit Schneematsch, du
bist nicht ausgewichen, du bist mit dem Wind gegangen und hast
einen Fuß vor den anderen gesetzt, und niemand sah dich und kein
Auto hielt. Du mußt es ihnen verzeihen, du warst kaum sichtbar in
diesem dichten Schneetreiben, und wenn da nicht ein übermüdeter

75

Lastwagenfahrer gewesen wäre, der nach einem Rastplatz Ausschau hielt, wer weiß, wie lange du noch gelaufen wärst.

Erst sah der Fahrer ein Schemen, dann hast du dich aus dem Schneesturm herausgeschält, und es war ein wenig, als würdest du eine unscharfe Filmszene verlassen – barfuß und nur mit einem knielangen T-Shirt bekleidet, deine Schulterblätter zeichneten sich wie zwei Messerklingen durch den nassen Stoff ab, die Haare waren vom Wind nach vorne geweht, so daß dein Gesicht dahinter verschwand. Dann war der Lastwagen an dir vorbei, und der Fahrer schaute in den Rückspiegel und sah nichts und rieb sich mit dem Handballen über die Augen und wußte, er hatte sich nicht getäuscht.

Die Autobahnpolizei brauchte eine gute Stunde, um bei dem Wetter zu der Stelle zu kommen, die der Lastwagenfahrer ihnen durchgegeben hatte. Sie fuhren den Randstreifen im Schrittempo ab und entdeckten dich nach drei Kilometern. Nachdem sie das Blaulicht eingeschaltet hatten, überholten sie dich und versperrten dir den Weg.

Du sahst sie nicht, die Haarsträhnen klebten auf deinem Gesicht und waren um Augen, Mund und Nase herum festgefroren, und so bist du blind in die Polizistin hineingelaufen. Es ging nicht mehr weiter, dein Körper kam zur Ruhe, deine Knie gaben nach, und du bist gefallen.

Die Polizistin reagierte instinktiv und fing deinen Sturz ab. Sie schloß die Arme um deinen mageren Körper und drückte dich an sich, so daß sich deine Füße vom Boden lösten.

– Kannst du mich verstehen? fragte sie, aber du hast ihr nicht geantwortet, auch als sie dein Gesicht sehen wollte, hast du den Kopf nicht gehoben, also sprach sie weiter beruhigend auf dich ein und verlagerte dein Gewicht auf ihre andere Hüfte, ehe sie sich vom Wind abwandte, um zum Wagen zurückzukehren. Sie wollte dich aus der Kälte in die Wärme bringen, sie wollte dir Sicherheit geben. Dein Knurren ließ sie erstarren, kurz darauf bohrten sich deine Zähne in ihren Hals.

Die Polizistin konnte nicht wissen, daß du zu dem Zeitpunkt schon lange kein Mädchen mehr warst. Du warst eine tollwütige Hündin, die niemandem vertraute.

Sie spürte den Ruck an ihrem Hals, das dicke Jackenfutter des Kragens rettete ihr das Leben. Die Polizistin versuchte Abstand zwischen euch zu schaffen, dabei fiel dein Haar zur Seite, und sie sah zum ersten Mal deine Augen. Der wilde Blick, die Leere und Wut darin. Sie hätte dich fallen lassen können, aber sie tat genau das Gegenteil, weil sie begriff, daß deine Wut nichts mit ihr zu tun hatte.

Du hast dich verteidigt, du hast um deine Freiheit gekämpft.

Ihr Kollege war auch aus dem Wagen gestiegen und wollte zu Hilfe kommen, die Polizistin sagte, er solle ihr aus dem Weg gehen, und drückte dich so fest an sich, daß dein Kopf zwischen ihrer Schulter und ihrem Kinn eingeklemmt war. Deine Zähne rissen am Jackenkragen, dein Knurren wurde lauter.

– Was tust du da? wollte ihr Kollege wissen.

– Mach die Hintertür auf.

– Aber---

– Mach auf, verdammt nochmal!

Er öffnete die Hintertür, die Polizistin duckte sich in den Wagen, ohne dabei auch nur eine Sekunde ihren Griff von dir zu lösen. Sie rutschte mit dir auf die Rückbank, und da saß sie dann halb liegend und hielt dich fest an sich gedrückt, während dein Knurren das Wageninnere füllte. Deine Zähne malmten, du dachtest nicht daran loszulassen. Es fühlte sich für dich an, als würde dich der Sturm davonreißen und an den Ort zurückbringen, von dem du geflohen bist, solltest du auch nur eine Sekunde loslassen.

All das geschah im Januar vor sieben Jahren. Zwei Wochen lang warst du verschwunden, und deine Eltern erkannten dich kaum wieder, als dein Photo im Fernsehen gezeigt wurde.

Da dich die Polizei auf der A9 in Fahrtrichtung Berlin aufgelesen hatte, suchte sie die Umgebung vom Fundort ausgehend in einem Umkreis von zehn Kilometern ab, klopfte an Türen und hoffte auf Augenzeugen. Keiner konnte sagen, wie lange du zu Fuß unterwegs gewesen bist, oder wie du die Kälte überleben konntest. So wie auch keiner sagen konnte, wo dein Bruder abgeblieben war. Nur du wußtest, daß die Suche nach ihm sinnlos war. Nichts und niemand konnte deinen Bruder retten, denn du hast ihn sterben sehen.

Eine Stunde nachdem sie dich auf der Autobahn gefunden hatten, warst du im Klinikum Potsdam. Die Polizistin blieb an deiner Seite, als dich eine Krankenschwester wusch und deine Wunden und Erfrierungen versorgte. Du hattest Kratzer am ganzen Körper und vier erfrorene Zehen, deine Augen waren entzündet, und da war ein tiefer Schnitt an deinem Knie und deiner Hüfte. Sie badeten dich, cremten deine Füße und Hände ein, danach gaben sie dir ein Beruhigungsmittel und legten dich in ein Bett. Als dein Kopf im Kissen versank, wollte sich die Polizistin abwenden und gehen, aber du hast nach ihrer Hand gegriffen und sie zurückgehalten. Die Müdigkeit machte jede deiner Bewegungen bleiern. Deine Stimme war ein Flüstern.

– Ich bin tot.

– Nein, du bist gerettet.

Da erst hast du der Müdigkeit nachgegeben und die Augen geschlossen.

Es sollten für lange Zeit deine letzten Worte sein.

Das Schluchzen deiner Mutter weckte dich am nächsten Morgen auf, die Stimme deines Vaters rief nach der Krankenschwester, der Schneefall wehte knisternd gegen das Fenster und erinnerte dich an die Nacht, in der sie deinen Bruder und dich geholt hatten.

Deine Eltern verstanden nicht, was hier passierte.

Du lagst nicht auf dem Krankenhausbett. Du hattest zusammengeknüllte Handtücher unter die Decke geschoben, aber wen wolltest du damit täuschen?

Zwei Pfleger zogen und zerrten dich unter dem Bett hervor. Deine Finger quietschten über den Boden. Du hast getreten und dich gewehrt, ohne ein Geräusch von dir zu geben. Du warst so still, daß es wie eine gespenstische Pantomime wirkte.

Als sie dich auf das Bett gelegt hatten, gaben sie dir ein Beruhigungsmittel. Deine Mutter sprach in ihr Handy, dein Vater hatte Tränen in den Augen, der Arzt sagte, es wäre besser, wenn sie gehen würden.

Deine Eltern dachten nicht daran.

Du konntest an ihren erschrockenen Gesichtern ablesen, daß sie sich vor dir fürchteten. Du warst ausgezehrt, du wirktest verrückt, und dein Blick verlor sich im Raum. Du warst nicht mehr ihre Lucia, sondern eine uralte Dreizehnjährige, die für zwei Wochen spurlos verschwunden war und sich danach im falschen Leben wiedergefunden hat. Sie sagten, sie wollten dich nach Hause holen. Sie sagten immer wieder, jetzt seiest du in Sicherheit. Ihre Worte öffneten keine Erinnerung. Nichts geschah. Woher sollten sie auch wissen, daß Worte keine Schlüssel sind und daß es für dich keinen sicheren Ort auf dieser Welt mehr gab.

ICH

ICH

1

Es gibt keine sicheren Orte. Wir geben uns Mühe. Wir errichten Wände, wir schließen Türen und Vorhänge. In den Nächten lauschen wir auf jedes Geräusch, am Tag wagen wir uns vor die Tür und schauen nach links und rechts, bevor wir die Straße überqueren. Wir sind mißtrauisch, wir sind vorsichtig, wir wissen es nicht anders, denn es gibt keine sicheren Orte. Es gibt aber Waffen und Wut, es gibt Gier und Lust, es gibt die Ungerechtigkeit und das Schicksal, das uns verlacht. Kein Ort ist sicher, und kein Zuhause bietet wirklich Schutz. Auch kein Bungalow mit einer hellblauen Eingangstür und einer funktionierenden Alarmanlage. Auf dem Klingelschild steht:

Achim & Rosa
Stefan & Marcel

Nach hinten raus liegt ein verschneiter Garten mit Schuppen und gemauertem Grill, die Büsche sind ordentlich gestutzt, alle Jalousien im Erdgeschoß runtergelassen.

Der Bewegungsmelder reagiert, als ich mich der Tür nähere, und ein Licht geht an.

Achim öffnet nach dem zweiten Klingeln. Er trägt einen Norwegerpullover, Jeans und Socken, er hat sich eine Schürze umgebunden und die Ärmel bis zu den Ellenbogen hochgeschoben. Franco hat nicht übertrieben, Achim hat es am schwersten. Er ist immerwährend müde und erschöpft, als würde sein Gewissen bis in die Träume hineinreichen und ihn nicht ruhen lassen.

– Ich nehm dir das mal ab, sagt er.

Ich reiche ihm mein Notebook, er klemmt es sich unter den Arm.

Achim ist der Kundschafter. Ohne ihn würden sich die anderen nicht orientieren können. Achim macht den ersten Schritt. Mit seiner handfesten Art und seinem Gespür für Schwäche. Sein Beruf ist ideal dafür. Satellitenanlagen sind gefragt, und Solartechnik wird immer erschwinglicher. Achim ist ein guter Berater, auch wenn man das auf den ersten Blick nicht glaubt. Er taut nur zögerlich auf, aber dann hält er einem die Treue und honoriert, daß man sich mit ihm die Mühe gemacht hat. Ich gebe mir Mühe und lächle. Achim bittet mich rein.

Seine Söhne sind sechs und neun. Er spricht nie über sie. Ihre Photos hängen im Flur. Zahnlücke und Sommersprossen. Sie übernachten heute bei Freunden, seine Frau ist bei ihrer Schwester.

– Wir haben sturmfreie Bude, sagt Achim und schließt die Haustür hinter mir ab.

Ich hänge meinen Mantel auf und streife die Stiefel ab. Es riecht nach Braten und Sauerkraut. Der Tisch im Wohnzimmer ist gedeckt.

– Setz dich doch.

Achim verschwindet in der Küche. Töpfe klappern, die Herdklappe geht auf, die Herdklappe geht zu, das Klimpern von Flaschen. Achim kommt zurück und reicht mir ein gekühltes Schnapsglas. Er setzt sich nicht, also stehe ich wieder auf.

– Prost, Mika!

– Prost, Achim!

Wir stoßen an. Der Wodka geht runter wie Öl. Der Schlag trifft mich so überraschend, daß mein Kopf zur Seite schnellt und mir Speichel und Wodka in einer glitzernden Bahn aus dem Mund fliegen. Das Glas rollt über den Boden. Meine Wange steht in Flammen. Bevor ich reagieren kann, hat mich Achim am Hemd gepackt und zu sich herangezogen. Ich bin zehn Zentimeter größer als er und schaue auf ihn runter. Die Worte kommen gepreßt zwischen seinen Zähnen hervor.

– Jetzt reden wir mal Tacheles. Wie hast du uns gefunden?

– Ich … Zufall …

Er macht drei Schritte nach vorne und trägt mich vor sich her, als hätte ich kein Gewicht, dann rammt er meinen Rücken gegen die Wand. Einmal, zweimal. Mein Kinn trifft auf seinen kahlen Schädel, meine Zähne knirschen aufeinander, die Bulldogge schüttelt mich durch.

– Ich frag dich nochmal: Wie hast du uns gefunden?!

– Ich sagte doch …

Seine Hände lösen sich von meinem Hemd, für eine Sekunde denke ich, ich habe es überstanden, da hämmert er mir auch schon in den Magen, eine Kombination von vier Schlägen, rechts, links, rechts, links. Achim hat in seiner Jugend geboxt. Amateurliga. Aber seine Knochen waren zu fein, hat er uns erklärt und dabei bedauernd auf seine Hände runtergeschaut, als hätten sie ihn verraten. Jetzt fühlen sich seine Fäuste an, als wären sie aus Granit. Mein Solarplexus implodiert, mir wird schwarz vor Augen. Ehe ich zusammensacken kann, hat er mich wieder gegen die Wand gedrückt. Es sind keine fünf Sekunden vergangen, ich schmecke Galle, ich muß würgen und schnappe nach Luft.

– Mika, sprich mit mir.

– Ich ...

Er wartet, ich atme, er wartet, ich erzähle es ihm.

2

Mein Kontaktmann war Pero Kostrin, und mir ist nie ganz klargeworden, ob er Kroate oder Serbe ist. Er behauptete, beides zu sein, denn das wäre sicherer. Unser erstes Zusammentreffen ist über ein Jahr her. Ich hatte da die Verwandlung zu Mika Stellar schon vollführt, fühlte mich aber noch fremd in meiner falschen Haut. Einen Monat lang habe ich jeden Nachmittag mit Pero verbracht. Ich hatte nur diese eine Chance und durfte sie nicht verspielen. Die Zeit lief, der nächste Winter stand bevor.

Unser Zusammensein hat mich dreitausend Euro gekostet.

Auf diese Weise habe ich sie gefunden.

Pero ist zweiundfünfzig Jahre alt und arbeitet bei der Stadtreinigung. Sein Name taucht in den Chats immer wieder auf. Kein Nickname, sondern sein wahrer Name, denn Pero hat nichts zu verbergen. Auch wenn viele sich outen wollen, besitzt kaum einer den Mumm dazu. Pero dagegen hat sich preisgegeben und galt in der Szene als Held, weil er freiwillig im Gefängnis saß. Er hat es für seinen Mentor getan. Nach dreieinhalb Jahren wurde er als therapiert entlassen.

Pero ißt nach der Arbeit am U-Bahnhof Ruhleben immer an derselben Imbißbude – weiße Stehtische, gelbe Sonnenschirme, rote Aschenbecher aus Plastik. Ich stellte mich zu ihm. Ein Blick genügte. Er sah mich an, er sah weg. Ich aß meine Boulette, er seinen Leberkäse. Die Tische draußen waren alle mit Rauchern besetzt. Ein Mann wollte sich zu uns stellen. Pero sagte ihm, der Platz wäre nicht frei. Wir blieben allein. Pero trank sein Bier, ich meine Cola. Als wir fertig waren, schaute er zum U-Bahneingang. Ich ließ ihn vorgehen und folgte nach einigen Minuten.

Der Bahnsteig liegt oberirdisch, und man schaut auf die Charlottenburger Chaussee hinunter. Eine U-Bahn kam und fuhr wieder ab. Pero wartete am Ende des Bahnsteigs auf einer Bank. Ich setzte mich neben ihn.

– Mein Name ist Mika, sagte ich, Du bist Pero, nicht wahr?

– Scheiße, sagte Pero und schwieg. Auch wenn er für alle sichtbar war, hieß das noch lange nicht, daß er gefunden werden wollte. Heldentum hin oder her, die Gefahr lauert überall. Pero sieht sich als Opfer. Da er keine Chance mehr hat, unter dem Radar zu leben, zeigt er sich. Dafür wird er respektiert.

Eine U-Bahn fuhr ein und fuhr wieder ab.

Pero wischt sich die feuchten Hände an der Hose ab.

– Ich verkehre nicht mehr in diesen Kreisen, sagte er, Ich bin raus.

Wir wußten beide, daß es kein raus gibt. Er sagte es, weil er es sagen mußte. Es gehört zur Etikette. Falls jemand zuhört, der nicht zuhören sollte. Pero ist seit fünf Monaten auf Bewährung draußen, er hat Auflagen zu erfüllen, er muß Abstand halten zu Gleichgesinnten.

– Ich will nicht in den Kreis, sagte ich.

Sein Lächeln hatte Kanten.

– Was willst du dann?

Ich antwortete nicht, ich hielt seinem Blick stand, er sah mich lange an, schaute dann den Bahnsteig hinunter und stand auf.

Eine U-Bahn fuhr ein und fuhr wieder ab.

Ich blieb allein zurück.

Am nächsten Tag erwartete ich Pero wieder nach der Arbeit. Es war ein Vorgeschmack auf den Pub. Geduld. Dieses Mal lud ich ihn ein. Currywurst mit Pommes und dazu ein Bier. Er war zufrieden, wir aßen, wir schwiegen, ich bestellte ein zweites Bier für ihn. Zehn Minuten später saßen wir auf dem Bahnsteig und betrachteten die Charlottenburger Chaussee, als wäre sie ein zäher Fluß, auf dem die Autos dahintrieben. Pero sagte, er könnte sich an meine Besuche gewöhnen. Er rieb die Fingerspitzen aneinander. Ich steckte ihm zweihundert Euro zu und bat ihn, von sich zu erzählen.

– Von Anfang an?

– Von Anfang an.

Ein leichter Nieselregen kam auf die Stadt herunter. Der Fluß kam ins Stocken. Eine Baustelle vor dem Bahnhofseingang sorgte für einen Stau, und natürlich war kein einziger Bauarbeiter zu sehen. Wagen hupten, Wagen drängelten. Sie wollten zu Ikea, sie wollten zum Baumarkt, sie wollten nach Hause. Ich sah ihnen dabei zu, während Peros Stimme mich an das Geräusch eines Kreisels erinnerte, kurz bevor er austrudelt und umkippt. Seine Worte waren hastig geflüstert. Er sprach von seiner ersten Liebe, dem Sohn eines Freundes. Damals war Pero Anfang zwanzig. Ein Jahr lang lief es problemlos. Er paßte am Wochenende auf den Jungen auf und ließ ihn bei sich übernachten, es war das übliche Programm. Pero kannte die Familie und war ein alter Freund. Er hatte immer Zeit, und so sparten sich die Eltern einen Babysitter. Wozu sind Freunde da? Sie bemerkten zwar die Veränderungen an ihrem Sohn – die Launen, das Schweigen, die überraschenden Wutausbrüche – sahen aber keine Verbindung zu ihrem guten Freund Pero. Ein Psychologe wurde zu Rate gezogen, ein Feriencamp im Sommer geplant. Erst als die Mutter einen Blutfleck in der Unterwäsche des Jungen entdeckte, kam es heraus. Der Vater brach Pero den rechten Arm und schlug ihm die Vorderzähne aus, erstattete aber keine Anzeige. Scham und Schande. Pero kam glimpflich davon. Er bereute keine Minute.

– Wie alt war der Junge? fragte ich.

– Fünf. Niemals werde ich den Kleinen vergessen. Ein Jahr habe ich nur für ihn gelebt. Nur für ihn! Das war es wert. Haut wie ein Pfirsich, Arsch wie ein Apfel, erste Liebe und so, verstehst du?

Plötzlich sah er mich abschätzend an, ich war ein offenes Fenster und er durfte reinschauen. Er brauchte nicht lange zu suchen.

– Scheiße, bist du ein Frischling?!

Er lachte, stieß mich mit der Schulter an.

– Alter, du bist eine verdammte Jungfrau!

Ich lächelte verlegen. Er hatte recht. Ich war eine verdammte Jungfrau.

Nach der ersten Woche holte ich Pero mit dem Auto ab. Das gefiel ihm sehr. Ich war sein Chauffeur, sammelte Geschichten und zahlte gut. Er sprach von der Szene und den Auf und Abs in seinem Leben, er lamentierte über das Elend, immer auf der Suche zu sein, und natürlich erzählte er auch von dem Hunger, der ihn antrieb. Wir fuhren im Schritttempo an Spielplätzen vorbei und er sagte, wo ich halten sollte. Wehmütige Erinnerungen stiegen in ihm auf. Manchmal saß er zwei, drei Minuten einfach nur da, schaute aus dem Wagen und tippte dabei mit einem Fingernagel gegen seine künstlichen Vorderzähne. Manchmal kamen ihm die Tränen.

– Sehnsucht, sagte er, Diese verfluchte Sehnsucht bringt mich irgendwann noch um.

Eines Tages hielten wir vor einer Eisdiele, und er zeigte mir seine neue Liebe. Der Junge hielt die Hand seiner älteren Schwester. Das Mädchen interessierte Pero nicht, sie hätte genauso gut unsichtbar sein können. Der Junge war sechs. Pero verriet mir seinen Namen. Er sagte: »Ich bin treu. Wenn ich verliebt bin, sehe ich keinen anderen an. Das ist wahre Liebe.« Er sagte auch: »Aber ich muß vorsichtig sein. Der Junge wird meine Nummer 9. Ich will das Glück ja nicht herausfordern. Bald feiere ich Jubiläum. Die Nummer 10 muß was ganz Besonderes sein.«

Nach vier Wochen hatte ich alles erfahren, was ich erfahren wollte, und stellte ihm die letzte Frage. Er war überrascht.
– Wozu willst du das denn wissen?
– Ich will verstehen, wie du sowas tun konntest.
Er dachte nach, als hätte er sich noch nie den Kopf darüber zerbrochen, wieso er dreieinhalb Jahre freiwillig hinter Gittern verbracht hat. Als er sprach, war seine Stimme belegt – Emotionen, Ehrfurcht, eine Prise Stolz.
– Wenn du in dieser Welt überleben willst, brauchst du einen Mentor, der dich leitet, der dir sagt, wie die Dinge sind, verstehst du? Einen, der dir erklärt, was geht und was nicht geht. Für deinen Mentor tust du dann alles, denn er ist es, der dir die Augen geöffnet hat. Du beginnst, die Welt als das zu sehen, was sie ist: Keine Illusionen mehr. All das Leiden und der Schmerz machen dich plötzlich zufrieden, verstehst du? Und das sollte das höchste Ziel eines jeden Menschen sein – Zufriedenheit. Ohne Zufriedenheit, existieren wir einfach nur. Deswegen war ich im Knast, verstehst du? Ich war zu-

frieden damit, die Strafe für meinen Mentor abzusitzen. Ich würde es sofort wieder tun. Mein Leben hat einen Sinn, weil er ihm einen Sinn gegeben hat.

– Und was war danach?

Er sagte, danach wäre der Kontakt abgebrochen.

– Mein Mentor hat sich verändert, sagte er, Er geht jetzt neue Wege.

Ich glaubte ihm. Alles findet ein Ende. Der Mentor ging neue Wege.

Bei unserem letzten Treffen saßen wir wieder auf der Bank, die U-Bahn fuhr ein, die U-Bahn fuhr ab. Plötzlich beugte sich Pero zu mir rüber. Sein Mund war nahe an meinem Ohr. Die Wärme seines Atems. Er nannte mir den Namen des Pubs. Er ließ mich wissen, daß ich den Mentor nicht suchen könne.

– Geh dorthin, sieh dich um, sei geduldig, verstehst du?

Wir beobachteten den Verkehr. Pero wartete auf eine Antwort. Ich sagte, ich hätte verstanden. Wir verabschiedeten uns nicht. Er stieg in die nächste U-Bahn und sah sich nicht nach mir um; ich nahm den Blick keine Sekunde von ihm. Die Türen schlossen sich. Die U-Bahn fuhr ab. Ich saß noch eine Weile da und beobachtete weiter die Charlottenburger Chaussee und wunderte mich, wie das Leben einfach so weitergehen konnte – ein Baum stürzt im Wald um, und niemand bekommt es mit.

3

Da ist das Ticken der Standuhr, da ist die Lüftung des Backofens, die von der Küche aus bis in das Wohnzimmer herüberatmet, in dem mir Achim mit schräggelegtem Kopf gegenübersteht. Ich habe ihm alles erzählt, er hat mich kein einziges Mal unterbrochen. Natürlich kennt er die Details nicht.

Was für eine Arbeit es war, ihre Namen herauszufinden. Wieviele Polizeiakten ich kaufen und lesen mußte, wieviele Monate ich damit verbracht habe, sie zu beobachten. Meine ganzen Ersparnisse gab ich dafür her, alles über diese Männer herauszufinden.

Achim gibt sich einen Ruck, reicht mir sein Glas und wartet, daß ich trinke. Die Eiswürfel sind von der Wärme seiner Hand geschmolzen, der Wodka ist lauwarm. Es schmeckt, als würde ich einen Teil von ihm trinken. Schweiß. Blut. Speichel. Mein Hals ist wund, die Beine zittern, ich leere das Glas.

– Das ist über ein Jahr her, sagt er, Wieso hast du so lange gewartet, bevor du uns aufgesucht hast?

– Respekt, lüge ich, Und natürlich Angst, daß ihr nichts mit mir zu tun haben wollt.

– Respekt ist gut, sagt er, Angst gehört dazu. Gib mir dein Handy.

Ich gebe ihm mein Handy. Er klickt sich durch das Menü, öffnet mein Adreßbuch und lacht, als er den Eintrag GOTT sieht. Er findet, was er gesucht hat, stellt die Verbindung her und schaltet das Handy auf Freisprechen. Wir hören es klingeln. Ein Anrufbeantworter springt an.

– Hier ist Pero. Tut mir leid, ich kann nicht rangehen. Versucht es später.

Achim nickt, als würde er über diese Worte nachdenken, dann gibt er mir das Handy zurück und rät mir, die Nummer zu löschen. Ich lösche die Nummer sofort und sage, was ich schon die ganze Zeit über sagen will.

– Ich bin froh, daß ich euch gefunden habe.

– Das solltest du auch sein.

Achim geht in die Küche, füllt die Gläser nach und schaut in den Backofen. Als wir am Tisch sitzen, sind wir gut angetrunken. Das Fleisch ist zart, die Kartoffeln perfekt, das Sauerkraut erinnert an feingesponnene Fäden. Achim tut mir eine zweite Portion auf.

– Kein böses Blut?

Ich schüttele den Kopf, der Schweiß unter meinen Achseln ist getrocknet, der Magen schmerzt noch, kein böses Blut. Ich frage ihn, ob die anderen wissen, warum wir uns heute getroffen haben. Achim grinst und wackelt mit den Augenbrauen. Es ist Antwort genug. Es würde mich auch nicht wundern, wenn sie längst mit Pero gesprochen hätten. Sie gehen keine Risiken ein, ich gehe keine Risiken ein, wir passen gut zusammen.

Ein Jahr Vorbereitungszeit ist nicht viel, wenn man ein anderer Mensch werden will. Ich brauchte nicht nur einen neuen Wohnort, ich brauchte eine neue Geschichte, einen neuen Namen, ein neues Leben. Die Zeit des Lügens begann. Die Papiere bekam ich recht schnell – Personalausweis, Führerschein, Urkunden – auch die Einträge im Internet waren kein Problem, mein neues Image stand in einer Woche. Die größte Schwierigkeit war meine Arbeit. Ich konnte meiner Schule nicht erzählen, ich wäre jetzt Mika Stellar. Ein Wechsel war nötig, also habe ich meine Stelle in Steglitz aufgegeben. Die neue Schule liegt in Köpenick, sie ist klein, privat, und niemand zweifelt die Existenz von Mika Stellar an. Meine Identität wird jeder Nachforschung standhalten. Ich bin mir sicher, Achim hat mich längst unter die Lupe genommen und weiß, wo ich wohne. Ich bin jetzt ein Teil ihres Lebens. Es gibt keine Geheimnisse.

Nach dem Essen schaltet Achim einen von diesen Gasheizstrahler an, und wir setzen uns auf die Terrasse, trinken Cognac und schauen auf den verschneiten Garten. Achim raucht Zigarre, seine rechte Gesichtshälfte liegt im Schatten. Er wirkt wie ein zufriedener Arbeiter, der den Feierabend genießt. Jeden Moment wird er mir erzählen, wie sie zusammenkamen. Ich weiß, daß er mit zum Urgestein gehört. Eine Gruppe von Männern fand sich. Das ist der Anfang.

– Nichts ist so, wie du denkst, sagt Achim.

Ich denke nicht, ich höre nur zu, er wartet, daß ich frage, also frage ich, was das heißt.

– Das heißt, es geht nicht einfach um Sex, antwortet er.

Ich atme tief ein, irgendwas stimmt nicht, und ich weiß nicht, was es ist. Achim dreht die Asche von der Zigarre am Rand des Aschenbechers ab. Es fühlt sich an wie eine Falle. Was für eine Reaktion erwartet er?

Es geht nicht einfach um Sex.

Wie soll ich darauf nur reagieren?

– Nicht? sage ich schwach.

Er lächelt, mein verwirrter Gesichtsausdruck amüsiert ihn. Er betrachtet mich, als wäre ich sechzehn Jahre alt und hätte nur eines im Sinn.

– Sex hat damit wenig zu tun, Mika.

– Um was geht es dann?

Seine Antwort ist knapp und präzise und könnte aus meinem Repertoire stammen – ein Wort wie ein Flußkiesel, der vom Wasser glattgerieben wurde. Keine Kanten, keine Ecken.

– Unschuld, sagt er, Es geht um Unschuld.

SIE

SIE

Sie sind unantastbar. Niemand spricht öffentlich über sie, der Respekt läßt die Leute schweigen. Über die Jahrzehnte hinweg sind sie gewachsen, und jedes Wachstum fordert einen Tribut. Geschichten sickern durch, Theorien und Mutmaßungen breiten sich aus.

Für viele sind sie ein Mythos, aber davon halten sie selbst nichts, denn sie sind real, und alles was real ist, sollte nicht mystifiziert, sondern respektiert werden. Ihre Wurzeln reichen tief in die Vergangenheit Deutschlands hinab. Sie wuchsen während des Ersten Weltkrieges zusammen, und seitdem ist ihre Gemeinschaft unzertrennlich. Sie wurden von ihren Vätern zu dem gemacht, was sie jetzt sind, weil sie überleben sollten. Disziplin hält sie zusammen, Tradition verbindet und macht sie stark, der Winter läßt sie jagen.

Wenn sie im Winter zusammenkommen, endet die Kommunikation mit der Außenwelt. Sie sind in diesen Zeiten unerreichbar. Ihr Fokus richtet sich auf den winzigen Kosmos, der aus einem Stück Land und einer Hütte besteht. Sobald der Winter sich aber seinem Ende nähert, löst sich der Kosmos auf und sie kehren in das normale Leben zurück.

Und planen, und bereiten sich auf den nächsten Winter vor.

Während der Jagd sind sie immer zu viert, aber ihre Plätze werden regelmäßig neu besetzt. So wachsen sie langsam, aber stetig. In bestimmten Intervallen öffnen sie sich und suchen Mitglieder. Das alte Blut muß durch frisches Blut ausgetauscht werden. Für jeden, der geht, kommt ein neuer hinzu. Dafür öffnen sie ihre Türen, und wer einmal durch diese Türen getreten ist, der gehört zu ihnen. Es gibt kein Zurück. Das normale Leben endet, das wahre Leben beginnt.

Ihnen ist bewußt, daß alles, was in unseren Zeiten geschieht, genau beobachtet wird. Sie sind keine Hinterwäldler, sie kennen die neuesten Technologien und nutzen sie, aber so sehr sie sich auch Mühe geben, es ist ihnen unmöglich, alle ihre Spuren zu verwischen. Wer sucht, der findet. Und da gibt es die Neider, und da gibt es die Bewunderer, und da gibt es die Leute, die sie zu kopieren versuchen und nichts wissen von dem Hunger, der sie zu dem gemacht hat, was sie jetzt sind. Und schließlich sind da noch die, die versuchen, ihnen auf die Spur zu kommen.

Es ist nicht so, daß sie sie fürchten.

Es ist eher so, daß es sie fasziniert, wie jemand auf die Idee kommen kann, den Jäger zu jagen.

ICH

ICH

1

Ich bin wie benommen und verstehe nichts. Achim spricht und spricht, und seine Worte hallen leer in meinem Kopf nach.

– Mika, hörst du mir überhaupt zu?

– Ich … Ich höre dich.

– Sex ist nicht alles.

– Aber---

– Laß dich überraschen, unterbricht er mich und gießt mir Cognac nach. Seine Augen glänzen. Ich glaube ihm kein Wort. Es hat wieder angefangen zu schneien, und ich habe das Gefühl, daß die Schneeflocken direkt in meinem Kopf landen und jeden Gedanken ersticken. Achim bemerkt es nicht, seine Stimme ist wie ein Messer, das Samt zerschneidet.

– Ich sage dir, was uns bevorsteht, Mika. Wir werden uns auf die Jagd machen. Wir werden unantastbar und so gefährlich sein, daß die Leute uns fürchten, kannst du dir das vorstellen? Wir werden ein Mythos sein. Du hast großes Glück gehabt, daß wir dich aufgenommen haben, denn wir sind sehr wählerisch. Wir haben dich eine Weile beobachtet. Am Anfang konnte ich dich nicht leiden. Du warst mir zu unsicher, als würde das Leben für dich keinen Sinn machen.

Depressiv und voller Trauer. Mit so einem Scheiß will ich mich nicht auseinandersetzen. Aber Hagen hat mich dann überzeugt. Er sagte: »Laß ihn an den Tisch kommen, dann sehen wir weiter.« Den Rest kennst du.

Ja, den Rest kenne ich. Mika Stellar hat die Prüfung bestanden. Er ist der Mann, für den das Leben keinen Sinn macht. Depressiv und voller Trauer. Willkommen in meiner Welt.

– Aber ich warne dich, spricht Achim weiter, Wenn du wirklich dazugehören willst, dann gibt es kein Zurück. Du machst einen Schritt nach vorn …

Er schnippt mit den Fingern.

– … und bist einer von uns, verstehst du?

– Ich verstehe.

– Von da an bist auch du unantastbar, und wir sind für immer miteinander verbunden.

Ich schlucke, mein Hals ist trocken. *Für immer miteinander verbunden*, klingt es in meinem Kopf nach und läßt mich an einen uralten Knoten denken, der vom Wetter ganz ausgeblichen ist. Ich schaue schnell in mein Glas, aber ich bin zu langsam. Achim liest mir die Gedanken vom Gesicht ab.

– Du denkst an deine Tochter, nicht wahr?

Ich schaue wieder auf. Mein Blick verrät nichts, es wäre gefährlich, wenn Achim meine Gedanken jetzt hören könnte. Natürlich denke ich an meine Tochter. Es gibt keinen Moment, in dem ich nicht an sie denke. Alles dreht sich nur um mein kleines Mädchen. Deswegen bin ich hier, deswegen verbringe ich die Abende mit vier Männern in einem Pub und entblöße meine Seele und bin ein Schwein unter Schweinen. Für meine Tochter, die mir nicht mehr in die Augen schauen kann.

Ich nicke, ja, ich denke an meine Tochter.

– Was dir bevorsteht, sagt Achim, Wird dich die Kleine vergessen lassen, Mika.

Er kann nicht wissen, wie falsch er mit seinem Worten liegt. Nichts kann mich meine Tochter vergessen lassen. Ein Vater, der sein Kind vergißt, ist kein Vater. Ich hebe mein Glas. Wir stoßen an, wir trinken, und dann sagt er, das war es für heute und schmeißt mich raus.

2

Ich bin noch immer benommen und überquere die Straße wie ein
Betrunkener. Ich lehne mich gegen meinen Wagen und schaue zurück auf den Bungalow. Die Fenster im oberen Stock sind dunkel, es
ist ein Haus wie alle anderen Häuser in dieser Straße. Ich stehe da
und kann es nicht fassen, daß ich so wenig erfahren habe – keine
Geschichte über ihre Wurzeln, kein Prahlen über ihre Vergangenheit.
Ich habe das Gefühl, meine Recherchen sind an ihre Grenzen gestoßen. Aber Achim hat von der Jagd gesprochen. Das muß mir
reichen, ich darf nicht auf der falschen Spur sein, das muß mir einfach reichen. Aber was soll dann die Unschuld? Ich verstehe das
nicht. Was ist das für eine verdammte Symbolik? *Unschuld.* Es ru-
mort in meinem Magen, ich schließe den Wagen auf und lasse dabei
zweimal den Schlüssel in den Schnee fallen. Ich verstehe nicht, was
hier geschieht. Die Situation macht mich nervös. Ich steige ein und
starte den Motor. Ich muß hier verschwinden, ehe ich wieder an der
Tür klingele und von Achim verlange, er soll sich besser erklären.
Das darf nicht passieren. Außerdem ist es längst an der Zeit, daß ich
nach Hause komme. Meine Tochter wartet.

3

Es ist still in ihrem Zimmer, das Licht scheint warm unter der Tür hindurch. Vielleicht schläft sie, vielleicht hält sie jedesmal die Luft an, sobald sie mich nach Hause kommen hört. Ich rücke das S zurecht und lausche eine gute Minute lang, ehe ich in die Küche runtergehe.

Das schmutzige Geschirr stapelt sich, es riecht sauer nach geronnener Milch, und der Kühlschrank steht einen Spalt offen. Ich schalte das Radio an und beginne abzuspülen. Musik, Werbung, Gerede. Die Stimmen aus dem Radio sind mir so fremd, als wäre die Außenwelt nur eine Kulisse für mein neues Leben. Nachdem ich das Geschirr abgetrocknet habe, lasse ich das Wasser ablaufen und sehe aus den Augenwinkeln, daß meine Tochter im Türrahmen lehnt. Sie wartet darauf, daß ich sie bemerke.

Ich drehe mich um.

Ihr linker Fuß steht auf dem rechten, sie hat die Arme um sich gelegt, als würde sie frieren. Meine Tochter ist so dünn, daß die Leute sie für jünger halten. Ich weiß, sie ißt zu wenig, aber mit fester Nahrung darf ich ihr nicht kommen. Also frage ich, ob sie einen Kakao trinken möchte. Sie schüttelt den Kopf. Ich frage, ob sie reden möchte. Sie schüttelt erneut den Kopf und sagt, ihr wäre kalt.

Im Wohnzimmer wickele ich sie in eine Decke. Sie hat das Sofa für sich allein, ich darf ihr nicht zu nahe kommen, also nehme ich Platz auf dem Sessel gegenüber und versuche, sie nicht unentwegt anzustarren. Mein Blick wandert zum Telefon, der Anrufbeantworter blinkt. Ich ignoriere das Blinken. Meine Tochter nicht.

– Tante Rita will mit dir reden, sagt sie.

– Ich weiß, ich rufe sie morgen zurück.

Rita ist meine Schwester. Ich verspreche seit Wochen, sie zurückzurufen. Meine Tochter weiß, daß ich lüge, ich weiß, daß ich lüge. Wir sitzen uns gegenüber und ich wünschte, wir wären uns näher. Meine Tochter fragt, ob ich Fortschritte mache. Wir reden jeden Abend über mein Vorhaben. Wir sind eine Wiederholung einer Wiederholung. Ich erzähle ihr, was heute bei Achim passiert ist. Ich erzähle ihr, daß ich jetzt dazugehöre.

– Aber Papa, sie sind gefährlich, sagt sie.

– Dann muß ich gefährlicher sein, erwidere ich.

Sie lacht nicht. Sie weiß, es ist kein Witz. Sie kennt meinen Plan, sie kennt meine Wut, wir sind ein Team. Ich bin die Flamme und sie ist es, die die Flamme füttert. Insgeheim weiß ich, daß meine Tochter stolz auf mich ist. Meine Frau dagegen versteht einfach nicht, wie ich mich so verändern konnte. Ich soll es der Polizei überlassen, das wäre ihre Arbeit. Aber genau das ist mein Problem – die Polizei hat gefahndet und gefahndet, und dann hat sie die Hände in den Schoß gelegt, denn mehr konnte sie nicht tun. Ich will mehr. Ich will Klarheit.

– Unschuld? fragt meine Tochter.

– Unschuld, sage ich.

Meine Tochter zieht die Decke fester um sich und schaut auf den Fernseher.

– Sie lügen.

– Ich weiß, daß sie lügen, sage ich und wünsche mir, ihre Mutter könnte sie sehen. So in Sicherheit, so zerbrechlich. Meine Tochter wird heute wieder hier unten schlafen, es hat keinen Sinn, mit ihr darüber zu diskutieren. Ich schließe die Augen und küsse ihre Stirn, die Haut ist heiß und trocken. Es fällt mir schwer, sie allein zu lassen. Manchmal ist selbst der kleinste Abschied wie ein schwarzes Loch, das sich in meiner Seele öffnet und in dem alles, was ich bin, spurlos verschwindet. Ich habe meine Tochter einmal verloren, ich werde sie kein zweites Mal verlieren.

4

Unsere Tochter verschwand vor zwei Jahren.

Es war ein Samstag Ende März.

Sie war elf.

Der Frühlingsanfang lag hinter uns, und der Winter hatte sich noch einmal aufgebäumt und tobte über der Stadt, als würde er sich gegen den Jahreszeitenwechsel wehren. Es schneite ohne Pause, und viele sprachen von der neuen Eiszeit. Damals mochte ich den Winter, heute hasse ich ihn.

Meine Frau und ich waren an dem Abend bei Freunden eingeladen und hatten unsere Tochter allein zu Hause gelassen. Sie hatte darauf bestanden, sie war ja kein kleines Kind mehr, außerdem wollte sie auf keinen Fall ihre Lieblingsserie im Fernsehen verpassen. Natürlich wußten wir, daß sie den Großteil der Zeit vor ihrem Notebook saß und mit ihren Freundinnen chattete, während ihre Lieblingsserie im Hintergrund lief. Wann immer wir vorschlugen, sie könnte ihre Freundinnen doch zu sich einladen, verdrehte sie die Augen und fragte, wo denn da der Spaß sei.

Wir wollten gegen neun wieder zu Hause sein, kamen aber erst gegen halb elf zurück. Der Verkehr auf der Stadtautobahn war ins Stocken geraten, weil sich ein Lastwagen quergelegt hatte. Ein Schritt in das Haus hinein reichte, und ich wußte sofort, daß etwas nicht stimmte. Der Fernseher war ausgeschaltet, die Heizung summte, und das Tropfen des Wasserhahns war überdeutlich aus der Küche zu hören. Es war unangenehm still, und es war nie still, wenn unsere Tochter alleine war. Stille war für sie ein Ding der Unmöglichkeit.

Sie befand sich nicht in ihrem Zimmer oder sonstwo im Haus, sie war nicht bei der Nachbarin, ihr Handy lag auf dem Wohnzimmertisch, die Stiefel standen im Flur, und ihr Wintermantel hing an der Garderobe. Sie hatte uns keine Nachricht hinterlassen.

Meine Frau und ich nahmen das Haus auseinander, wir durchsuchten jedes Zimmer und waren so sehr in Panik, daß wir uns nach zehn Minuten anschrien und einen Streit anfingen, der damit endete, daß ich in Socken vor die Tür rannte, um nach Spuren zu suchen. Es war sinnlos. Der Schnee kam dicht und schwer vom Himmel, was auch immer es für Spuren gegeben hatte, sie waren unter all dem Weiß begraben.

Ich kehrte ins Haus zurück und beschloß, die Polizei anzurufen.

– Was ist, wenn sie nur bei einer Freundin ist? sagte meine Frau.

– Ohne Stiefel? Ohne Mantel? Sei doch mal realistisch!

Ich rief die Polizei an. Sie sagten mir, ich solle mal bei den Freundinnen anrufen. Ich wollte ihnen erklären, daß meine Frau genau dasselbe vorgeschlagen hatte, daß aber niemand ohne Stiefel und Mantel aus dem Haus geht, auch nicht unsere Tochter, aber ich verkniff es mir im letzten Moment, als ich das Gesicht meiner Frau sah. Sie hatte sich beide Hände auf den Mund gedrückt. Ich folgte ihrem Blick. Sie starrte auf den Teppich neben dem Sofa. Für einen albernen Moment war ich mir sicher, sie hatte unsere Tochter entdeckt, die sich wie eine verspielte Fünfjährige unter dem Sofa versteckte.

Dann bemerkte ich den Abdruck am Teppichrand. Er mußte bis vor kurzem noch feucht gewesen sein, jetzt war er eingetrocknet, so daß die Hohlräume der Profilsohle deutlich auf dem Teppichflor zu sehen waren. Jemand hatte hier mit seinen schneenassen Stiefeln gestanden.

– Hallo, sind Sie noch dran? fragte der Polizist am anderen Ende der Leitung.

Ich konnte nicht antworten, denn meine Augen suchten nach mehr Spuren. Wohin ich auch sah, nur meine nassen Strümpfe hatten feuchte Abdrücke auf dem Holzboden hinterlassen. Ich rührte mich nicht, aus Furcht, Beweise zu vernichten. Meine Frau nahm mir den Hörer aus der Hand. Ich hörte sie mit der Polizei sprechen, sie muß danach auch mit mir geredet haben, aber meine Ohren waren wie mit Watte verstopft. Spuren, meine Augen suchten nach Spuren.

Eine Stunde später standen zwei Polizisten im Wohnzimmer und betrachteten den Abdruck auf dem Teppich. Ich wartete auf einen abfälligen Kommentar, daß sie sich ratlos umschauten und wieder gingen, denn was sollten sie schon mit einem albernen Stiefelabdruck auf dem Teppich anfangen. Während sich einer von ihnen die Fenster, die Terrassen- und die Garagentür ansah und nach Einbruchsspuren suchte, bat mich der andere Polizist, ihm alle meine Stiefel zu zeigen.

– Verdächtigen Sie mich? fragte ich.

– Nein, ich will nur ausschließen, daß der Abdruck von Ihnen ist, antwortete er mir auf eine beruhigende Art, Danach sehen wir weiter.

Und so nahm es seinen Anfang.

Wir hatten nicht viel. Es gab keine Einbruchsspuren und keine Nachricht des Entführers, es gab nur einen eingetrockneten Stiefelabdruck auf unserem Teppich, dem wir eine Woche lang ehrfürchtig aus dem Weg gingen, ehe die Putzfrau ihn mit einer Bewegung des Staubsaugers verschwinden ließ.

Die Polizei startete eine bundesweite Fahndung, aber ohne Hinweise führte ihre Suche nirgendwohin. Die Nachbarn wurden befragt, die Verwandten angerufen. Die Freundinnen unserer Tochter standen mit brennenden Kerzen vor unserem Haus und verteilten Handzettel, auf denen ein Photo von ihr abgebildet war. Vier Tage lang dachte Berlin an uns, dann vergaß die Stadt uns wieder.

Es war die schlimmste Zeit in unserem Leben. Erst zogen wir uns zurück, verbrachten Stunden im Internet und wollten niemanden sehen. Telefonieren war tabu, jeder Anruf konnte der wichtige Anruf sein, die Leitung mußte frei bleiben.

Der Anruf kam nie.

Nach dem Rückzug gingen wir in die Offensive, sprachen Leute auf der Straße an und suchten nach Zeugen. Wochen zogen ins Land, und die Kraft begann uns zu verlassen. Es gab keine Neuigkeiten, es gab keine Verdächtigen, es war ein wenig so, als hätte es unsere Tochter nie gegeben. Wir waren ausgebrannt, wir waren verzweifelt und spürten, wie uns die Hoffnung durch die Finger zu rieseln begann.

Meine Frau fing an, verschiedene Hilfsgruppen zu besuchen, und fand ihre Rettung in dem Mitleid anderer Menschen. Sie sprach mit Eltern, denen dasselbe widerfahren war wie uns. Eltern, die ihre Kinder vermißten und verzweifelt genug waren, um sich zusammenzutun. Wir drifteten in dieser Zeit auseinander. Ich suchte meine Rettung in der Wut, denn ich brauchte keine Anlehnung und kein Verständnis. Mir fehlten Fakten. Und so begann ich mit meiner Recherche.

Ich wünschte, ich könnte im Nachhinein sagen, meine Frau und ich zogen an einem Strang. Ich wünschte, wir hätten uns aneinandergeklammert wie Ertrinkende. Wir verloren uns mehr und mehr und sprachen kaum noch miteinander. Als ich ihr erzählte, ich wollte nicht mehr tatenlos abwarten, ob die Polizei eine Spur fand oder nicht, sagte sie:

– Du kannst nicht Privatdetektiv spielen.

– Natürlich kann ich das.

– Nein, das kannst du nicht. Überlaß das der Polizei.

– Aber sie kommen nicht weiter.

– Glaubst du, du kannst ihre Arbeit besser machen?

– Das habe ich nicht gesagt.

– Glaubst du wirklich, die sind dumm und wissen nicht, was sie tun?

– Auch das habe ich nicht gesagt.

– Was sagst du dann?

– Ich kann nicht einfach nur rumsitzen und nichts tun.

– Was heißt das? Findest du, daß ich nichts tue?

– Was tust du schon? Du besuchst deine Selbsthilfegruppen, ihr teilt eure Probleme, und danach trinkt ihr einen Kaffee.

– Du bist so ein Schwein.

– Ich sag doch nur, daß---

– Ohne diese Gruppe hätte ich mich längst umgebracht.

– Ja, aber was hilft das unserer Tochter?

Sie sah mich verwirrt an.

– Das hilft nur dir, sagte ich, Nur dir allein.

Sie nahm ein Kissen und drückte ihr Gesicht hinein, damit ich ihre Wutschreie nicht hören konnte.

Als Student war eine gründliche Recherche für mich die Essenz jeder Arbeit gewesen; als Lehrer hatte ich meine Vorgehensweise perfektioniert und ein eigenes System entwickelt. Ich hatte eine Anfangsposition und begann von da aus, eine Brücke aus Informationen zu bauen, die mich letztendlich zu meiner Tochter führen sollte. Ich sagte mir, wenn jemand sie finden kann, dann bin ich das. Die Zuversicht half mir über Furcht und Schmerz hinweg. Sie setzte sich in meinen Gehirnwindungen fest und feuerte mich unentwegt an: *Du wirst sie finden, du wirst sie suchen und du wirst sie finden, denn so funktioniert das Leben, so ist die Welt gemacht – ein Vater findet sein Kind immer, wenn er richtig sucht.*

Zwei Jahre sind seitdem vergangen. Meine Tochter ist wieder ein fester Bestandteil meines Lebens, dennoch werde ich es mir nie verzeihen, sie auch nur für eine Sekunde aus den Augen gelassen zu haben. Meine Recherchen haben sie mir zurückgebracht. Und meine Frau hat es mir gedankt, indem sie mich verließ.

Unsere Ehe ist an meiner Suche nach unserer Tochter zerbrochen. Seitdem meidet mich meine Frau. Für sie habe ich zu viele Grenzen überschritten, und ich habe vor noch weiter zu gehen. Ich werde die Bestie finden, die es gewagt hat, unsere Tochter zu stehlen. Ich bin auf der Jagd. Ich bin ganz bewußt mit dem Kopf voran in die Dunkelheit eingetaucht und werde erst dann wieder auftauchen, wenn ich das Herz der Bestie in der Hand halte und es nicht mehr schlägt.

5

Die Türklingel schreckt mich aus dem Schlaf, Sekunden später höre ich das Klopfen. Ich sehe zum Wecker, es ist kurz nach fünf. Mein Kopf schmerzt von Achims Cognac. Es wird erneut geklopft. Ich renne in Shorts die Treppe runter und versuche, so leise wie möglich zu sein, was albern ist, denn das Klopfen hallt durch das ganze Haus. Meine Tochter hat die Decke über ihren Kopf gezogen und tut, als würde sie weiterschlafen.

Ich schalte die Außenlampe an und ziehe die Haustür auf.

Sie stehen im Schnee und grinsen mich an.

– Überraschung! ruft Hagen.

– Wir holen dich ab, sagt Edmont.

– Es wird Zeit, daß wir dir das Clubhaus zeigen, sagt Franco.

Achim sieht auf die Uhr, sieht mich an.

– Du hast fünf Minuten, dann fahren wir.

Edmont neigt den Kopf, um an mir vorbei ins Haus zu schauen.

– Für einen kleinen Kaffee ist doch sicher Zeit, oder?

– Bitte, sage ich, Seid leise, meine Tochter schläft noch.

Sie werden leise, sie werden respektvoll und weichen sogar einen halben Schritt zurück.

Wir holen uns den Kaffee auf der Fahrt, beschließt Achim und tippt auf die Uhr, Und jetzt beeil dich, damit wir nicht in den Morgenverkehr geraten.

Ich schließe die Tür und bin in Schweiß gebadet. Ich bin einer von ihnen. Sie öffnen sich. Mein Besuch gestern bei Achim muß den Ausschlag gegeben haben. Ich stelle mir vor, wie er danach mein Notebook durchforstet hat und auf die Filme und Photos gestoßen ist. Ich war gut vorbereitet, all die Stunden, die ich mich im Internet durch den Dreck gewühlt habe, waren nicht umsonst. Seit einem Jahr warte ich auf diesen Moment.

Der Winter ist da, und es ist an der Zeit, daß ich das Clubhaus sehe.

6

Wir verlassen Berlin vor dem Morgenverkehr, fahren an Waltersdorf vorbei und am Schweriner See von der Autobahn runter. Edmont hat darauf bestanden, daß ich sein Beifahrer bin. Es fühlt sich komisch an, Hagen, Franco und Achim hinter mir zu wissen. Ich muß mich beherrschen, nicht alle paar Minuten in den Rückspiegel zu schauen.

An einer Tankstelle kaufen wir Kaffee und Croissants. Wir stehen frierend neben dem Wagen und frühstücken. Es wird über die Treibstoffpolitik geflucht, die sie alle verabscheuen. Sie schließen Wetten ab, wann der genmanipulierte Mais uns überrollen wird. Sie erwähnen aber mit keinem Wort, wohin wir unterwegs sind.

Dann fahren wir weiter.

Wir befinden uns jetzt südlich des Naturparks Dahme-Heideseen. Die Straßen sind kaum befahren, die Landschaft weiß und rein, hier steht die Zeit still. Winzige Ortschaften huschen vorbei, ohne eine Erinnerung zu hinterlassen, hier und da ein Supermarkt oder eine Tankstelle. Die Häuser wirken unbewohnt, die Jalousien sind um diese Uhrzeit noch unten. Zweimal kommt uns ein Räumfahrzeug entgegen, ansonsten gibt es keinen Verkehr. Ich spüre, daß wir uns dem Ziel nähern. Die Gespräche verstummen, sie lauschen jetzt dem Radio und drehen es lauter, sobald die Nachrichten kommen. Sie verhalten sich wie Bankräuber, die hoffen, nicht in eine Straßensperre zu geraten. Ich beobachte die Umgebung, merke mir Ortsnamen und versuche, die Orientierung zu behalten. Schneebedeckte Felder, Wald, noch mehr Wald. Das Weiß beginnt, in den Augen zu schmerzen. Zwischen zwei Orten und mitten auf der Landstraße bremst Edmont plötzlich ab und biegt in einen Forstweg ein. Wir werden durchgeschüttelt, Edmont lacht und sagt, er könnte die Strecke mit verbundenen Augen fahren. Ich halte mich am Türgriff fest und hoffe, daß seine Augen offen sind.

Nach hundert Metern kommt eine Schranke, und für einen Moment bin ich mir sicher, Edmont wird das Tempo halten und durch die Schranke rasen wie ein billiger Charles Bronson auf Zerstörungskurs. Ich drücke die Füße fest auf den Boden und bereite mich auf den Aufprall vor. Edmont bremst, der Wagen schlingert ein wenig, dann kommt er zum Stehen. Hagen steigt aus und hebt die Schranke an, Edmont zwinkert mir zu, dann nimmt er den Fuß von der Bremse, und die Reifen rollen knirschend über den Neuschnee. Wir passieren die Schranke im Schrittempo, und ich kann im Rückspiegel sehen, wie Hagen sie wieder runterläßt und zum Wagen gelaufen kommt.

Die Äste der Tannen schleifen über das Wagendach. Der Waldweg ist durch rote Farbstreifen an den Bäumen markiert. Das Auto hat keine Schwierigkeiten, durch den tiefen Schnee zu kommen. Es ist ein Mercedes Viano und hat knappe 2000 Kilometer runter. Der Wagen wirkt, als wäre er eben vom Fließband gekommen. Heck- und Seitenfenster sind getönt, der Innenraum riecht neu, und die Abgasplakette ist noch nicht von der Sonne ausgebleicht.

– Fahrt ihr hier oft raus? frage ich.

– Mehrmals im Jahr, antwortet Edmont.

– Und wie weit ist es noch?

Eine Hand legt sich von hinten auf meine Schulter. Franco sagt, ich solle mich gedulden, wir seien gleich da. Ich nicke, ich bin geduldig, seine Hand verschwindet wieder. Ich schaue auf den Tacho. Nach achthundert Metern hält Edmont wieder, zieht die Handbremse und springt raus in den Schnee. Im selben Moment gleiten die Seitentüren auf, und einer nach dem anderen verlassen sie das Auto. Meine Hände zittern, als ich den Gurt löse.

Sie stehen zwanzig Meter entfernt am Rand einer Böschung. Es sieht aus, als hätten sie sich zum Pinkeln aufgereiht. Ich stakse durch den kniehohen Schnee und stelle mich zwischen Hagen und Achim. Wir sind auf einem Hügel. Die Ebene unter uns ist schmal und eingeschlossen von Tannen. An der breitesten Stelle steht eine Blockhütte mit einer Scheune daneben.

– Ich wünschte, ich könnte eines Tages hier leben, sagt Edmont.

– Viel zu einsam, murmelt Achim.

– Niemals hältst du die Stille aus, sagt Hagen.

Edmont spuckt aus.

– Ich könnte es versuchen.

Franco lacht.

– Du würdest durchdrehen, du bist ein Stadtmensch.

Darauf fällt Edmont nichts mehr ein, Franco zeigt auf den Wald hinter der Blockhütte.

– Mika, siehst du die Felsen?

Ich sehe sie nicht, ich sehe nur Schnee und Wald.

– Da unten liegt einer von drei Seen. Wir haben dort im Sommer ein paarmal geangelt, aber kein einziger Fisch hat angebissen.

– Falls da überhaupt Fische drin sind, sagt Achim, Das hier ist der

Osten, wahrscheinlich haben sie ihren Atommüll im Wasser entsorgt.

– Ich glaube nicht, daß sie Atomkraftwerke hatten, sagt Hagen.

Edmont stößt mich mit der Schulter an.

– Und? Was sagst du?

– Gefällt mir.

– Du wirst es lieben, verspricht mir Edmont, und klingt dabei wie ein kleiner Junge, der endlich Ferien hat, Was ist jetzt, gehen wir runter oder tun wir nur so?

Achim schaut wieder auf seine Uhr, es ist eindeutig, daß er für den Zeitplan verantwortlich ist. Er nickt und kehrt zum Wagen zurück. Wir entladen Kartons und Kisten mit Mineralwasser. Ein schmaler Pfad führt die Böschung hinab. Wir marschieren in einer Reihe, und Franco erzählt von der Gegend und davon, daß das hier früher ein Militärgelände gewesen sei.

– Munition und Bombenreste kannst du hier überall finden. Deswegen haben wir im Sommer auch den Zaun repariert. Es wäre unpassend, wenn uns während der Jagd irgendwelche Schatzsucher in die Quere kommen würden.

Wir treten auf eine Lichtung, und da ist der Zaun und da ist auch ein Tor. Es ist zugeweht, und wir müssen erst den Schnee beiseite wischen, um an das Schloß heranzukommen. Achim öffnet das Tor, und wir betreten das Grundstück. Der Pfad windet sich den Hang hinunter, und ich kann sehen, daß die Blockhütte und die Scheune größer sind, als ich auf die Entfernung dachte. Sie wirken wie zwei Kohleflecken in all dem Weiß. Wir bleiben in andächtigem Abstand stehen.

– Willkommen im wahren Leben! sagt Franco.

Hagen legt den Kopf in den Nacken, wie er es schon einmal im Pub getan hat, und stößt ein Heulen aus. Das Echo wandert über die Ebene. Es wird wieder still.

– Hörst du das? fragt Hagen.

Ich lausche, sie lauschen mit mir, nichts ist zu hören. Kein Nachbar, der sich beschwert, kein bellender Hund, kein Verkehr. Ein Ast knackt über unseren Köpfen, mehr geschieht nicht.

– Nichts! sagt Hagen, Ist das nicht irre? Du kannst dir hier die Kehle heiser schreien und niemand wird kommen, Mann, stell dir das vor!

– Jetzt beruhige dich mal, sagt Achim und lacht, Hilf mir lieber, damit wir ein wenig Licht in die Bude bringen.

Er reicht Franco die Getränkekisten und geht mit Hagen an der Hütte entlang, um die Fensterläden aufzuklappen. Franco stampft ein paarmal mit den Füßen auf, damit sich der Schnee von seinen Stiefeln löst, dann schließt er die Tür zur Hütte auf und trägt die Kisten rein. Die Tür läßt er hinter sich offen stehen.

– Worauf wartest du? fragt mich Edmont.

Ich zeige mit dem Kinn zur Scheune.

– Was ist dort drin?

Edmont grinst.

– Da drin werden alle Träume wahr, sagt er, Aber das sehen wir uns später an.

Er macht eine einladende Geste.

– Nach dir, Mika.

Und so betrete ich die Hütte.

DU

DU

Du hast nie etwas von einer Scheune gesagt.

Haben sie dich dort gefangengehalten, Lucia?

Hast du die Scheune deshalb nie erwähnt?

Nachdem man dich von der Autobahn aufgesammelt hatte, lagst du vier Wochen lang im Krankenhaus. Die Polizei war genauso ratlos wie deine Eltern. Vielleicht hatte man dich absichtlich in dieser Gegend ausgesetzt. Vielleicht auch nicht. Du hättest viele ihrer Fragen beantworten können, aber du hast geschwiegen, wie es sich für eine Tote gehört.

Die Ärzte machten einen MRT von deinem Gehirn und untersuchten dich so gründlich, als wärst du eine fremde Spezies. Das Ergebnis verwirrte sie. Man hatte dich körperlich nicht mißhandelt. Du warst zwar vollkommen ausgezehrt, hattest aber von den Erfrierungen, Kratzern und den zwei Schnitten am Knie und der Hüfte abgesehen keine inneren oder äußerlichen Verletzungen. Sie gingen von einem Schock aus und sagten, daß dir nur therapeutisch geholfen werden könne.

Du hast dich kaum bewegt, du warst zwar anwesend, gleichzeitig aber tausende Kilometer entfernt. Wo man dich hingesetzt hat, bist du sitzengeblieben – eine Hand auf dem Knie, die Handfläche nach

125

oben, der Blick verlor sich im Nichts. Sie mußten dich füttern, waschen und auf die Toilette setzen. Zwei Wochen lang kam eine Traumaexpertin in das Krankenhaus und versuchte, eine Verbindung zu dir aufzubauen. Sie sprach mit dir, spielte dir Musik vor, gab dir Papier und Buntstifte und ließ auf ihrem Notebook Zeichentrickfilme laufen. Von deinen Eltern bekam sie Sachen aus deinem Zimmer und präsentierte sie dir in der Hoffnung auf eine Reaktion – Photos von der Familie, Schnappschüsse von dir und deinem Bruder, Kuscheltiere, Kleidung. Du hast an der Traumaexpertin vorbei ins Leere gestarrt, die rechte Hand offen, die Augen müde vom Blinzeln.

Deine Eltern kamen in diesen vier Wochen jeden Tag, aber es war offensichtlich, daß deine geistige Abwesenheit sie mürbe machte. Was auch immer an Nähe zwischen ihnen übriggeblieben war, löste sich mit jedem verstreichenden Tag mehr auf. Dein Vater konnte dich nicht ansehen, ohne in Tränen auszubrechen, deine Mutter war ungeduldig und verbittert. Nach der ersten Woche packte sie deine Schultern und schüttelte dich durch. Sie wollten wissen, wo dein Bruder war. Dein Vater holte eine Krankenschwester, denn er selbst wagte es nicht dazwischenzugehen, während deine Mutter dich anschrie, du sollest sie ansehen, verdammt, du sollest sie endlich ansehen.

Dann schlug sie dir ins Gesicht.

All ihr Frust entlud sich in diesem Moment.

Dein Kopf schnellte zur Seite.

Du hast dich deiner Mutter wieder zugewandt und sie angesehen. Sie hatte es nicht anders gewollt. Es war nur ein kurzer Blick, aber in diesem Blick las deine Mutter alles, was sie nicht wissen wollte. Daß dein Bruder nicht mehr am Leben war, daß auch du aufgehört hattest zu existieren, und daß diese Familie einen lautlosen Tod gestorben war und nichts und niemand sie wiederbeleben konnte.

Die Nähe deiner Eltern brachte dir nichts, niemand fand einen Zugang zu dir, weil niemand von diesem Zimmer wußte, in dem deine Erinnerungen eingeschlossen waren. Und so packte die Traumaexpertin nach zwei Wochen ihre Sachen und gestand, daß sie nicht mehr weiter wisse.

Du hast nur auf die Polizistin reagiert, die dich im Schnee gefunden hatte.

Einmal in der Woche schaute sie nach dir, und sobald sie dein Krankenzimmer betrat, sahst du sie an. Mehr passierte nicht. Dieser Blick war die einzige Verbindung zwischen euch, denn auch ihre Worte erreichten dich nicht. Selbst wenn sie vor der Zimmertür stand, hast du es gespürt. Die Luft ließ sich leichter atmen, der Druck löste sich. Sie war die Frau, die immer wiederkam und dich nicht vergaß. Es war dir ein Rätsel, wie sie dein Schweigen nicht verstehen konnte. Sah sie deine offene Hand nicht? In ihrem Blick war Mitleid und Besorgnis, da war aber auch Ratlosigkeit. Warum begriff sie es nicht?

Jeden Morgen fand man dich unter dem Bett. Nicht schlafend, sondern hellwach, die Augen panisch aufgerissen, dein Atem wie der hektische Flügelschlag eines Vogels, der in einem Schuhkarton gefangengehalten wird. Die Ärzte mutmaßten, daß es die Nachwirkungen des Schocks seien. Sie begriffen nicht, daß du vorbereitet sein wolltest, sobald sie dich holen kommen würden.

Jeder hat seine Art, mit Gefahr umzugehen, das war deine.

Du bist kilometerweit durch den Schnee gelaufen, um ihnen zu entkommen, doch du hättest Welten zwischen euch bringen können, sie hätten dich dennoch nicht vergessen. So waren sie. Niemand entfloh ihnen. Sie hatten dich für tot erklärt, und tot solltest du sein. Sie vergaßen das nicht. Sie waren sich ihrer sicher. Sie ahnten aber nicht, daß du auf ihre Rückkehr vorbereitet sein würdest.

Nacht für Nacht hast du sie erwartet.

Jahr für Jahr. Jahr für Jahr. Jahr für Jahr.

Und dann kam ich zu dir.

ICH

ICH

1

Meine erste Erinnerung an dich ist sehr vage. Mein Leben war vor sieben Jahren ein anderes. Ich wohnte mit meiner Familie im Norden von Berlin, unsere Tochter war damals fünf Jahre alt, und meine Frau liebte mich ohne Wenn und Aber.

Wir hatten ja keine Ahnung, was uns bevorstand.

Vielleicht hatte meine Frau dein Verschwinden in einem Nebensatz erwähnt, vielleicht war es ein Lehrer an meiner damaligen Schule. Ich weiß es nicht. Nur deine Rückkehr zwei Wochen später bekam ich bewußt mit. Sie sprachen in der Nachrichten von dir. Sie nannten dich *Das Schneemädchen*. Für einen Monat warst du eine Schlagzeile, dann drehte sich die Welt weiter, und andere Katastrophen traten in den Vordergrund.

Als dann unsere Tochter fünf Jahre später entführt wurde, fror unser Leben ein, und auch wir wurden zu einer Schlagzeile. Nur ein paar Tage lang hielten wir die Aufmerksamkeit der Medien, dafür verschwanden einfach zu viele Menschen in Deutschland – 200 bis 300 täglich, wurde uns gesagt. Die Suche verlief sehr schnell im Sand, die Zettel verschwanden von den Bäumen und die Blumensträuße verwelkten vor unserer Haustür. Unsere Tochter galt offiziell als vermißt.

Ein Vierteljahr nach ihrem Verschwinden begannen für meine Frau und mich zwei neue Leben. Sie zog zu einer Freundin und ließ mich alleine in unserem Haus zurück. Fast schien es so, als hätte ich nur darauf gewartet. Niemand schaute mir mehr über die Schulter. Die Sommerferien hatten begonnen, und ich verbrachte jede freie Minute mit meiner Recherche. Ich schlief kaum noch, ging nicht mehr ans Telefon und zog mich vollkommen zurück. Tag und Nacht grub ich nach den Wurzeln, denn ich wollte verstehen, welche Motivation solche Menschen antreibt. Die Polizei hatte es vermieden, mir gegenüber das Wort Kinderpornographie zu erwähnen, als könnte ein einziges Wort dazu führen, daß der Himmel sich öffnete und auf mich herabstürzte. Mir wäre das gleich gewesen. Seit dem Verschwinden unserer Tochter gab es für mich keinen Himmel mehr, es gab auch keinen Gott und keine Gerechtigkeit. Es gab nur uns Menschen, und ich fand, wir mußten alles tun, um uns vor dieser Bestie zu schützen, die sich immer wieder als einer von uns tarnte und das Unvorstellbare tat, um ihren Hunger zu stillen.

So las ich über Kindesentführungen im letzten Jahrhundert, über den Menschenhandel in Europa und den Siegeszug der Pornographie seit der Verbreitung des Internets. Als ich genug Informationen zusammengetragen hatte, suchte ich nach ähnlichen Fällen – Kinder, die direkt aus ihren Elternhäusern entführt worden waren und spurlos verschwanden. Allein für das vergangene Jahr stieß ich auf zwölf ungelöste Fälle, die über ganz Deutschland verteilt waren.

Ich überlegte ernsthaft, ob ich diese Familien kontaktieren sollte. Vielleicht gab es ja Details, die mir weiterhalfen. Als ich meiner Frau am Telefon davon erzählte, brach mal wieder ein Streit zwischen uns aus, und sie warnte mich und sagte, ich würde nur Wunden aufreißen.

– Glaubst du wirklich, du wirst unsere Tochter auf diese Weise finden?

– Zumindest tue ich etwas.

– Ja, aber was du tust, macht dich kaputt. Du verlierst dich, merkst du das nicht?

Natürlich hatte sie recht, ich verlor mich, dennoch war es für mich kein Grund, die Suche zu beenden. Es ging um unsere Tochter, dafür konnte ich ruhig ein wenig zerbrechen, es war den Preis wert. Also machte ich weiter und ging Jahr für Jahr zurück, und je mehr ich meine Suche verfeinerte, um so deutlicher traten zwei Konstanten hervor – die Zahl der Kinder, die aus Häusern geholt wurden, lag pro Jahr bei zwölf oder dreizehn, und die Entführungen fanden ausschließlich im Winter statt. Ich verglich die Daten und informierte mich, wie das Wetter an diesen Tagen gewesen war. Das Ergebnis sah jedes Mal gleich aus – Schnee und Eis waren anscheinend ausschlaggebend für den Entführer.

2

Zum Herbstanfang war ich weit genug mit meiner Recherche, um die Ergebnisse dem Kommissar vorzulegen, der für den Fall verantwortlich gewesen war. Er hatte mir im Sommer einen Brief geschrieben, in dem er mich kurz auf den neuesten Stand brachte und zum Schluß erklärte, wie sehr er es bedauern würde, daß sie bei der Fahndung nach unserer Tochter nicht besser vorankamen. Seine Worte hatten mich zu Tränen gerührt.

Wir trafen uns in Moabit in einem kleinen Café. Ich wollte ihm keine Vorwürfe machen, darüber war ich schon lange hinaus. Ich wollte, daß er sich ansah, was ich herausgefunden hatte. Und ich wollte wissen, ob ich mich auf der richtigen Spur befand.

Der Kommissar war Ende fünfzig und erinnerte mich an meinen Vater – weißes Haar, buschige Augenbrauen und eine joviale Art, die sehr schnell distanziert werden konnte, sobald ihm das Gespräch zu persönlich wurde. Im Gegensatz zu meinem Vater war er schlank und sportlich.

– Danke, daß Sie kommen konnten, sagte ich und reichte ihm die Hand.

Das Café war kaum besucht, wir setzten uns an einen Tisch in der hinteren Ecke. Er bestellte Tee, ich nahm Kaffee und reichte ihm die Ergebnisse meiner Recherche. Es war ein dicker Ordner, ich war zehn Jahre zurückgegangen. Der Kommissar wartete nicht auf den Tee, er machte keine Konversation, sondern schlug den Ordner auf und studierte die Seiten, als würde es sich um einen vollkommen neuen Fall handeln. Ich mußte mich beherrschen, nicht andauernd »danke« zu sagen. Nach einer halben Stunde nahm er seine Lesebrille ab und sah mich an.

– Beeindruckend.

– Danke. Danke, daß sie das sagen, sprudelte es aus mir heraus, Wie Sie sehen können, habe ich mich hauptsächlich auf Berlin konzentriert. Allein hier hat es im letzten Jahrzehnt insgesamt sieben Entführungen gegeben, die in das Profil passen.

– Und ihre Tochter …

– … sie ist die Nummer 7, sprach ich für ihn weiter. Die anderen sechs Fälle decken sich, was die Vorgehensweise angeht. Es überrascht mich, daß der Polizei das Muster nicht aufgefallen ist.

Der Kommissar ignorierte meine Kritik. Er sagte, das Problem für ihn sei, daß er zwar ein Muster sah, ihm aber der Rhythmus fehlen würde.

– Was für ein Rhythmus?

– Ich meine, wenn jeden Winter in Berlin fünf Kinder aus Elternhäusern entführt werden würden, das wäre ein Rhythmus. Aber sieben auf zehn Jahre verteilt, könnte, grob gesagt, auch ein Zufall sein.

Ich dachte, ich hätte mich verhört.

– Grob gesagt? wiederholte ich, Jedes Jahr sind es zwischen zwölf und vierzehn Kinder in ganz Deutschland, die immer auf dieselbe Weise entführt werden. Niemand hat was gesehen, es gibt keine Hinweise. Das klingt doch nicht nach einem Zufall!

– Das sage ich auch nicht. Ich sage nur, es *könnte* ein Zufall sein.

Verstehen Sie nicht, ich muß ihnen das entgegenhalten, sonst verirren wir uns in Theorien.

Ich atmete durch, ich mußte einen klaren Kopf behalten.

– Was ist dann ihre persönliche Einschätzung? fragte ich.

Er faltete die Hände vor sich, als würde er mich um etwas bitten wollen.

– Der Entführer handelt mit Bedacht. Deswegen gibt es keinen Rhythmus. Es gibt Täter, die Aufmerksamkeit auf sich ziehen, Furcht verbreiten oder ein Statement setzen wollen. So ein Täter ist das nicht. Unser Täter wählt die Kinder bewußt aus verschieden Städten aus, damit kein Muster erkennbar ist.

– Er will nicht auffallen, sagte ich.

– Er will unsichtbar bleiben, stimmte der Kommissar mir zu und setzte seine Brille wieder auf. Er blätterte in meinen Unterlagen und las dann vor: *Das Alter der Kinder schwankt zwischen zehn und dreizehn Jahren. Sie haben keine auffälligen Gemeinsamkeiten, dasselbe gilt auch für ihre Eltern. Auffällig ist nur die Tatsache, daß die Kinder aus wohlsituierten Verhältnissen kommen und immer aus ihrem privaten Umfeld entführt wurden. Die Entführungen fanden Tag und Nacht statt.*

Er sah mich wieder an.

– Das sind gute Punkte, nur fehlen uns die Beweise dazu. Der Täter hat nie Spuren am Tatort hinterlassen, und es gibt keinen Hinweis auf einen Einbruch oder Gewaltanwendung. Wie Sie schon sagten, keine Zeugen. Die Kinder könnten auch weggelaufen sein.

Ich wollte wieder protestieren, er kam mir zuvor.

– Bitte, bleiben Sie mal auf dem Teppich. Ich denke nicht, daß die Kinder weggelaufen sind. Ich will Ihnen nur begreiflich machen, daß es für jede Ihrer Behauptungen eine Gegenbehauptung gibt. Mein Vorgesetzter würde sagen, Sie sollten auf die Polizeiarbeit vertrauen.

Vermißtenfälle in Deutschland haben eine Aufklärungsquote, die bei 97 % liegt, wir sind---

– Aber all das hier, unterbrach ich ihn, Sind die unaufgeklärten Fälle. Diese Kinder sind *nicht* wieder aufgetaucht. Dieses Muster können sie doch nicht leugnen. Und wenn Sie ihren Vorgesetzten sprechen, können Sie ihm sagen, daß ich nicht ruhen werde, bis ich … Was ist?

Er hatte den Zeigefinger gehoben, als wäre ihm etwas eingefallen, dann blätterte er in meinen Unterlagen und reichte mir zwei zusammengeheftete Blätter.

– Da muß ich Sie jetzt leider doch korrigieren, sagte er, Die Kleine hier kam zurück. Sie wurde damals barfuß im Schnee gefunden. Ihr Photo war in jeder Zeitung abgedruckt. Vier oder fünf Jahre ist das her.

Der Fall lag sechs Jahre zurück und »die Kleine« warst du.

Auf diese Weise fand ich dich. Auf diese Weise verknüpften sich unsere Leben, und ich begann, die Artikel über deine Rückkehr zusammenzutragen. Unter meinen recherchierten Entführungen gab es nur einen Fall, in dem ein Geschwisterpaar verschwunden war. Du und dein Bruder. Ich erinnerte mich, wie ich dich ausgeklammert hatte, weil ihr nicht in das Muster paßtet. Es wurden nie Geschwister entführt. Außerdem war dein Bruder mit seinen sechs Jahre viel zu jung. Dementsprechend hatte ich auch deine Rückkehr vollkommen unter den Tisch fallen lassen. Hätte der Kommissar mich nicht korrigiert, hätte ich dir keine Bedeutung zugemessen.

Dabei warst du das einzige Opfer, das zurückgekehrt ist.

Die Journalisten berichteten von deinem mysteriösen Auftauchen im Schnee und deinem Aufenthalt im Krankenhaus. Sie schrieben, daß dein Bruder vermißt blieb und du keine Aussage gemacht hattest.

»Sie schweigt wie eine Tote, die Eltern und die Polizei sind ratlos«, wurde eine Krankenschwester zitiert. Ich fand heraus, daß deine Eltern noch immer an derselben Adresse wohnten, und stellte mir vor, wie ich dorthin fuhr und mit dir sprach. Sechs Jahre waren vergangen, garantiert hattest du dein Schweigen inzwischen längst gebrochen und mehr Informationen, als ich mir erträumen konnte. Meine Tochter war zu dem Zeitpunkt acht Monate verschwunden, die Hoffnung flammte in mir auf. Ich konnte mit dir reden. Du hattest Antworten. Und so fuhr ich unangemeldet zum Haus deiner Eltern und tat genau das, was meine Frau am meisten befürchtet hatte: ich riß die Wunde mit beiden Händen auf.

Deine Eltern wiesen mich ab. Ich kam nicht einmal über die Türschwelle. Sie sagten, sie könnten mir nicht helfen. Sie sagten, es würde ihnen leid tun, aber jeder müsse seine eigene Last tragen. Es interessierte sie nicht, daß meine Tochter verschwunden war. Ich sah nicht einen Funken Sympathie in ihren Augen. Sie wirkten erschöpft wie Eltern, die die ganze Nacht darauf gewartet haben, daß ihr Kind nach Hause kommt. Als ich sie bat, dich sehen zu dürfen, wandte sich dein Vater ab und verschwand im Haus. Deine Mutter schüttelte den Kopf und schloß die Tür vor meiner Nase. Sie wollte ihren Schmerz nicht mit mir teilen, dennoch war sie wachsam – drei Tage später parkte ein Streifenwagen in meiner Straße.

Es war der schlimmste Herbst meines Lebens nach dem schlimmsten Frühjahr und Sommer meines Lebens. Die Reaktion deiner Eltern war ein Rückschlag. Meine Hoffnungen, mit dir zu reden, waren so sehr aufgepeitscht worden, daß ich vor Enttäuschung einen Tag lang nicht aus dem Bett kam. Ich zerbrach mir den Kopf, was ich tun mußte, damit sie mich zu dir ließen.

Du warst am Leben, du konntest berichten.

Drei Tage nach dem Besuch bei deinen Eltern kehrte ich am späten Nachmittag vom Unterricht zurück und wunderte mich, was ein Streifenwagen mit Brandenburger Kennzeichen vor meinem Haus verloren hatte. Ich sah keinen Zusammenhang. Als ich die Haustür aufschloß, stieg eine Polizistin aus und rief meinen Namen. Mir wurde heiß und kalt, mein Herz zog sich zusammen, als hätte es nur noch Kraft für einen letzten Schlag.

– Geht es um meine Tochter? fragte ich und hörte das Krächzen in meiner Stimme.

– Indirekt, sagte die Polizistin und fragte, ob sie reinkommen kann.

Ihr Name war Mareike Fischer. Sie wollte keinen Kaffee, sie wollte sich auch nicht setzen. Sie fragte mich, was ich mir dabei gedacht hatte, deine Familie aufzusuchen. Ich begann, ihr zu erzählen, daß meine Tochter vor acht Monaten entführt worden war, aber davon wußte sie schon, sie kam vorbereitet. Also sprach ich von meiner Recherche, und daß ich nicht daran dachte, untätig herumzusitzen, nachdem die Polizei die Suche nach meiner Tochter aufgegeben hatte.

– Wir haben die Suche nicht aufgegeben, berichtigte sie mich.

– Moment mal, sagte ich und klang sofort gereizt, Es ist ein halbes Jahr vergangen, und Sie haben noch immer nichts erreicht. Für mich sieht es sehr danach aus, als hätten Sie längst das Handtuch geworfen.

– Niemand wirft bei uns das Handtuch, berichtigte sie mich, Wir können Ihnen zwar nicht mehr unsere ganze Aufmerksamkeit widmen, aber das Verschwinden Ihrer Tochter ist im System, und das heißt, daß wir die Augen offenhalten. Jeden Tag, verstehen Sie?

Ich sank erschöpft auf das Sofa, ich fühlte mich plötzlich schwach, die Wut war verpufft. Sie hatte so klar und überzeugend gesprochen wie keiner der Ermittler bisher. Ihre wenigen Worte hatten mir den Wind aus den Segeln genommen. Natürlich hatte niemand meine Tochter vergessen.

– Bitte, sagte ich und zeigte auf den Sessel.

Mareike Fischer nahm Platz und sah sich im Wohnzimmer um. Sie ließ mir Zeit, damit ich abkühlte. Ihr Blick blieb an den Bilderrahmen im Buchregal hängen.

– Könnte ich ein Photo von Ihrer Tochter sehen? fragte sie.

Ich reichte ihr einen der Rahmen. Wir hatten das Photo in dem Sommer vor ihrem Verschwinden gemacht. Sie trug ein altes T-Shirt von ihrer Mutter und hatte einen Streifen rote Farbe am Kinn. Ihre Augen glänzten vor Stolz, denn sie hatte sich gegen jede Hilfe gewehrt und das gesamte Zimmer eigenhändig gestrichen.

Während Mareike Fischer das Photo betrachtete, nutzte ich die Chance, um sie mir genauer anzusehen. Ihr halblanges Haar hatte ein natürliches Braun. Alle paar Minuten strich sie es hinter die Ohren, obwohl sich keine einzige Strähne gelöst hatte. Sie wirkte sehr jung, was auch daran liegen konnte, daß sie ungeschminkt war. Ich schätzte sie auf Ende zwanzig. An ihrer Hand war kein Ehering, die Fingernägel waren kurz geschnitten, die Knöchel an beiden Händen ein wenig geschwollen.

– Sie boxen?

– Ich boxe, antwortete sie und legte das Photo auf den Tisch.

An jedem anderen Tag hätte ich sie gefragt, ob sie einen Freund habe. Nicht, weil ich Interesse an ihr hatte, sondern weil ich ihr einen Freund wünschte.

– Ich verstehe, was Sie mit Ihrer Recherche bezwecken, sagte sie, Aber Sie können die betroffenen Familien nicht einfach aufsuchen, das reißt Wunden auf.

– Meine Frau hat dasselbe gesagt, gab ich zu.

– Vielleicht sollten Sie auf ihre Frau hören.

– Ja, vielleicht.

Sie holte einen Block heraus und schrieb mir einen Namen und eine Telefonnummer auf. Es war der Name eines Mitarbeiters vom Weissen Ring in Berlin. Ich knüllte den Zettel zusammen und legte ihn auf den Tisch neben die Photographie meiner Tochter. Ich hatte nicht vor, unhöflich zu sein, aber mit der Opferhilfe durfte mir niemand kommen. Mareike Fischer wirkte enttäuscht, und in dem Moment begriff ich, wer da vor mir saß. Das Brandenburger Nummernschild ergab plötzlich Sinn. Und natürlich hätten sich deine Eltern zuerst an sie gewandt.

– Sie waren es doch, die das Mädchen im Schnee gefunden hat, nicht wahr?

– Ihr Name ist Lucia, antwortete Mareike Fischer, Und ja, ich habe sie gefunden.

– Wie war das?

– Sie denken, das wird Ihnen helfen?

– Zur Zeit hilft mir alles. Wenn Lucia es geschafft hat ihren Entführern zu entkommen, dann kann es auch meine Tochter schaffen.

– Ihr Tochter ist seit über acht Monaten verschwunden.

– Ich weiß.

– Lucia kam nach zwei Wochen zurück.

– Verdammt, ich weiß das, denken sie, ich weiß das nicht?

Sie zuckte kurz zurück.

– Ich weiß das, wiederholte ich ruhiger, Aber ich bitte Sie, nehmen Sie mir diese Hoffnung nicht auch noch weg.

Wir sahen uns nur an, dann lehnte sie sich wieder vor.

– Es tut mir leid, das war unpassend, gab sie zu, Was möchten Sie wissen?

– Wie haben sie Lucia gefunden?

Sie dachte kurz nach und faßte dann einen Entschluß.

– Ich erzähle es Ihnen, wenn Sie versprechen, daß Sie danach die Familien in Ruhe lassen.

Ich versprach es ihr sofort. Mareike Fischer warf einen Blick auf ihr Handy, schaltete es aus und begann zu erzählen. Die Erinnerung kam flüssig, als hätte sie dich nicht vor sechs Jahren gefunden, sondern vor einer Stunde. Wie sie dich von der Autobahn aufgesammelt hatte, wie du dich in ihre Jacke verbissen hast, wie sie im Krankenhaus nicht von deiner Seite gewichen ist, bis du geschlafen hast. Zum Schluß erzählte sie von den Ärzten und Psychologen, die dich nach vier Wochen aufgegeben hatten.

– Ihre Eltern verstehen nicht, warum sie schweigt. Niemand versteht es. Lucia könnte Klarheit über den Verbleib ihres Bruders schaffen, aber sie sagt kein Wort.

– Was glauben Sie, woran das liegt?

– Ich denke, sie schützt sich.

– Indem sie schweigt?

– Irgendwo habe ich gelesen, das Schweigen die stärkste Waffe der Seele ist. Vielleicht schützt Lucia ihre Seele, indem sie schweigt.

– Sie meinen, sie fürchtet sie sich vor ihren eigenen Worten?

– Vielleicht. Sie müßten ihre Augen sehen. Ein Teil von ihr ist vollkommen kaputt, da ist so viel Trauer und Wut in ihrem Blick. Da ist aber gleichzeitig ein klares Bewußtsein dahinter. Sie weiß, was um sie herum geschieht. Sie ist vollkommen anwesend, mißtraut aber der ganzen Welt.

Sie verstummte, die Stille zwischen uns hatte plötzlich Gewicht. Zu dem Zeitpunkt konnten wir nicht wissen, wie sehr wir uns täuschten. Zu dem Zeitpunkt hatten wir keinen blassen Schimmer, was der Grund für dein Schweigen war. All das kam später. An diesem Tag Ende November waren wir uns einig, daß etwas in dir zerbrochen sein mußte. Ich glaubte zu hören, wie der Tisch unter der Last dieses Gedanken ächzte. Kinder sollten sich in ihrem Zuhause sicher fühlen, sie sollten darauf vertrauen, daß ihre Eltern sie beschützen können. Die Furcht war plötzlich mit uns im Raum, sie erschwerte uns das Atmen und ließ uns an die Menschen denken, die wir liebten und beschützen wollten. Meine Hand zuckte. Ich wollte das Photo meiner Tochter nehmen und an meine Brust drücken, doch ich beherrschte mich und fragte stattdessen Mareike Fischer, warum deine Eltern mich nicht zu dir gelassen hätten. Es war das erste Mal, daß sie meinem Blick auswich.

– Lucia wohnt nicht zu Hause, ihre Eltern haben sie in einem Pflegeheim für geistig Behinderte untergebracht. Die Ärzte haben sie mit einem Stupor diagnostiziert, wissen Sie, was das heißt?

Ich sah sie an, als hätte ich sie nicht gehört.

– Lucia befindet sich in einem fast permanenten Zustand der körperlichen Starre. Sie ißt nur, wenn man sie füttert. Ihre Muskeln funktionieren normal, obwohl sie sich kaum bewegt. Sie ist ausdruckslos, starrt den ganzen Tag aus dem Fenster und schläft nachts unter dem Bett. Die Ärzte haben ihr eine Weile lang---

– Moment mal, sie schläft unter dem Bett? unterbrach ich sie.

– Es begann im Krankenhaus, und es setzte sich im Pflegeheim fort. Die Ärzte sagten, es wäre ein Schutzverhalten. Sie hatten erwogen, Lucia nachts an das Bett zu fesseln. Die Heimleitung sprach sich aber dagegen aus, seitdem ignorieren sie ihr Verhalten, denn es schadet ihr ja nicht.

Sie machte eine Pause, sah auf ihre Hände, sah mich wieder an.

– Glauben Sie mir, ich würde sehr gerne wissen, was Lucia passiert ist. Und ich würde eine Menge dafür geben, das Schwein in die Finger zu bekommen, das ihr das angetan hat.

Für Sekunden kam ihr Zorn hervor. Der Mund verzog sich, ihre Augen wurden dunkel. In dem Moment war ich sehr versucht, ihr von dem Ergebnis meiner Recherche zu erzählen. Daß ich ein Muster entdeckt hatte, daß ich wußte, wie wichtig dem Täter der Schnee war. Mareike Fischer sprach weiter.

– Lucia war zwei Wochen lang spurlos verschwunden, und seit sechs Jahren zahlt sie dafür. Anfangs haben ihr die Ärzte Nordazepam verabreicht, doch das Medikament zeigte keine Wirkung und wurde nach einem halben Jahr wieder abgesetzt. Ihren Eltern ist das alles zu viel geworden. Sie haben ihre eigene Tochter aufgegeben, aber ich tue das nicht. Wann immer ich kann, fahre ich bei ihr vorbei. Einfach, um da zu sein. Außerdem will ich nicht, daß sie recht behält.

– Womit?

Mareike Fischer warf einen Blick auf ihr ausgeschaltetes Handy. Sie hatte nicht vorgehabt, so sehr in die Details zu gehen. Als sie mich wieder ansah, war ich mir sicher, daß sie gleich aufstehen und mein Haus verlassen würde.

– Lucia denkt, sie sei tot.

Ich sah sie verwirrt an, dann kam bei mir an, was das hieß.

– Sie hat mit Ihnen gesprochen?!

– Es war, nachdem wir sie im Streifenwagen ins Krankenhaus gebracht hatten. Da hätte es für mich enden müssen, aber ich konnte sie nicht allein lassen. Eine Krankenschwester hat sich um ihre Erfrierungen gekümmert und ihr ein Beruhigungsmittel verabreicht. Kurz bevor Lucia einschlief, griff sie nach meiner Hand und sagte, sie sei tot. Natürlich habe ich ihr widersprochen, ich habe ihr gesagt, sie sei gerettet. Vielleicht ist das ein Fehler gewesen, ich weiß es nicht. Auf jeden Fall hat sie am Morgen unter dem Bett gelegen und kein Wort mehr zu mir oder zu sonst jemanden gesagt. Und so ist es bis heute.

– Keine Veränderungen?

– Keine Veränderungen. Sechs Jahre sind eine lange Zeit, genug Zeit für eine Heilung. Ihr Zustand aber ist unverändert, und wir wissen noch immer nicht, was mit ihrem Bruder geschehen ist. Das sind die Fakten. Wenn Sie mich fragen, dann gibt es keine Entschuldigung für das Verhalten ihrer Eltern, aber wer weiß, wie wir reagiert hätten, wenn uns dasselbe widerfahren wäre.

Sie sah mir in die Augen, sie dachte an meine Tochter, ich dachte an meine Tochter und wußte, ich hätte sie niemals in ein Pflegeheim abgeschoben. Genau das wollte ich Mareike Fischer sagen, sie kam mir mit einer Frage zuvor.

– Darf ich Ihnen einen Rat geben?

Ich nickte. Ich war offen für Ratschläge.

– Treten sie einen Schritt zurück und lassen Sie die Polizei ihre Arbeit machen. Auch wenn wir nicht immer sofort ein Ergebnis erzielen, wissen wir, was wir tun. Sie könnten da in etwas hineingeraten, das Sie nicht mehr kontrollieren können. Überlassen Sie uns die Suche. Ich garantiere Ihnen, keiner von uns wird Ihre Tochter vergessen.

– Danke, sagte ich, Das ist beruhigend.

Sie wartete, wahrscheinlich versuchte sie zu durchschauen, ob da Sarkasmus oder echte Dankbarkeit in meiner Stimme mitschwang. Dann stand sie auf, und auch ich stand auf, wir gaben uns die Hand, und ich brachte sie zur Tür. Als sie wieder im Wagen saß, beschloß ich, daß ich dich im Pflegeheim aufsuchen mußte.

3

Recherche, alles basiert auf einer vernünftigen Recherche.

Ich kannte deinen Namen und dein Alter und wußte ungefähr, wann du vom Krankenhaus in das Pflegeheim überwiesen wurdest. Es half sehr, daß ich meine Suche auf Berlin beschränken konnte. Ich hatte das Ergebnis nach wenigen Minuten. Es gab sechs Pflegeheime für geistig behinderte junge Menschen. Ich suchte mir die Nummern heraus und überlegte eine Weile, was ich sagen sollte. Niemals würden sie mich einfach so zu dir lassen. Im schlimmsten Fall würden sie Mareike Fischer informieren. Nein, ich brauchte eine gute Lüge, die keine Fragen nach sich zog.

Mein vierter Anruf wurde ein Treffer. Das Heim lag in Spandau und Pflegerin Dagmar war hoch erfreut, daß sich endlich jemand nach Lucia erkundigt. Ich nannte ihr meinen richtigen Namen und erzählte, daß deine Mutter meine Schwester war. Ich sagte, ich hätte die letzten Jahre im Ausland verbracht und eben erst von deinem tragischen Schicksal erfahren.

– Meine Schwester und ich haben uns vor langer Zeit wegen einer Erbschaft zerstritten. Da können Sie sich denken, wie fassungslos ich war, als ich hörte, daß sie Lucia in ein Pflegeheim gesteckt hat, ohne mich zu informieren.

– Familien sind kompliziert, sagte Pflegerin Dagmar und seufzte.

– Das unterschreibe ich, sagte ich, und sie lachte.

Ich fragte, ob ich heute noch kurz vorbeischauen kann. Sie gab mir die Besuchszeiten durch und sagte, dann sehen wir uns später. Es klang wie ein Date.

– So ein armes Mädchen im Stich zu lassen ist nicht richtig, ließ sie mich wissen.

Für eine Sekunde dachte ich, sie würde über sich sprechen.

– Auf jeden Fall freue ich mich, Lucia wiederzusehen, sagte ich und legte auf.

Fünf Minuten später saß ich im Auto und fuhr nach Spandau.

Pflegerin Dagmar war eine nervöse, pummelige Frau, die ungeniert mit mir flirtete. Als ich ihr die Hand gab, wurde sie rot und machte einen kleinen Knicks. Wir gingen in ihr Büro, wo sie meine Personalien in die Besucherliste eintrug. Nachdem sie mir den Ausweis zurückgegeben hatte, sagte sie entschuldigend:

– Wir müssen vorsichtig sein. Man weiß ja nie, was da draußen für Perverse herumlaufen. Es kann ja jeder behaupten, Lucia wäre seine Nichte.

Ich stellte ihr Fragen zum Pflegeheim, zeigte Interesse an ihrer Arbeit, und als ich die Photos von ihren Hunden auf dem Schreibtisch sah, erkundigt ich mich nach der Rasse. Zweimal klingelte ihr Telefon, aber sie drückte die Anrufer weg.

– Aber was rede ich hier, sagte sie nach einer Viertelstunde erschrocken und sah auf ihre Uhr, Sie wollen doch bestimmt Ihre Nichte sehen. Kommen Sie, kommen Sie.

Sie führte mich zu deinem Zimmer, dabei redete sie unentwegt. Sie wußte wenig über dich oder warum du in diesem Pflegeheim warst. Sie dachte, du hättest einen Fahrradunfall gehabt, weil es solche Unfälle in letzter Zeit immer häufiger gab. Es war ihr zweites Jahr hier und sie hatte vorher in einem Altersheim gearbeitet, aber all das Sterben war ihr zu nahe gegangen.

Als wir vor deiner Tür standen, sagte sie, ich kann eine Stunde bleiben.

– Und seien Sie nicht schockiert, das arme Mädchen ist nicht wirklich anwesend.

Mit diesen Worten ließ sie mich allein. Ich öffnete meine Tasche und holte eine Pralinenschachtel heraus. Ich fühlte mich dabei wie ein Idiot. Das Herz schlug mir im Hals. Ich klopfte an deine Tür und trat ein.

Dein Zimmer war winzig. Ein Schrank, ein Bett, ein kleines Sofa, ein Tisch, zwei Stühle und ein Fenster. Es gab nichts Privates. Keine Teddybären, keine Photos. Ein Strauß getrockneter Lavendel hing über dem Bett wie ein umgekehrtes Kreuz.

Du hast vor dem Fenster gesessen. Deine rechte Hand lag auf deinem Knie, die Handfläche zeigte nach oben. Dein blondes Haar war lang und glatt und hing dir über die Schultern. Du hattest einen Mittelscheitel und Sommersprossen auf der Nase. Deine Füße steckten in weißen Turnschuhen, die Schnürsenkel fehlten. Die Jogginghose hatte zwei Streifen an der Seite, das T-Shirt war dir zu groß, und die Wollweste darüber paßte farblich überhaupt nicht. Wer auch immer dich angezogen hatte, besaß entweder keinen Geschmack oder war in Eile gewesen.

Es hatte den Anschein, als würdest du nicht atmen.

Ich konnte mich nicht rühren. Obwohl ich wußte, daß du seit sechs Jahren hier lebtest, hatte ich absurderweise ein dreizehnjähriges

Mädchen erwartet. Mein Verstand wollte dich in dem Alter sehen, in dem du entführt wurdest. Denn wenn du nicht älter wurdest, dann wurde es meine Tochter auch nicht. Natürlich warst du schon neunzehn und schon lange kein Mädchen mehr.

Ich gab mir einen Ruck und sagte »Hallo«, dann trat ich näher und stand die nächste halbe Stunde neben dem Fenster gegen die Wand gelehnt und betrachtete dich. Du hast mich nicht beachtet, dein Blick war ohne Fokus nach draußen gerichtet. Du warst blaß, die Sommersprossen wirkten wie Flecken auf deiner Haut, und deine blauen Iris schimmerten fahl, als würde ein Schleier über ihnen liegen. Ich fragte mich, wie oft du in den letzten Jahren draußen gewesen bist, und ob sie dir doch noch Medikamente gaben. Ich fragte mich so vieles. Zweimal sagte ich deinen Namen, meine Tochter erwähnte ich mit keinem Wort. Als ich ging, nahm ich die Pralinen aus Scham wieder mit.

4

Bei meinem zweiten Besuch am Mittwoch blieb dein Verhalten unverändert, dennoch wagte ich es über meine Tochter zu sprechen. Du hast alles erfahren – ihre Vorlieben, ihre Schwächen, ihre Leidenschaften. Die Erinnerungen stiegen wie Luftblasen an die Oberfläche meines Bewußtseins. Ich hatte sie nicht vergessen, ich hatte sie verdrängt, weil es zu sehr schmerzte, sie mir ins Gedächtnis zu rufen. Du mußtest dir alles anhören. Wie hilflos wir nach der Entführung waren, wie unsere Ehe daran zerbrach, wie sehr ich meine Tochter vermißte. Ich redete so viel, weil ich hoffte, du würdest dich mir gegenüber öffnen, wenn ich mich dir gegenüber öffnete. Ich sprach, bis ich nicht mehr konnte. Als es keine Worte mehr gab, stand ich auf und ließ dich wieder allein.

Genau so fühlte es sich immer an: Als würde ich dich allein lassen.

Bei meinem dritten Besuch am Freitag hatte ich keine Worte mehr. Ich sah aus dem Fenster und schwieg mit dir. Der Winter hatte die Bäume leergefegt, die Raben schwangen sich von den Ästen, als würden sie an Schnüren gezogen werden. Kein Laut drang aus dem Pflegeheim zu uns durch. Mitten in dieses Schweigen hinein hörte ich das Geräusch. Es war mir vorher schon aufgefallen, und ich hatte gedacht, es würde aus einem der Nebenzimmer kommen. Es klang zwar entfernt, schien aber dennoch nahe zu sein. Ich konnte es von meinem Platz aus nicht lokalisieren, also stand ich auf und machte mich auf die Suche.

Ich schaute unter dein Kissen, ich hob die Bettdecke an. Nichts. Ich wollte eben die Schränke öffnen, doch als ich einen Schritt vom Bett wegtrat, wurde das Geräusch schwächer. Ich hockte mich hin. Jetzt war es deutlicher. Ich legte mich auf den Rücken und rutschte unter das Bett. Und da sah ich es. Ein handtellergroßes Radio war hinter zwei gespannten Schnürsenkeln unter den Lattenrost geklemmt. Ich zog das Radio hervor und drehte es in der Hand. Ein anhaltendes Rauschen kam aus dem Gerät und klang wie eine undichte Gasleitung. Es war ein toter Sender. Ich rutschte wieder unter dem Bett hervor, um mir das Radio genauer anzusehen, und hätte beinahe aufgeschrien. Du hast mich erwartet. Du standest neben dem Bett, die Hände zu Fäusten geballt und deine Augen sahen mich so kalt an, daß ich das Radio beinahe hätte fallen gelassen. Da lag ich also auf dem Rücken und sah zu dir auf, und du standest über mir und sahst zu mir runter, und mehr geschah nicht zwischen uns. Nach einer gefühlten Ewigkeit rutschte ich wieder unters Bett und klemmte das Radio an seinen Platz. Als ich wieder hervorkam, hast du am Fenster gesessen und rausgeschaut, und es war, als ob nichts gewesen wäre.

– Radio?

– Ja, woher hat sie das Radio?

Es war eine andere Pflegerin, auf ihrem Namensschild stand in ungelenken Buchstaben DORIS. Sie sah an mir vorbei den Flur hinunter, als ob sie nicht verstehen würde, aus welchem Zimmer ich eben gekommen war. Dann warf sie einen Blick auf den Zimmerplan, der neben dem Telefon an der Wand hing, ehe sie mich wieder anschaute.

– Lucia?

– Ja, Lucia.

– Soweit ich weiß, hat sie kein Radio.

– So ein kleines rundes?

Ich zeigte ihr die Größe, sie schüttelte den Kopf.

– Wir können ihr einen Fernseher reinstellen, wenn Sie wollen.

Ich bedankte mich und ging.

5

Über das Wochenende hatte ich so viel Arbeit mit Prüfungsvorbereitungen, daß ich zu nichts anderem kam. Dennoch schaute ich am Sonntagnachmittag bei dir vorbei. Ich kannte dich gerade mal eine knappe Woche, und es fühlte sich an wie ein Leben. Du fehltest mir. Du warst eine Verbindung zu meiner Tochter. Auch wenn ich noch keine Beweise hatte, war ich mir sicher, daß derselbe Täter, der deinen Bruder und dich geholt hatte, auch für die Entführung meiner Tochter verantwortlich war.

In deinem Zimmer hatte sich nichts verändert, das Radio rauschte kaum hörbar unter dem Bett, und du schautest aus dem Fenster. Ich wurde nicht müde, dich zu beobachten. Ganz besonders deine offene Hand faszinierte mich. Damals wußte ich nicht, was sie zu bedeuten hatte. Du schienst auf irgendwas zu warten, mehr sah ich nicht.

Ich konnte ja nicht ahnen, daß man jede Erinnerung verriegeln und verschließen konnte. Damals war ich nur ein Vater, der seine Tochter suchte und nicht damit gerechnet hatte, dich zu finden.

Ich beugte mich vor und berührte vorsichtig deine offene Hand. Nichts geschah.

Mein Zeigefinger tippte auf die weiche Innenfläche.

Nichts geschah.

Ich nahm deine Hand in meine und schloß sie sanft. Sofort begannen deine Tränen zu fließen. Du hast so heftig geweint, daß dir der Rotz aus der Nase lief. Dein Blick war noch immer nach draußen gerichtet, kein Laut entwich dir, du hast einfach nur geheult. Ich war so erschrocken, daß ich die Hand hastig wieder zurück auf dein Knie legte. Deine Finger entfalteten sich, bis die offene Handfläche wie vorher nach oben zeigte. Da erst hast du dich beruhigt und deine Tränen versiegten. Ich hätte in dem Moment ein Taschentuch nehmen und dir das Gesicht abwischen können, aber ich wagte es nicht, dich noch einmal zu berühren.

An diesem Tag blieb ich nicht lange. Ich brauchte einen Plan. Ich wollte dich verstehen. Ich wollte, daß du mich zu meiner Tochter führst.

6

Und wieder saß ich dir gegenüber.

Es war Nacht, draußen stürmte es, und der Regen hämmerte gegen das Fenster, als wollte er mit aller Kraft in das Zimmer. Ich fragte mich, was ich um diese Uhrzeit hier verloren hatte. Langsam wurdest du zu einer Obsession. Jeden Moment würden die Pflegerinnen hereinkommen und mich rausschmeißen. Mir blieb nicht viel Zeit. Ich sprach hastig, dabei war meine Stimme so leise, daß ich mich räusperte und lauter wiederholte:

– Ich habe dir was mitgebracht.

Mit diesen Worten zog ich das Jagdmesser aus der Tasche und legte es in deine offene Hand. Und wie ich es dort liegen sah, wunderte ich mich, woher ich das Messer hatte und was ich mir dabei gedacht hatte, dir eine Waffe mitzubringen. Mädchen in deinem Alter sollten andere Geschenke bekommen. CDs. Bücher. Blumen. Genau das wollte ich dir auch sagen, da hast du dich mir zugewandt. Die nächste Bewegung kam so schnell, daß ich keinen Schmerz spürte. Die Klinge fuhr über meine Kehle wie eine Feder, dann lag die Hand mit dem Messer wieder auf deinem Knie. Ich sah die Blutspur auf der Klinge. Mein Blut, dachte ich, und da war auch schon der Schmerz und meine Hände schossen hoch, aber was ich auch tat, das Blut ließ sich nicht zurückhalten. Es floß mir über Hände und Oberarme, es fiel auf meinen Schoß herab, und ich erwachte in meinem Bett und hing mit dem Kopf über den Bettrand und schnappte nach Luft, während der Regen an mein Fenster prasselte. Ich rieb mir über den Hals, als hätte ich die Wunde in den Wachzustand mitgenommen. Der Wind rüttelte am Haus, auf dem Wecker war es kurz nach vier. Der Traum brannte wie ein Mahnfeuer in meinem Kopf. Das Messer, deine Hand, der Schnitt. Ich stand auf, denn ich wußte, ich würde in dieser Nacht keinen Schlaf mehr finden. Also ging ich nach unten und setzte eine Kanne Tee auf.

7

Kurz vor zehn Uhr stand ich am Montagmorgen in der Friedrich-
straße vor dem Ladengeschäft von Frankonia und wartete, daß sie die
Eingangstür aufschlossen. Es war bitterkalt, der Wind ließ die Schil-
der klappern, und die Touristen drängten sich nahe an den Schaufen-
stern vorbei. Als der Verkäufer um zehn die Tür öffnete, nickte er mir
zur Begrüßung zu und sagte, heute würde es noch schneien. Ich murmelte irgendeine Höflichkeit, betrat den Laden und ließ mir eine Auswahl von Jagdmessern zeigen. Ich war verblüfft, daß der Anblick keine
Reaktion in mir hervorrief. Das waren einfach nur Messer, sie hatten
nichts mit meinem Traum zu tun. Ich wußte nicht, was ich erwartet
hatte. Der Verkäufer sah meine Enttäuschung und erklärte, er hätte
da noch ein paar Schmuckstücke, die zwar kostspieliger waren, aber
jedes Sammlerherz höher schlagen ließen. Er zog eine Schublade heraus und legte sie auf die Theke. Die Messer waren in zwei Reihen
angeordnet und lagen auf schwarzem Velours. Ich mußte nicht zweimal hinschauen, mein Messer war eines der Schmuckstücke.

Der Tag zog sich hin. Ich hatte eine Konferenz und danach eine
längeres Gespräch mit einer Mutter, die ihren Sohn von der Schule

nehmen wollte und meinen Rat brauchte. Erst gegen drei fuhr ich zu dir.

Die Pflegerinnen grüßten mich, ich grüßte zurück und bemühte mich, ruhig und gefaßt zu wirken, dabei stand ich so sehr unter Strom, daß ich am liebsten den Flur zu deinem Zimmer runtergerannt wäre. Die Treppe nahm ich drei Stufen auf einmal und zählte die Schritte bis zu deiner Tür, dann war ich wieder bei dir.

– Ich habe dir was mitgebracht, sagte ich und öffnete meine Tasche.

Du hast am selben Platz gesessen. Damals wußte ich nicht, daß du den Stuhl jeden Tag selbst so plaziertest, und ich erfuhr auch erst später, was das Radio dir bedeutete und weswegen du die Nächte unter dem Bett verbrachtest.

Später.

Erstmal hatte ich vor, mein Leben in deine Hände zu legen.

– Bitte, erschrick nicht, sagte ich und nahm das Messer aus der Tasche.

Die Klinge war zehn Zentimeter lang und etwas kürzer als der Griff. Das Metall besaß eine Maserung, und der Verkäufer hatte mir erklärt, daß es sich um Damasco Carbon Stahl handeln würde, und daß diese Maserung zustande kam, weil der Stahl 420-lagig war. Ich strich über die dünne Klinge und begriff überhaupt nicht, wovon er sprach. Das Messer hatte kaum Gewicht. Zu meiner Überraschung riet mir der Verkäufer von einem Kauf ab. Er meinte, das Messer wäre zu klein für meine Hände. Er hatte vollkommen recht, für mich war es zu klein.

– Hier, sagte ich und legte den Griff in deine offene Handfläche.

Deine Finger schnappten so schnell zu, daß sich mein Herz vor Schreck verkrampfte und ich mir instinktiv an die Kehle griff. Deine Hand wurde eine Faust und aus der Faust heraus ragte diese

420-lagige Klinge. Mehr geschah nicht. Deine Fingerknöchel traten weiß hervor, so fest hast du den Griff umklammert, dein Blick dagegen blieb unverändert nach draußen gerichtet. Ich atmete aus und beruhigte mich. Ich hatte richtig gelegen. Deine offene Hand war nicht die abstruse Geste einer Geistesgestörten, deine offene Hand hatte darauf gewartet, daß jemand kam und eine Waffe hineinlegte.

Sechs Jahre lang, Tag für Tag.

Ich schloß die Tasche wieder und verließ dein Zimmer.

Es war gut, daß ich für einen Moment rausging. Ich war aufgeregt und hatte so hohe Erwartungen an dich, daß ich ein paarmal die Straße auf und ab lief, um diese angestaute Energie loszuwerden. Ich hätte beinahe losgetanzt.

Als ich eine Viertelstunde später in dein Zimmer zurückkehrte, rechnete ich mit allem. Daß ich dich am Fenster stehen sah wie ein wachgeküßtes Dornröschen – Messer in der Hand, Lächeln um die Lippen und bereit, der Welt alle Ungerechtigkeit heimzuzahlen. Oder daß du nicht mehr da warst, daß du deine Sachen gepackt hattest und verschwunden warst.

Alles war möglich.

Ich erwartete nur nicht, dich wieder vor dem Fenster sitzen zu sehen.

Alles war wie immer.

Der Stuhl, das Fenster, du.

Nichts hatte sich verändert.

Ich stand im Türrahmen, und mir war zum Heulen.

Alle Energie verpuffte, alle Hoffnungen verwandelten sich innerhalb von Sekunden in Asche. Ich setzte mich dir gegenüber und sah dich an und sah dich an und sah dann auf deine rechte Hand. Sie lag

159

auf deinem Knie und war eine Faust der Wut. Das Messer war verschwunden.

Ich wollte dich packen und schütteln. Ich wollte dich fragen, was ich noch tun sollte, da fiel mir dein Blick auf. Er zitterte und dein linkes Augenlid zuckte, der Schleier war verschwunden, du wirktest plötzlich wach und klar. Da draußen war etwas, es hatte deine Aufmerksamkeit geweckt. Ich folgte deinem Blick und sah die ersten Schneeflocken in der Luft schweben. Die Atmosphäre im Zimmer war gekippt. Panik und Furcht lagen in der Luft. Ich wollte aufstehen und den Vorhang zuziehen, da begannst du zu sprechen. So leise, daß ich mich vorbeugen mußte.

Vier Worte.

Das Messer war der Schlüssel gewesen, und mit diesen vier Worten betraten wir deine Erinnerung.

– Da war eine Hütte, sagtest du.

DU

DU

Da war eine Hütte, da war ein Wald und ein See.

Da war Schnee, eine Menge Schnee, und sonst nur Einöde.

In den ersten drei Tagen hast du nichts davon gesehen.

Die Zeit hatte aufgehört, einen Sinn zu ergeben. Es gab nur das Davor und das Danach.

Das Davor bestand aus diesem elendig langen Moment, in dem sie deinen Bruder und dich aus deinem Zuhause holten – die Finsternis nach dem Stromausfall, das Knarren der Stufe, das Aufschwingen deiner Zimmertür.

Ende.

Das Danach war das Erwachen und die Hitze.

Die Luft war so heiß, daß es sich anfühlte, als würdest du Dampf einatmen. Du hast dagelegen und gewartet, daß sich deine Augen an die Dunkelheit gewöhnten. Über dir befand sich eine Holzklappe, um dich herum waren Körper, sie lagen kreuz und quer, es waren so viele, daß du in Panik ausgebrochen bist, aber die Panik brachte nichts, denn du konntest dich nicht bewegen. Deine Hände waren auf dem Rücken gefesselt, nur deine Beine waren frei, aber unter den Körpern vergraben, so daß sie dir in dem Moment wenig nutzten. Du wolltest nach deinem Bruder rufen, kein Laut kam aus deinem Mund. Der Knebel war an deinem Hinterkopf verknotet und schnitt tief in deine Mundwinkel. Du hast das Gesicht an der Wand gerieben, es half nicht, der Knebel löste sich nicht, und du hattest eine blutige Wange. Danach hast du dasselbe mit deinen Handfesseln versucht, aber auch das brachte nichts. Diese kurze Rebellion kostete dich fast all deine Energie. Du hast dich erschöpft an die Wand gelehnt und den Sauerstoff gierig durch die Nase eingesogen.

Atmen, tief durchatmen.

Die Wände waren aus Ziegelsteinen, keine Leiter und kein Seil führten nach oben. Das Loch hatte einen Durchmesser von zwei Metern und war höchstens einen Meter sechzig tief. Wärst du aufgestanden und hättest dich gestreckt, dann wärst du problemlos an die Holzklappe gekommen. Doch dir fehlte die Kraft, dich auch nur aufrecht hinzusetzen.

Atmen, tief durchatmen.

Du hattest das Gefühl, nur Atmung zu sein.

Vielleicht vergingen Minuten, vielleicht waren es Stunden.

Die Körper um dich herum begannen, sich zu bewegen, als das erste Tageslicht durch die Ritzen der Holzklappe schimmerte. Jetzt konntest du sie besser erkennen. Es waren durchweg Kinder. Sie lagen übereinander wie Müll, den man hastig entsorgt hatte. Sie atmeten und schwitzten und waren geknebelt und gefesselt. Ihre Blicke huschten panisch über die Wände, ihre Bewegungen erinnerten dich an die Würmer, die dein Vater am Wochenende neben dem Kompost ausgrub und in einem Einmachglas zum Angeln mitnahm. Wenn du ihn am Nachmittag vom See abholtest, bewegten sich die Würmer nur noch träge in dem Glas, und dein Vater kippte sie in das Wasser, bevor er mit dir wieder nach Hause ging.

Du zähltest dreizehn Kinder, dein Bruder war einer von ihnen. Kaum trafen sich eure Blicke, begann er über die Körper hinweg auf dich zuzukriechen. Du hast versucht ihm Platz zu machen, er drückte sich an dich und so habt ihr dann gelegen – Körper an Körper – und sein Weinen ging durch dich hindurch wie eine schwache Stromladung, bis er sich beruhigt hatte und einfach nur an dir lehnte, als wärst du der einzige Halt in seinem Leben.

Bis auf einen Jungen in deinem Alter waren die Kinder jünger als du. Ihr hastiges Atmen hallte von den Wänden wider, sie saßen still, als wollten sie brav sein. Und dann war da diese Hitze. Ihr wart alle in Schweiß gebadet, und als du die Füße auf den Boden drücktest, konntest du spüren, daß er glühend heiß war. Erst dachtest du, ihr würdet in diesem Loch geröstet werden, dann hast du begriffen, daß der Boden beheizt wurde. Wer auch immer euch gefangen hielt, er wollte nicht, daß ihr erfriert. Das gab dir Hoffnung. Das hieß, sie hatten nicht vor, euch sterben zu lassen.

Das hastige Atmen um dich herum beruhigte sich, viele ergaben sich ihrem Schicksal und dämmerten vor sich hin. Auch dich lullte die Hitze ein, und nichts wäre einfacher gewesen, als die Augen zu schließen, dennoch hast du der Schwäche widerstanden und bist wach geblieben. Deine Gedanken lärmten. Du hast versucht, den Abend mit deinem Bruder zu rekonstruieren – das Knarren auf der Treppe, wie die Tür aufschwang und die Männer hereinkamen. Es war zwar dunkel, dennoch hast du ihre Gesichter gesehen. Sie waren dir fremd. Sie haben euch gepackt und dann war da die Ohnmacht. *Sie müssen uns betäubt haben,* dachtest du, *sie müssen uns betäubt und dann hierher verschleppt haben. Aber warum? Was tun wir hier?* Du hattest keine Antwort auf diese Frage, du hast sie in deinem Kopf gedreht und gewendet und dabei den Blick kein einziges Mal von der Luke genommen. Ein Plan reifte in deinem Kopf heran. Das wenige Licht, das durch die Ritzen fiel, schien nach dir zu rufen.

Lucia, komm.
Das Warten begann.

Und plötzlich brach das Licht herein und durchflutete das Loch.

Du hättest dir am liebsten die Hand vor die Augen gehalten.

Die gemauerte Wand um dich herum war plötzlich deutlich zu sehen – der kondensierte Schweiß, der sich in dunklen Flecken auf den Ziegeln abgesetzt hatte, Kratzer und blutige Fingerabdrücke, die sich bis zum oberen Rand des Lochs erstreckten. Du bist nicht die einzige gewesen, die hier rauswollte. Das Licht schien grell auf euch herab, und die Kinder um dich herum schauten hoffnungsvoll nach oben. Ein Schatten tauchte am Lukenrand auf, und dann kam ein Arm herunter und packte eines der Mädchen an den Haaren. Mit einem Ruck wurde sie rausgezogen, und im selben Moment brach Panik aus. Ihr habt mit den Füßen gescharrt und euch gegen die Wand gedrückt, ihr wolltet im Mauerwerk verschwinden, da kam auch schon wieder der Arm und ergriff einen der Jungen und riß ihn aus dem Loch. Ihr habt von oben kein Geräusch gehört. Keine Stimmen, nichts. Die Luke schloß sich mit einem Knall, und nur noch euer gieriges Atmen brach sich an den Wänden. Dann setzte das Wimmern ein. Es pflanzte sich fort, und da hast auch du die Nerven verloren. Du warst kein Ich mehr, du warst ein Teil der Gruppe und damit ein Teil der Panik. Ihr habt gemeinsam gezittert und gewimmert, ihr habt euch in die Hosen gemacht und dabei ein Bewußtsein geteilt, und dieses Bewußtsein war am Durchdrehen.

Mit den dahinstreichenden Stunden wurdest du schwächer und schwächer. Durst begann dich zu quälen, die Hitze erschwerte das Denken. Dazu klebte dein Bruder wie eine zweite Haut an dir und entzog dir mit seiner Hilflosigkeit und Furcht die wenige Kraft, die dir geblieben war. In dem Loch stank es jetzt nach Urin und Kot, der Boden war klebrig und feucht. Mehrmals bist du weggenickt und wurdest von dem älteren Jungen geweckt, der mit den Füßen gegen deine Beine stieß. Du hast ihn angesehen, er hat mit dem Kinn nach oben gezeigt, du hast die Schultern gehoben, denn du hattest keine Idee, wie ihr da hochkommen solltet. Da versuchte sich der Junge aufzurichten. Zwei der Mädchen traten nach ihm, er ignorierte sie und schob sich mit dem Rücken an der Wand hoch, bis er stand. Er sah dich wieder an und wartete, daß du es ihm nachmachtest. Also hast du es ihm nachgemacht und kamst auch auf die Beine. Dein Bruder rappelte sich sofort mit dir auf, und plötzlich seid ihr alle auf die Beine gekommen. Als hätte es ein geheimes Zeichen gegeben, habt ihr euch alle zwölf gegen die Wand gelehnt und aneinander gestützt und standet eng an eng wie Würstchen in einem Glas. Eure Beine zitterten vor Anstrengung, aber es war ein kleiner Sieg, aufrecht zu stehen und nicht wie Müll auf dem Boden zu liegen. Schulter an Schulter, Rücken an Rücken, Brust an Brust. Ihr habt den Kopf in den Nacken gelegt und nach oben gesehen.

Das Licht schien durch die Ritzen, die Holzluke war so nahe.

Der ältere Junge kniete sich hin, ihr habt ihm, so gut es ging, Platz gemacht. Da er sich nicht mit den Händen abstützen konnte, drückte er seine Stirn gegen die Mauer und wartete. Vorsichtig hast du einen Fuß auf seinen Rücken gestellt und den anderen hinterhergezogen. Der Junge stöhnte auf, er hielt aber deinem Gewicht stand und preßte die Stirn fester gegen die Mauer. Als du dich gerade aufrichten wolltest, hast du das Gleichgewicht verloren und bist von seinem Rücken gerutscht. Chaos brach aus, ihr seid wie ein Mikadospiel zusammengefallen und lagt wieder kreuz und quer übereinander. Zwar tat es weh, aber es war den Preis wert – es gab einen Weg, und wenn es einen Weg gab, gab es Hoffnung. Und so habt ihr euch

167

wieder aufgerichtet, schwer atmend und entschlossen. Der Junge ging in Position, und du bist erneut auf seinen Rücken gestiegen, aber dieses Mal haben dich die anderen gestützt, sie haben ihre Körper gegen deinen Hintern und deine Beine gedrückt, so daß du nur noch nach oben konntest, und dorthin hast du dich dann gestreckt und standest plötzlich aufrecht und dein Kopf stieß gegen die Holzluke.

Stille.

Ihr habt euch nicht bewegt. Ihr hattet alle das Geräusch vernommen, als die Luke von dir angehoben wurde. Und dann hast du den Druck erhöht und die Luke hob sich noch einen und noch einen Zentimeter mehr. Kühle Luft wehte dir ins Gesicht und sofort schossen dir Tränen der Erleichterung in die Augen.

Du sahst den Dielenboden und ein paar Krümel, du hörtest das Prasseln eines Feuers, und dann tanzten die Krümel plötzlich auf und ab, und der Boden schien zu beben. Jemand kam näher. Du bist du zurückgeschreckt und die Luke schloß sich mit einem Knall und du verlorst das Gleichgewicht und niemand konnte deinen Sturz aufhalten – das Chaos brach wieder unter dir aus.

Als du wieder zu dir kamst, schmerzte dein Kopf. Du hattest keine Ahnung, wie lange du zwischen den anderen gelegen hattest. Dein rechter Arm war wie abgestorben, links von dir lehnte dein Bruder. Du hast dich mühevoll aufgesetzt und umgesehen. Ihr wart nicht mehr zu zwölft, vier der Kinder fehlten, und einer von ihnen war der ältere Junge.

Die Resignation breitete sich in deinem Körper aus wie flüssiges Blei. Plötzlich wußtest du, wie es war, nicht mehr zu wollen, einfach aufzugeben. Wie beim Schwimmen, wenn du so schwach wurdest, daß dich nur der Beckenrand retten konnte. Das hier aber war anders. Es gab keinen Beckenrand. Wenn du einen Ausschalter gehabt hättest, hättest du ihn jetzt gedrückt.

Beim nächsten Mal holten sie deinen Bruder.

SIE

SIE

Da ist die Hütte, da ist der Wald und ein See.

Da ist ein Trampelpfad, da ist eine Umzäunung, und da sind keine Wildschweine mehr.

Wenn sie die Hütte verlassen, zu ihrem Wagen gehen und davonfahren, bleiben keine Spuren zurück. Es ist kein zwanghaftes Verhalten, es ist die Vorsicht des erfahrenen Jägers, der sein Jagdgebiet im natürlichen Zustand belassen will, um die Beute nicht zu verschrekken. Jeder von ihnen erledigt seine Aufgaben, und sie fahren erst, wenn sie alle zufrieden mit ihrer Arbeit sind.

In derselben Weise verhalten sie sich, wenn sie die Beute holen. Sie putzen und wischen, sie sorgen für Ordnung. Natürlich machen sie auch Fehler, natürlich übersehen sie auch etwas – mal ist es ein verschobener Stuhl, mal ist es eine Tür, die nicht ganz geschlossen ist.

Oder der Abdruck eines Stiefels im Teppichflor.

Die Vorsicht wird ihnen in jungen Jahren beigebracht, denn sie garantiert, daß sie überleben. Vorsicht hat immer Vorrang, sie kostet zwar mehr Zeit, aber sie hat die höchste Priorität. Sie wissen, daß Spuren verhängnisvoll sein können. So verhängnisvoll wie Zeugen. Über das letzte Jahrhundert hinweg ist ihnen niemand entkommen.

Und dann war da dieses Mädchen.

Es gibt den Jäger und es gibt die Beute. Niemals wendet sich die Beute gegen den Jäger. Aber auch hier gibt es Ausnahmen. Das Mädchen ist so eine Ausnahme. Sie hat nicht nur überlebt, sie ist ihnen sogar entkommen. Somit ist sie die einzige Spur, die sich zu ihnen zurückverfolgen läßt. Sie wissen das, und sie wissen, daß das Mädchen das weiß. Sie ist nicht dumm. Wenn sie dumm wäre, wäre sie ihnen nicht entkommen. Sie haben Respekt vor ihrem Mut. Aber ihr Respekt hat ein Haltbarkeitsdatum, und dieses Haltbarkeitsdatum nähert sich dem Ende, seitdem das Mädchen das Interesse eines anderen Jägers geweckt hat.

Damit hat sie sich wieder in ihr Blickfeld gerückt.

ICH

ICH

1

– Wie gefällt dir unser Clubhaus? fragt Franco und reicht Hagen und mir ein Bier.

Das Wohnzimmer ist ein hoher Raum mit Kamin und einer offenen Küche. Drei Zimmer gehen davon ab, eine vierte Tür führt in ein Bad mit Dusche. Die Blockhütte wirkt, als könnte sie jedem Sturm trotzen. Die Wände sind aus dicken Rundhölzern, der Boden ist aus dunklen Dielen. Nichts wirkt abgenutzt, im Kamin liegt nicht einmal Asche, und die Fenster sind geputzt.

Wohin ich auch schaue, ich sehe keine Luke im Boden.

Ich spüre, wie mein Rücken schweißfeucht wird. Das hier ist zu neu, das hier ist kein Jahr alt. Nach deiner Beschreibung hatte ich eine vollkommen andere Hütte vor Augen, die Details stimmten nicht. Ich atme durch, ich muß die Fassung bewahren, also pfeife ich anerkennend durch die Zähne und nicke wie ein Idiot, dem das Paradies gezeigt wird.

– Alle Achtung, sage ich, Hier läßt es sich leben.

Achim und Edmont kommen von draußen herein. Sie klopfen sich den Schnee am Türrahmen von den Stiefeln, dann geht Achim zum Kühlschrank und holt zwei Bier heraus.

– Seit wann gibt es die Hütte? frage ich.

– Wir haben sie im letzten Frühjahr gleichzeitig mit der Scheune gebaut, antwortet Franco, Achim hat da eine Firma in Bayern, die seinem Cousin gehört. Oder ist er dein Schwager?

– Schwager, sagt Achim und reicht Edmont ein Bier.

– Ohne seinen Schwager hätten wir das nie gestemmt, spricht Franco weiter, Er hat uns das Holz im Bausatz zu einem Spottpreis verkauft. Davor stand hier eine Bruchbude.

Wieder nicke ich, dieses Mal erleichtert. Hier ist eine andere Hütte gewesen. Es gab ein Davor. Achim betrachtet die Bierflasche in seiner Hand, als hätte er schon lange kein Bier gesehen. Er ist nicht interessiert an unserem Gespräch. Edmont zeigt auf den Kamin.

– Siehst du den? Den habe ich selbst gebaut.

Er hält mir seine linke Hand entgegen, der Daumen ist schief und ohne Nagel.

– Diese Platten haben mir beinahe die Hand abgerissen. Aber mein Opa hat seinen Kamin auch aus Schiefer gebaut, und sein Opa davor auch. Also mußte es Schiefer sein, darunter geht nichts. Ich meine, wie oft im Leben baut man schon seinen eigenen Kamin?

– Nicht so oft, antworte ich.

– Wenn du da mal nicht recht hast, sagt er und hockt sich hin und beginnt Anmachholz aufzuschichten, dabei spricht er weiter, als wären wir beide allein in der Hütte:

– Weißt du, als ich fünfzehn war, hatte ich in so einer Hütte das erste Mal Sex.

– Es war eine Jugendherberge, korrigiert ihn Achim.

Edmont schaut ihn genervt an.

– Ja, aber wie klingt das denn?

– Ehrlich, antwortet Achim.

– Ehrlich an meinem Arsch, sagt Edmont und erzählt weiter.

– Es war also eine Jugendherberge in Österreich, aber es roch genau so wie hier.

Er schnuppert, schaut zu mir hoch und grinst mich an, als würden wir uns verstehen.

– Wir waren auf Skifahrt, es war der sechste oder siebte Tag, und wir haben so getan, als ob es uns nicht gutgehen würde. Magenschmerzen. Durchfall. Der übliche Scheiß. Wir durften alleine in der Jugendherberge bleiben. Da ging aber die Post ab. Sie war natürlich Jungfrau, ist ja klar. Mensch, haben wir eine Sauerei angestellt. Sie hat sich wegen dem Blut so sehr geschämt, daß sie das Laken mit nach Hause genommen hat. Und danach wollte sie mich heiraten.

Er lacht, die anderen lachen mit. Ich frage, warum sie lachen.

– Na, weil sie mich geheiratet hat.

– Mit vierzehn?

– Nein, acht Jahre später.

Er verstummt und starrt auf das Anmachholz, dann gibt er sich einen Ruck.

– Seitdem träume ich davon, in so einer Hütte zu wohnen. Nur für eine Weile. Der Nostalgie wegen. Aber die Jungs lassen mich nicht.

– Vergiß es, sagt Franco.

– Die Hütte ist nicht zum Wohnen, sagt Hagen.

– Man wird ja noch träumen dürfen, murmelt Edmont und entzündet das Feuerholz. Ein dünner Rauchfaden steigt auf und verschwindet im Abzug. Ich hätte das Holz von unten angezündet, halte aber den Mund. Edmont wischt sich mit den Händen über die Oberschenkel und richtet sich auf.

– Holz brennt von oben nach unten, sagt er, als hätte ich meine Gedanken in den Raum reingerufen, Das vergessen die Leute immer wieder.

Er sieht zu Achim.

– Sind wir gut in der Zeit?

Achim schaut auf seine Uhr. Es beruhigt mich, daß sie einen Zeit-plan haben. Sie sind auf Kurs, ich bin mit ihnen auf Kurs, auch wenn ich nicht weiß, was wir hier verloren haben. Langsam breitet sich die Wärme vom Kamin aus.

– Wir sollten mal schauen, ob der See schon gefroren ist, sagt Franco.

– Ich bin dabei, sagt Hagen.

– Laßt mich erstmal in Ruhe mein Bier austrinken, sagt Achim.

Edmont legt Holz nach und meint, das Feuer würde so schnell nicht niederbrennen. Eine Stunde hätten wir. Ich nippe von meinem Bier. Achim beobachtet mich schon seit einer Weile.

– Die Hütte ist nicht das, was du erwartet hast, oder?

– Nicht wirklich.

– Was hast du denn erwartet? fragt Franco.

– Etwas Historisches, gebe ich zu.

Edmont und Hagen lachen, Achim schüttelt nur den Kopf, als wäre er von meiner Antwort enttäuscht.

– Etwas Historisches? wiederholt er, Sei froh, daß du nicht gesehen hast, was für eine Bruchbude das vorher war. Wir schreiben hier neue Geschichte, Mika. Jedes Ende ist ein Anfang.

– Sehr philosophisch, sagt Edmont und hebt seine Bierflasche, Jungs, auf die neue Geschichte!

Wir prosten ihm zu und betrachten das Feuer, das langsam von oben nach unten brennt wie ein hungriges Tier, das die Vergangen-heit frißt und nur die Gegenwart zurückläßt.

2

Der See ist klein. Ein Schilfgürtel, ein Wald und ein schmaler Felsstrand rahmen ihn ein. Die Steine ragen aus dem Schnee hervor wie graue Zahnstummel. Ein Pfad führt von der Blockhütte zum Ufer hinunter. Wir kommen an einem Ruderboot vorbei, das verkehrt herum auf Holzblöcken liegt und mit der Schneehaube an einen Pilz erinnert.

Ich schaue zurück und kann die Hütte von hier unten nicht sehen.

Franco hat eine Wolldecke unter dem Arm klemmen, als wollten wir ein Picknick machen. Wir klettern über die Felsen und müssen einander stützen, so rutschig ist es. Drei Enten fliegen aus dem Schilf auf. Ihr Meckern hallt über das Wasser, dann verschwinden sie hinter dem Wald, und es ist wieder still.

– Noch ein paar Tage, sagt Franco, Dann ist es so weit.

Er hat recht. Der See ist noch nicht zugefroren, aber eine hauchdünne Eisschicht bedeckt schon die Oberfläche. Wir schauen über das Wasser, es ist idyllisch.

– Was soll's, sagt Achim und beginnt sich auszuziehen.

– Wirklich jetzt? fragt Hagen und lacht.

– Seid ihr Pfeifen oder Männer? will Achim wissen.

Es ist wie ein Startschuß. Sie entkleiden sich und legen ihre Sachen sorgfältig auf die Felsen. Ich zögere kurz, dann mache ich es ihnen nach. Die Kälte wartet nicht, bis ich nackt bin, sie schleicht gierig an mir hoch und setzt sich in meiner Brust fest, lange bevor ich die Hosen ausgezogen habe. Edmont schaut über den See und atmet tief durch. Wir stehen nackt nebeneinander und grinsen. Es ist ein absonderlicher Moment der Intimität. Ich weiß nicht, wohin mit meinen Händen.

– Jungs, sagt Hagen, Wir sollten uns wieder anziehen.

– Ich weiß nicht, ob wir das überleben, sage ich.

– Einmal rein und wieder raus, sagt Franco, Dann ist man angekommen.

Für einen Moment scheint die Sonne zwischen den Wolken hervor und wir sind einfach nur fünf nackte Männer, die vor sich hinzittern. Edmont schlägt sich zweimal ins Gesicht, als wollte er sich wachhalten. Er ist zwar der Älteste von uns, aber er hat als einziger einen durchtrainierten Körper. Ich weiß, daß er dreimal in der Woche ins Fitneßcenter geht.

– Achim hat recht, was soll's, sagt Edmont und stakst über die Felsen, ehe er mit einem Sprung im Wasser verschwindet. Sein Köpfer hinterläßt einen sternförmigen Riß im dünnen Eis. Nachdem er wieder aufgetaucht ist, ruft er uns zu, es wäre arschkalt und wir könnten unseren Eiern gleich mal eine Abschiedskarte schreiben. Hagen lacht, Franco grinst nur. Er hat die Arme in die Seite gestützt und schaut über den See, als wäre er ein Eroberer. Es ist das erste Mal, daß ich ihn ohne Halstuch sehe. Er hat keine Narbe am Hals, es ist mehr eine Verbrennung – ein glänzender Hautstreifen, der wie poliert wirkt. Franco bemerkt meinen Blick.

– Es war ein dünnes Kabel, sagt er, Die Penner wollten mich erwürgen und haben mir stattdessen eine Verbrennung zugefügt. Sowas passiert, wenn Amateure am Werk sind.

– Sei froh, daß sie Amateure waren, sagt Achim und geht an uns vorbei.

Er besteht nur aus fester Masse – dicker Bauch, kräftige Beine, breiter Hintern. Er ist der erste Mann, den ich mit kurzrasiertem Schamhaar sehe. Sein Körper ist rot von der Kälte, nur die Narbe an seinem Hinterkopf steht wie ein weißer Wurm hervor.

– Meine Eier sind aus Stahl, ruft er Edmont zu und springt in den See.

– Meine Eier sind aus Zucker, sagt Hagen und hockt sich auf einen Felsen. Er testet das Wasser mit der Hand und schüttelt sich. Er ist so dürr, daß mich sein Profil an eine Birke im Winter erinnert. Nackt scheint er viel jünger zu sein. Er ist beschnitten, das blonde Schamhaar ist kaum sichtbar, die Brustwarzen sind zwei rote Punkte auf der weißen Haut.

– Nun komm schon, du Pfeife, ruft ihm Edmont zu, Oder hast du Angst, daß dir die Sommersprossen abblättern?

Hagen setzt sich auf den Felsen und gleitet wie eine alte Dame mit den Füßen voran in das Wasser. Langsam watet er hinaus, dabei bleiben seine Arme oben, als wollte er sich die Ellenbogen nicht naß machen. Nach vier Schritten ist Schluß, der Boden fällt ab und Hagen verschwindet unter der Oberfläche. Nach ein paar Metern taucht er wieder prustend auf.

– Scheiße, ist das kalt!

– Und was machen unsere Mädchen?! ruft uns Edmont zu.

Franco sieht mich abschätzend an. Ich bin ein nackter Mann ohne besondere Merkmale. Kein Tattoo, keine Narbe, kein rasiertes Schamhaar. Ich habe nicht viel zu bieten, nur meine Arme sind kräftig, weil ich jeden Morgen trainiere. Aber es sind keine übertriebenen Muskeln, ich habe nicht vor aufzufallen. Ich muß fit sein. Fit für Momente wie diesen hier.

– Nach dir, sagt Franco und macht eine einladende Geste.

Es sind dieselben Worte, die Hagen vor der Hütte zu mir gesagt hat, es ist dieselbe Geste. Es gibt darauf nur eine Antwort.

Ich springe ins Wasser.

3

Wir treiben auf dem See. Wenn man den ersten Schock überwunden und das Herz sich beruhigt hat, dann ist die Temperatur fast schon angenehm. Wir bilden einen Kreis, als würden wir für ein Wasserballett trainieren. Arme ausgebreitet und mit sparsamen Bewegungen bleiben wir an der Oberfläche. Unsere Köpfe dampfen, als würden wir unter Wasser in Flammen stehen.

– Noch fünf Minuten, sagt Achim, Dann werden unsere Körperfunktionen runterfahren und das ist es gewesen. Ich mache das jedes Jahr. Ins Eisloch rein, aus dem Eisloch raus, danach bist du ein neuer Mensch. Hauptsache ist, wir bleiben in Bewegung.

Er sieht an mir vorbei.

– Laßt uns zum anderen Ufer und zurück schwimmen, dann haben wir genug für heute.

Ich wende den Kopf. Das andere Ufer ist fünfzig Meter entfernt und besteht aus einer Reihe von Bäumen, die aus dem Wasser emporragen wie vorgebeugte Soldaten, die auf Befehle warten. Wir kraulen darauf zu und zerteilen dabei das dünne Eis. Gute zehn Meter vor der ersten Baumreihe treffen wir auf Grund. Er ist schlammig, und wir halten Abstand. Es war eine dumme Idee, hierher zu schwimmen. Ich sage das aber nicht, ich bin ich und dieses Ich ist ohne Kritik. Ich bin ein Teil der Gruppe. Einer, der mitgeht, einer, der nicht stolpert. Wir schauen zu den Felsen zurück. Unsere Kleidung sind Farbflecken auf den grauen Felsen. Die Sonne hat sich wieder verzogen, es sieht nach Schnee aus.

— Der Letzte zahlt, sagt Achim und krault los.

— Oh nee, sagt Edmont und legt sich ins Zeug.

— Los geht's! sagt Franco und folgt ihm.

— Scheiße! flucht Hagen.

Ich habe nichts zu sagen und beginne auch zu kraulen.

Es sind vielleicht zweihundert Meter bis zum Ufer, erst nach zehn Schwimmzügen komme ich in Fahrt und überhole erst Edmont, dann Franco. An Achim komme ich nicht heran. Er ist eine Maschine, die durch das Wasser pflügt. Nachdem er auf die Felsen geklettert ist, schaut er zu uns zurück. Sein Körper dampft fast schon obszön, er steht da wie ein fetter Krieger und reicht mir die Hand, um mich herauszuziehen. Es erstaunt mich, wie warm sich die Luft auf meinem Körper anfühlt. Als wären es zwanzig Grad und nicht unter Null. Franco kommt als nächster. Er ignoriert Achims Hand, elegant und sicher hievt er sich auf die Felsen. Edmont folgt direkt hinter ihm, nur Hagen ist noch gute dreißig Meter entfernt. Als er sieht, wie Edmont das Wasser verläßt, hält er inne und bewegt nur noch die Arme, ohne näher zu kommen. Sein lockiges Haar ist gefroren, die Lippen blau, ich kann sein Zähneklappern deutlich hören.

— Leute, fair war das nicht.

— Wenn das Leben fair wäre, wären wir nicht hier, gibt Franco zu bedenken und reibt sich mit seinem Unterhemd trocken.

— Sei jetzt keine Memme, sagt Edmont.

Achim bückt sich und holt die Uhr aus seinem Kleiderbündel.

– Jetzt ist es elf, sagt er und sieht Hagen an, Wir nehmen eine Dusche, essen zu Mittag und geben dir Zeit bis zur Dämmerung. Du kannst zwar versuchen über den Zaun zu klettern, aber ich würde dir das nicht raten.

– Ich bin keine Pfeife, sagt Hagen.

– Das hat auch niemand behauptet, erwidert Achim und zieht sich an. Als er geht, nimmt er Hagens Sachen mit. Nur seine Stiefel und die Decke läßt er liegen. Ich sehe ihm hinterher und weiß nicht, was hier gespielt wird. Auch Franco hat sich in der Zwischenzeit angezogen. Er schnürt sich die Stiefel und ignoriert Hagen, auch Edmont wendet ihm jetzt den Rücken zu.

– Was passiert hier? frage ich.

Franco wirft mir meine Klamotten zu.

– Trockne dich ab, sonst holst du dir eine Lungenentzündung.

– Franco, was passiert hier?

Er schaut zu Hagen, der im Wasser wartet, daß wir gehen.

– Was denkst du, was hier passiert? fragt Franco zurück, Hagen war zu langsam, er hat verloren, und jetzt ist er unsere Beute.

DU

DU

Natürlich wußtest du nicht, was es hieß, die Beute zu sein. Du warst ein dreizehnjähriges Mädchen, das gefesselt und geknebelt mit anderen Kindern in einem Loch gefangengehalten wurde. Was wußtest du schon von der Jagd? Du warst ahnungslos und verängstigt, du warst durstig, und dein Magen rumorte vor Hunger, aber all das verlor an Bedeutung, als sich die Luke erneut öffnete und sie deinen Bruder holen kamen.

Es geschah in einer grausamen Stille. Diese Stille hängt dir seitdem nach. Sie ist wie die Wolken am Himmel, bevor ein Sturm losbricht. Als würde der Tag die Luft anhalten. So still war es in dem Loch. Nur das Scharren eurer Füße war zu hören, dazwischen euer schnaufendes Atmen, und über allem lag die Furcht vor der Hand, die kommen und euch wie Früchte ernten würde.

Und dann war es so weit.

Und da war der Arm und langte von oben herunter, und die Finger streckten sich und packten deinen Bruder am Nacken. Für einen furchtbar zähen Moment sahst du seine zappelnden Füße über dir schweben, ehe sie verschwanden und die Luke sich wieder schloß.

Du hast fassungslos auf dem Boden gesessen, die Knie an die Brust gezogen, und wolltest in dir selbst verschwinden. Was hast du auch erwartet? Dachtest du, alle Kinder werden gepackt und aus dem Loch gezerrt, und nur du und dein Bruder blieben übrig?

Es war wieder erschreckend still um dich herum, du spürtest die Blicke der anderen Kinder, und in diesem Moment riß etwas in deinem Kopf. Wie ein Rettungsseil, das dich in der Realität gehalten hatte, und jetzt war es gekappt, und du befandest dich im freien Fall.

Als du das nächste Mal Schritte über dir hörtest, hast du dich nicht wie die anderen in die Ecken gedrückt und kleingemacht. Du bist auf die Beine gekommen und hast aufrecht dagestanden, mit dem Kopf im Nacken und dem Blick nach oben hast du abgewartet, daß sie dich holten.

Und genau das taten sie auch.

SIE

SIE

Sie treffen eine Vorauswahl. Wenn sie wahllos handeln würden, wäre das respektlos gegenüber dem Ethos der Jagd. Eine gut geplante Jagd bringt die Charakterzüge des Jägers zur Geltung.

Sie überlegen genau, welche Beute sie brauchen, und ob sie zum Jäger paßt. Es gibt nichts Schlimmeres, als die falsche Wahl zu treffen. Aber Fehler sind unvermeidbar. So wie der kleine Bruder des Mädchens. Er war zu jung, sie haben ihn notgedrungen mitgenommen. Er sollte an dem Abend nicht im Haus sein, sie hatten keine andere Wahl.

Keine Spuren, keine Zeugen.

Sie sollten für diesen Fehler einen sehr hohen Preis zahlen.

Sie sind, was sie sind, und sie sind es im Winter, wenn Schnee liegt, Eis den See bedeckt und die Natur in eine Starre verfällt. Sie sind dabei ohne Skrupel und ohne Furcht. Sie kennen keine Moral, denn das ist das wahre Leben und im wahren Leben werden die Gesetze der Menschlichkeit auf den Kopf gestellt, sobald der Hunger erwacht. Der Hunger ist Geschenk und Fluch zugleich. Er läßt sie die Welt anders sehen, durch ihn wachsen sie zu Jägern heran. Doch jeder Hunger muß gebändigt werden. Die Disziplin hält ihn in Grenzen, die Disziplin macht den Hunger zu einer Waffe.

Und manchmal opfern sie sich für diesen Hunger.

Und manchmal lassen sie ihr eigenes Blut fließen, um diesen Hunger zu stillen.

ICH

ICH

1

Nachdem sie zur Hütte zurückgekehrt sind, steigen sie einer nach dem anderen unter die Dusche. Sie holen Brot, Wurst und Salate aus den zwei Kartons, decken den Tisch und setzen sich. Sie beginnen zu essen, und es ist, als würde es Hagen nicht geben. Keiner spricht über ihn. Ich ertappe mich, wie ich immer wieder zum Eingang schaue und erwarte, den frierenden Hagen dort stehen zu sehen. Sie plaudern über den Winter und darüber, daß sie noch Holz schlagen müßten. Es fühlt sich an, als wäre ich in einem absurden Theaterstück.

– Was passiert jetzt mit Hagen? frage ich.

Sie sehen mich an und grinsen, als hätten sie auf diese Frage gewartet. Es ist ermüdend. Ich muß immer wieder die Balance zwischen Ahnungslosigkeit und Wissen wahren. Und ich werde das Gefühl nicht los, daß sie mir noch immer nicht trauen. Alles scheint ein Test zu sein. Ich darf meine Deckung keine Sekunde runterlassen.

– Mach dir keine Sorgen, sagt Franco, Hagen hat Zeit bis zur Dämmerung.

– Falls er bis dahin nicht erfroren ist, sage ich.

– Du kennst Hagen nicht, sagt Achim, Und du kennst uns nicht. Sein Blick fordert mich heraus, ich soll ihm widersprechen, ich denke nicht daran. Hagen hat zwar eine Decke und er trägt seine Stiefel, aber niemand kann das überleben. Außer da draußen gibt es noch eine andere Hütte, die Schutz bietet.

– Die Sonne geht um halb fünf unter, sagt Franco, Dann ist Hagen sicher.

– Sicher vor wem?

– Vor uns, antwortet Franco, Oder dachtest du, hier wäre noch jemand?

Achim beginnt, den Tisch abzuräumen. Franco schaltet die Espressomaschine ein. Edmont legt Holz nach und setzt sich wieder zu mir an den Tisch.

– Entspann dich, sagt er.

– Ich bin entspannt, sage ich.

Es wird Kaffee serviert, dazu gibt es Obst und Kuchen von Edmonts Frau. Danach bringen wir das Geschirr zur Spüle und gehen rüber in die Scheune.

Die Scheune ist doppelt so lang wie die Blockhütte und hat keinen Zwischenboden. Das Gebälk über mir ist sechs Meter hoch und frei von Spinnenweben. Das Tageslicht wird vom Schnee gefiltert und fällt milchig durch die Dachfenster herein. Auch hier ist der Holzgeruch neu und frisch. Ein Metallschrank befindet sich an der einen Wandseite, daneben stehen zwei Truhen auf dem Boden, die mit Schlössern gesichert sind. Die hintere Wandseite der Scheune ist eine lange Werkzeugbank. Spaten und Äxte hängen an der einen Wand, zwei Schubkarren lehnen an der anderen. Vor der Werkbank ist eine Luke in den Boden eingelassen. Sie wäre mir nicht aufgefallen, wenn ich nicht danach gesucht hätte.

Achim hockt sich vor eine der Truhen und schließt sie auf.

– Mika, faß mal mit an, sagt Franco hinter mir.

Er steht vor einem Holztisch, die Oberfläche hat Schrammen und Kratzer. Wir tragen den Tisch in die Mitte der Scheune. Ich höre ein Ticken, dann springt draußen ein Motor an.

– Das ist der Generator, erklärt mir Franco, Er versorgt die Hütte mit Strom und heizt automatisch ein, damit uns die Leitungen nicht einfrieren. Ich zeige dir nachher, wie er funktioniert.

Ich nicke, ich bin ein Teil des Ganzen, ich muß alles wissen.

Achim reicht Edmont einen Leinenbeutel aus der Truhe. Edmont trägt ihn zum Tisch. Achim folgt mit einem zweiten Beutel. Zwei Jagdgewehre und zwei Pistolen kommen zum Vorschein. Franco nimmt eines der Gewehre und gibt es mir.

– Oder hättest du lieber eine Pistole?

– Ich nehme das Gewehr, sage ich.

Die Waffe ist leichter, als ich erwartet habe. Ich lege mir den Riemen über die Schulter und drücke das Gewehr mit dem Ellenbogen an meine Seite, wie jemand, der das jeden Tag macht.

– Ich will eine Pistole, sagt Edmont.

Achim zuckt nur mit den Schultern, ihm ist es gleich, also reicht ihm Franco das zweite Gewehr.

– Das hätten wir dann geklärt, sagt er und verstaut seine Waffe im Hosenbund.

Achim räumt die Leinenbeutel wieder weg, während Franco eine Karte auf dem Tisch ausbreitet. Er teilt das umliegende Gelände unter uns auf. Ich bekomme den Westen mit dem Großteil des Waldes, Franco bleibt auf der Südseite, Edmont hat das Gelände hinter dem See, und Achim übernimmt das Schilfgebiet. Auf der Karte sehe ich jetzt auch die anderen beiden Seen weiter nördlich.

– Die Waffen sind geladen, sagt Franco, Mehr Munition gibt es nicht, also kommt mit dem aus, was ihr habt. Uns bleiben noch gute drei Stunden. Sobald die Sirene ertönt, ist die Jagd beendet, sonst noch Fragen?

– Was mache ich, wenn ich ihn finde? frage ich.

– Was machst du, wenn du auf Beute triffst? fragt Achim zurück.

– Aber das ist Hagen.

– Das ist nicht mehr Hagen, korrigiert mich Edmont, Das ist Beute.

Achim sieht auf seine Uhr.

– Wir ziehen in zehn Minuten los.

– Aber …

Franco ergreift mich am Arm.

– Mika, nicht daß wir uns falsch verstehen. Hagen weiß, daß er die Beute ist. Er wird sich wehren. Wenn du ihn nicht erwischst, wird er dich erwischen.

– Auge um Auge, wirft Edmont mit tiefer Prophetenstimme ein, Zahn um Zahn.

Ich lache, obwohl ich es nicht witzig finde. Ich muß besorgt wirken.

– Er ist nackt, sage ich, Und er ist unbewaffnet.

– Er ist im Wald, korrigiert mich Achim, Er hat mehr Waffen, als uns lieb ist.

Mehr gibt es dazu nicht zu sagen. Ich hoffe, ich habe es mit meinem Zögern nicht übertrieben. Als wir vor die Scheune treten, setzen Franco und Achim verspiegelte Sonnenbrillen auf, obwohl die Sonne hinter den Wolken verschwunden ist. Edmont sieht als einziger aus wie ein echter Jäger. Er könnte einem Roman von Jack London entsprungen sein – Lederhemd, Hosen mit Schnüren an den Seiten, hohe Stiefel. Für einen langen Moment stehen wir vor der Scheune, unsere Blicke schweifen über den Wald und den Pfad zum See hinunter. Schnee, Schnee und noch mehr Schnee. Ich frage mich, was sie getan hätten, wenn ich beim Schwimmen als letzter angekommen wäre? Würde ich jetzt nackt und mit einer Decke um die Schultern da draußen herumrennen und hoffen, daß die Sonne untergeht?

Franco macht mit dem Kinn eine knappe Bewegung nach vorne. Wir gehen los.

Jeder verschwindet in eine andere Richtung.

Wir sind auf der Jagd.

2

Das Grundstück wirkte auf der Karte kleiner. Um die Hütte herum erstreckt sich das verfallene Militärgelände in einem Radius von zwei Kilometern. Es ist genug Platz für eine Person, um sich für eine Weile zu verstecken. Ich richte mich nach der Umzäunung und bleibe immer wieder stehen, um mich zu orientieren. Nach einer Stunde fühle ich mich verloren. Es ist mir ein Rätsel, was das hier alles soll.

Die Dämmerung bricht an, der Himmel beginnt sich zu verdunkeln, und die Wolken ziehen sich zusammen wie ein Gesicht, das rasend schnell altert. Und dann zerfällt das Gesicht und es beginnt zu schneien. Erst sind es nur magere Flocken, die kaum Gewicht haben, doch dann werden sie dick und naß und behindern die Sicht. Ich beschließe, zum See runterzugehen und am Ufer entlang zur Hütte zurückzulaufen. Ich werde mir einen Kaffee machen, und es ist mir egal, was die anderen davon halten. Ich habe keine Lust auf dieses bescheuerte Spiel. Wahrscheinlich sitzen sie schon gemütlich vor dem Kamin und fragen sich, wo ich bleibe.

Auf dem Weg zum See rutsche ich weg und lande hart auf dem Rücken. Ich schlittere den Abhang hinunter und werde von einem Baumstumpf gebremst. Der Riemen ist dabei gerissen, das Gewehr liegt auf halber Strecke. Ich stehe fluchend auf und krieche die paar Meter nach oben. Mein Rücken ist durchweicht, bei jeder Bewegung spüre ich die Nässe. Ich hebe das Gewehr auf und schüttele den Schnee aus dem Lauf. Ich könnte mich nicht elendiger fühlen. Auf den nächsten Metern bewege ich mich vorsichtiger den Abhang hinunter und halte mich dabei an den Bäumen fest. Der Schnee legt sich über die Landschaft, als wollte er sie ersticken. Das Gewehr stört in meiner Hand, und ich wünschte, ich hätte mich wie Edmont für eine Pistole entschieden. Als ich den Wald eben verlassen will, erklingt ein Schrei. Ich bleibe stehen und lausche und höre ein Fluchen. Ich trete zwischen den Bäumen hervor und sehe Edmont im Schnee knien. Er hält sich den Kopf.

– Was ist passiert? frage ich.

Edmont schaut zu mir auf, sein Gesicht ist blutverschmiert.

– Was denkst du, was passiert ist? Hagen hat mich aus dem Nichts erwischt.

Er zeigt auf einen faustgroßen Stein, der wie ein graues Ei im Schnee liegt.

– Plötzlich stand er vor mir und hat mir eine verpaßt. Wer hätte denn gedacht, daß dieser blasse Wichser so verdammt schnell sein kann. Sei mal ehrlich, wie schlimm ist es?

Über seinem linken Auge hat sich ein zwei Zentimeter langer Riß geöffnet, ein Hautfetzen hängt ihm auf die Augenbraue.

– Nicht schlimm, sage ich, Aber es muß genäht werden.

– Ach Scheiße, ich hasse Narben.

Er greift sich eine Handvoll Schnee und drückt ihn auf die Wunde, dann verzieht er das Gesicht und sieht sich um.

– Ich habe meine Knarre irgendwo fallengelassen, Franco wird durchdrehen, wenn ich das Scheißding verloren habe.

Im Schnee ist nichts zu sehen, wahrscheinlich wird die Waffe erst im Frühjahr wieder auftauchen. Edmont streckt mir die Hand entgegen.

– Hilf mir mal auf.

Ich ziehe ihn hoch, wir sehen uns an, er grinst, und der Angriff passiert so schnell, daß ich nicht einmal sehe, wer mich da anspringt. Plötzlich liege ich auf dem Bauch und mein Gesicht wird auf den Boden gedrückt. Ich kann nicht atmen, mein Mund ist voller Schnee. Ich scharre mit den Füßen und schlage um mich, da verschwindet das Gewicht von meinem Rücken und ich rolle mich zur Seite. Edmont steht mit blutverschmiertem Gesicht über mir und hat einen Ast in den Händen, er atmet schwer und sieht sich gehetzt um. Ich spucke Schnee aus.

– Wo ist er? frage ich.

– Im Wald verschwunden.

Wir sehen nichts, ein Vorhang aus Weiß umschließt uns, die Sicht endet nach wenigen Metern.

– Wenn dieser Scheißschnee nicht wäre, sagt Edmont, Dann könnten wir ...

Der Stein trifft ihn mit einem dumpfen Laut auf Höhe des Zwerchfells. Edmont läßt den Ast fallen und sinkt in sich zusammen. Seine Knie bohren sich wieder in den Schnee, der Mund klappt auf und Edmont schnappt nach Luft. Er drückt die Hände auf die Brust und sieht mich überrascht an, als hätte ich den Stein geworfen. Ich will ihm zu Hilfe kommen, aber er schüttelt den Kopf und sieht mit großen Augen an mir vorbei.

Ich drehe mich um.

Hagen erinnert an einen von diesen blassen Fischen, die in der Tiefe des Ozeans leben, wo kein Licht hinreicht. Er trägt nur die Stiefel. Der linke Arm ist aufgeschürft, wo ihn Edmont mit dem Ast erwischt haben muß. Seine nackte Haut wirkt durchscheinend, so daß ich für einen Moment denke, ich könnte seine Organe erkennen. Die Lippen sind dunkel verfärbt, der Blick stumpf und tot. Das ist nicht mehr Hagen, wie ich ihn kenne. Das Schüchterne und Zerbrechliche ist verschwunden. Er hält einen Stein in der Hand und lächelt mich an.

– Jäger oder Beute? fragt er.

Vor mir liegt das Gewehr im Schnee und ich hebe es auf. Hagen weicht nicht zurück.

– Jäger, sage ich.

– Wie schade, sagt er, Wir hätten so viel Spaß haben können.

Er macht einen und dann einen zweiten Schritt rückwärts.

– Nicht, Hagen.

Er weicht weiter zurück.

– Warte bis zur Sirene, sagt er, Danach können wir gerne plaudern, bis dahin muß ich aufpassen, daß ich---

– Hagen, nicht, wiederhole ich und trete auf ihn zu, das Gewehr im Anschlag und mir meiner Position absolut bewußt. Ich bin der Jäger. Er ist die Beute. Das hier ist ein Test, und ich will ihn bestehen.

– Was ist? fragt er und bleibt stehen, Willst du mich etwa gefangennehmen?

– Warum nicht?

Er lacht, atmet tief ein und kommt plötzlich auf mich zu, die Augen weit aufgerissen, den Stein zum Schlag erhoben. Er weiß, ich werde nicht schießen. Er hat mich durchschaut, und jetzt macht er mich fertig. Der Instinkt übernimmt. Meine Hände drehen das Gewehr, als hätten sie das tausendmal geübt. Ich schlage Hagen mit dem Lauf ins Gesicht und treffe seine Stirn. Er bleibt erstaunt stehen, weicht aber nicht zurück. Ich schlage ein zweites Mal zu und erwische ihn zwischen den Augen. Das Blut schießt ihm aus der Nase, endlich taumelt er nach hinten, läßt dabei den Stein fallen und landet auf dem Hintern.

– Ich habe dich gewarnt, sage ich und es klingt wie eine Entschuldigung.

Hagen schaut überrascht an sich herab.

– Schau mal, was du getan hast.

Er meint nicht seine blutende Nase. Er sitzt im Schnee und seine Erektion ragt nach oben.

– Schau dir das nur an!

Er schnippt mit dem Zeigefinger gegen seine Eichel und lacht, als hätte er schon lange nicht mehr sowas Witziges gesehen. Ich verstehe nicht, wie er diese Kälte aushält. Oder wie verrückt jemand sein muß, mit blutender Nase und mit nacktem Hintern im Schnee zu sitzen und sich über eine Erektion zu wundern. Hinter mir atmet Edmont schwer, ich höre ihn husten, wage es aber nicht, mich umzudrehen. *Laß die Beute nie aus den Augen,* sage ich mir.

– Und was kommt jetzt? fragt Hagen, Denkst du, ich bleibe hier sitzen und warte, daß du mich ausweidest? Sehe ich so aus?

– Niemand wird dich ausweiden, Hagen, ich---

– Oder möchtest du vielleicht, daß ich bettele? Läßt du mich dann gehen, Mika? Soll ich dir ein kleiner Junge sein? Möchtest du das?

Er sieht, wie ich zurückzucke. Sein Blick wird unterwürfig, die Mundwinkel gehen nach unten. Er ist ein kleiner Junge.

– Ach, Mika, sagt er mit weicher Stimme, Hilf mir doch, bitte, hilf mir, ich weiß nicht, was ich machen soll. Ich habe alles versucht, um dir zu gefallen, bitte, schlag mich nicht mehr. Zeig mir lieber, wie ich es besser machen kann. Bitte, sei mein Lehrer. Auch wenn es wehtut, denn vielleicht muß es ja wehtun, oder was meinst du?

Er streckt mir die Hand entgegen, sein Gesicht ist eine Grimasse des Elends, es fehlt nur noch, daß er losheult.

– Bitte, komm her, du schmeckst so lecker, du fühlst dich so gut an, bitte, ich bin doch dein kleiner Junge. Nimm mich in deine Arme, laß mich auf deiner Brust schlafen, ich mach auch alles, ich küß dir die Hande, ich küß dir die Füße. Du darfst mich auch schlagen, bitte, tu mir doch weh.

Ich habe die Waffe gesenkt, mein Gesicht ist reglos, ich darf keinen Fehler machen, ich darf jetzt nicht kneifen.

– Gefällt dir das? fragt Hagen plötzlich mit normaler Stimme.

Ich schlucke, ich nicke.

– Möchtest du, daß ich dir meinen Arsch zeige?

Ich reagiere nicht, es ist die falsche Stimme, darauf falle ich nicht herein.

– Oder hättest du es lieber, daß ich kein Junge bin?

Er steht auf, das Blut zeichnet einen dunklen Bart um seinen Mund, fließt über das Kinn auf die Brust und den Bauch hinunter. Er greift mit einer Hand seinen Penis und klemmt ihn sich mitsamt Hoden zwischen die Beine. Nur das blonde Schamhaar ist noch zu sehen. Jetzt ist er ein Mädchen. Für mich.

– Für dich, sagt er mit einem Säuseln in der Stimme, Für dich allein. Wie hast du es denn gerne, Mika? Soll ich deine kleine Schlampe sein, oder bin ich brav und weiß nicht, warum du mich bestrafst? Soll ich weinen? Soll ich deine Hündin sein? Du kannst mit mir machen, was du willst, ich werde es keinem verraten. Ich werde für dich jaulen. Mika, hörst du, ich könnte aber auch deine Tochter sein, wie wäre das?

Er reibt sich zwischen den Beinen.

– Papa, ich schlaf so schlecht, denn mich juckt es immer, hier und hier. Willst du mich anfassen? Mal ist mir heiß und mal kalt, wieso kommst du nicht zu mir und wärmst mich? Ich dachte, ich bin dein Mädchen. Bitte, Papa, ich warte schon so lange darauf, daß du mich fickst. Du sollst doch der erste sein, denn du bist mein Papa, und ich bin dein Mädchen, und so ist es richtig. Du willst das doch schon die ganze Zeit, nicht wahr? Du träumst doch von mir, du hältst dich am Bett fest, weil du zu mir willst. Komm schon. Ich bin dein Mädchen, laß mich nicht länger warten, Papa, fick mich endlich, damit ich ...

Weiter kommt er nicht. Ich richte das Gewehr auf ihn und schieße ihm zweimal in die Brust.

3

Meine Frau verließ mich, als ich ihr sagte, was mein Plan war – eine neue Identität, ein neues Haus, ein neues Leben. Ich versprach ihr, ich würde keine unnötigen Risiken eingehen, ich würde mich anpassen und ein anderer Mann werden. Nur für eine Weile. Ich würde dafür sorgen, daß keine Zweifel aufkamen, wer ich war, und was ich wollte.

So sah mein Plan aus.

Ich tat es für unsere Tochter. Um den Tätern auf die Spur zu kommen. Um unser Mädchen zurückzuholen, würde ich mich in Mika Stellar verwandeln. Einen Mann, der hungert. Natürlich dachte ich an Rache. Niemand darf in das Haus eines Mannes einbrechen, sein Kind entführen und glauben, daß der Mann nicht an Rache denkt. Rache ist ein wichtiges Element meiner Existenz geworden. Rache und der Wunsch, den Entführern nahe zu sein. In ihr Vertrauen eingeschlossen zu werden, um sie dann von innen her zu zerfressen wie ein Parasit. Danach wollte ich wieder aus der Haut herausschlüpfen, danach wollte ich wieder ich werden.

Meine Frau hatte nur angewidert den Kopf geschüttelt.

– Du bist krank, sagte sie.

– Das mache ich nicht mit, sagte sie.

– Ich rufe die Polizei, sagte sie.

Sie rief die Polizei nicht, sie zog aber ans andere Ende von Berlin und sagte, wir sollten uns eine Weile nicht sehen. Ich wußte, sie hatte unsere Tochter aufgegeben. Es half auch nicht, daß sie beteuerte, sie würde mich noch immer lieben. Ein Verrat ist ein Verrat. Aber wenn ich ganz ehrlich sein soll, war ich ihr dankbar, daß sie gegangen ist. Ich brauchte das, ich mußte verloren und bitter sein; ich mußte diese Isolation leben, sonst wäre mir die Verwandlung in Mika Stellar nie gelungen. Und sie gelang mir. Zwar zerriß sie mich innerlich, gleichzeitig aber führte sie mich zu einem Pädophilen auf Bewährung und zu diesen vier Männern, die nach der Unschuld hungern. Ohne diese Verwandlung wäre ich nie in dieser Schneelandschaft gelandet, ich hätte auch nie die Blockhütte und die Scheune mit der Luke im Boden gesehen. Letztendlich ist diese Verwandlung ein Weg zurück zu meiner Tochter. Und nur darum geht es.

Der Rest ist Rache.

4

Die Wucht der zwei Schüsse wirft Hagen nach hinten. Er landet mit
ausgebreiteten Armen im Schnee, wie der gestürzte Engel, der er ist.
Und da liegt er dann und hebt mühevoll den Kopf und sieht mich
an, als wüßte er nicht, wie das passieren konnte. Seine Brust ist eine
flüssige grüne Masse, auf der die Schneeflocken schmelzen. Mir ist
bewußt, daß Hagen nicht normal ist, aber ich begreife nicht, was das
grüne Blut soll. Hagen reibt sich über die Wunde, verschmiert das
Grün und zuckt vor Schmerz zurück.

– Mann, mußte das sein? fragt er genervt.

– Zumindest hat er nicht deine blöde Fresse getroffen, sagt eine
Stimme hinter mir, Dafür solltest du ihm dankbar sein.

Edmont stützt sich auf meine Schulter. Sein Zopf hat sich gelöst,
nasse Strähnen hängen ihm ins Gesicht. Mit der rechten Hand mas-
siert er sich die Brust, seine Stimme ist anklagend.

– Alter, du hast mir garantiert ein paar Rippen gebrochen.

– Was denkst du, wie ich mich fühle? fragt Hagen zurück und
richtet sich im Schnee auf. Er verzieht das Gesicht und kommt
schwankend auf die Beine. Ich bin mir sicher, er springt mich jeden
Moment an.

– Du verdammter Penner hast mich erschossen! sagt er, Einfach abgeknallt!

Plötzlich grinst er, plötzlich ist er freundlich.

– Mika, wer hätte das von dir gedacht!

– Ich auf jeden Fall nicht, sagt Edmont und schlägt mir auf den Rücken, Hut ab, Alter!

Und ich stehe da und weiß nicht, was los ist.

Weit entfernt ertönt der hohe Ton einer Sirene.

Hagen verdreht die Augen und zeigt dem Geräusch den Finger.

– Perfekt, hätte Franco das Ding nicht fünf Minuten früher anschalten können?

Hagens Brust ist jetzt sauber. Der Schnee hat das Grün in Schlieren aufgelöst. Nur zwei dunkelrote Punkte sind zurückgeblieben, wo ihn die Kugeln getroffen haben. In einer Stunde wird aus diesen zwei Punkten ein einziger großer blauer Fleck werden. Hagen scheint das nicht zu kümmern.

– Hier, sagt Edmont und streift seine Jacke ab.

Hagen zieht sie sich über und knöpft sie zu, dann tritt er auf Edmont zu.

– Laß mal sehen, sagt er.

Ich kann ihn riechen. Sein Geruch erinnert an heißes Metall. Ich weiche unmerklich zurück. Edmont verschiebt seinen Pullover nach oben. Die Haut über dem Zwerchfell ist ein purpurner Bluterguß. Als Hagen mit einem Finger draufdrückt, schreit Edmont auf.

– Paß auf!

– Sorry, Mann.

– Du hättest mir den Brustkorb zertrümmern können.

– Jagd ist Jagd. Du hättest dasselbe getan, wenn du mit nacktem Arsch durch die Gegend gelaufen wärst, erwidert Hagen und betrachtet Edmonts Stirn und den herunterhängenden Hautlappen, Ich glaube, das muß genäht werden.

– Was du nicht sagst.

– Wenn du willst, kann ich das machen.

Edmont schlägt Hagens Finger weg.

– Seit wann kannst du nähen?

– Ich repariere Buchumschläge, da sind auch ein paar aus Leder dabei. Oder hast du Angst, daß ich deine Visage verunstalte?

Edmont spuckt aus.

– Ich habe keine Angst. Ich habe schon Schlimmeres erlebt.

– Klar, damals in Vietnam, oder was?

Sie grinsen sich an, keine Wut, keine Aggression, sie könnten vierzehn Jahre alt sein. In dem Moment bemerken sie, daß ich noch immer schweigend neben ihnen stehe.

– Nimm mal die Knarre runter, Mika, sagt Hagen und reibt über die Jackenärmel, um sich aufzuwärmen, Das Spiel ist vorbei.

Ich senke das Gewehr und wische mir mit der Hand übers Gesicht, als wäre ich eben erwacht. *Das Spiel ist vorbei.* Mein Arm ist noch immer verkrampft. Ich habe große Lust, das ganze Magazin auf diese beiden Idioten zu verschießen. Und wie sie mich so betrachten, begreifen sie es.

– Hast du etwa gedacht …

– Dachtest du echt …

Sie prusten los.

Ich wende mich ab und gehe am Ufer entlang zurück zur Blockhütte.

Die Fassade ist das, was wir andere sehen lassen. Sie darf nie Risse bekommen, sie darf nicht bröckeln und zeigen, was sich hinter ihr verbirgt. Die Fassade ist mein Schutzschild vor der Realität, die aus

Edmont, Hagen, Franco und Achim besteht. Ich weiß das, ich beachte das. So kehre ich zur Hütte zurück – mit meiner intakten Fassade und dem Wissen, meinem Ziel einen großen Schritt nähergekommen zu sein. Sie sind stolz auf mich, ich habe richtig reagiert. Es ist gut, Mika Stellar zu sein.

Die Munition sind Farbkugeln, die Gewehre und Pistolen haben sie in einem Geschäft bestellt, das sich auf Airsoft Waffen spezialisiert hat, die Repliken der Originale sind. Aber natürlich sind die nachgebauten Waffen viel leichter als die Originale, das hätte mir auffallen sollen, aber ich bin kein Fachmann.

– Wenn wir da draußen mit echten Knarren rumlaufen würden, erklärt mir Franco, als wir uns eine Stunde später auf dem Weg zum Krankenhaus befinden, Würde nur einer von uns nach Hause kommen. Die echten Waffen bleiben erstmal unter Verschluß.

Edmont, Franco und Achim besitzen einen Jagdschein. Sind zweimal in der Woche auf dem Schießstand. Hagen sagt, er wäre Pazifist, solange man ihm nicht querkommt.

– Aber mit Steinen werfen, beschwert sich Edmont.

– Du hättest dich ja ducken können.

Edmont tritt gegen den Vordersitz, so daß Hagen nach vorne geworfen wird. Franco sagt, sie sollen sich benehmen, sonst dürften sie die letzten Meter laufen. Er biegt auf den Parkplatz ein und hält nahe am Eingang. Wir steigen aus und begleiten Edmont zur Notaufnahme. Ein Pfleger bittet ihn, den Kopf nach hinten zu legen, und sieht sich die Wunde näher an.

– Was ist passiert?

– Ich bin beim Schnitzen ausgerutscht, antwortet Edmont.

Der Pfleger ist immun gegen solchen Humor. Er klappt den Hautlappen hoch und stellt fest, daß Kopfverletzungen immer schlimm bluten. Edmont wird in eines der Zimmer geführt, wo er auf den Arzt warten soll. Hagen denkt nicht daran, sich untersuchen zu lassen. Er ist stolz auf den blauen Fleck, der jetzt seine gesamte Brust bedeckt, und läßt Franco mit dem Handy ein Photo davon machen. Achim sieht auf die Uhr und fragt, was jetzt passiert.

Wir sitzen in der Cafeteria und warten auf Edmont. Sie reißen Witze über mich, und ich ertrage sie mit dem Stolz eines Mannes, der lächerlich gemacht wird, aber den Humor dahinter versteht. Dachte ich ernsthaft, die Munition wäre echt?

– Nein, natürlich nicht, ich bin doch nicht blöde, sage ich.

Sie fragen, was wohl die ganze Zeit in meinem Kopf vorgegangen ist. Ich zucke mit den Schultern, als wäre das keine große Sache.

– Ich war der Jäger, sage ich, Er war die Beute, ihr hättet dasselbe getan.

– Ich nicht, sagt Achim trocken, Ich hätte ihm sofort eine Kugel zwischen die Augen verpaßt. Nur ein Kopfschuß ist ein würdiges Ende für die Beute.

– Die Brust war leichter zu treffen, gebe ich zu, Außerdem wollte ich sichergehen, daß ich nicht daneben schieße.

Hagen kann es nicht fassen.

– Was ist denn das für eine miese Ausrede? Du hast zwei Meter vor mir gestanden! Du hättest mich nicht einmal verfehlt, wenn du die Augen zugekniffen hättest!

– Wer sagt, daß seine Augen offen waren? fragt Achim.

Sie lachen, dann hebt Hagen seinen Kaffeebecher und prostet mir zu. Da ist eine Kälte in seinem Blick. Er hat den anderen nicht erzählt, wie er mich gereizt hat. Unsere Becher berühren sich. Hagen ist wieder Hagen. Smart und voller gutmütigem Humor. Aber ich weiß, er wird nicht vergessen, daß ich zweimal abgedrückt habe. Das erste Mißtrauen ist erwacht.

– Du hast es ernst gemeint, sagt er.

Ich gestehe ihm nicht, was für eine Scheißangst ich vorhin hatte. Ich gestehe ihm nicht, wie gerne ich ihm ins Gesicht geschossen hätte, denn ich darf diese Grenze nicht überschreiten. Ein falsches Wort, und die Fassade bröckelt. Noch ist es nicht getan, noch habe ich einen weiten Weg zu gehen, noch dürfen sie leben.

– Ich meine es immer ernst, sage ich und nippe an meinem Kaffee und grinse wie ein Idiot, der es nicht ernst meint.

Edmont meldet sich nach einer Stunde auf dem Handy und sagt, er würde vor dem Krankenhaus stehen. Wir verlassen die Cafeteria, sammeln ihn auf und fahren zur Blockhütte zurück. Es ist kurz nach neun. Edmont geht es gut, seine Rippen sind nur geprellt, und der Arzt hat ihm versprochen, daß die Narbe auf seiner Stirn kaum zu sehen sein wird.

Die Hütte ist noch warm.

Edmont legt sich auf das Sofa und macht ein Nickerchen, Achim kümmert sich um den Kamin. Wir sind hungrig und müde. Hagen und ich decken den Tisch. Hagen sagt, er könnte einen Bären fressen. Wir braten Eier und Schinken, ich setze Kaffee auf und schneide das Brot in dicken Scheiben ab. Wir sind wie eine WG, das Radio dudelt im Hintergrund, das Kaminfeuer knistert.

Ehe wir uns an den Tisch setzen, sagt Franco, er würde noch schnell die Waffen in die Scheune bringen. Ich gehe mit und halte ihm die Tür auf. Es ist das erste Mal, daß ich mit Franco allein bin. Auf dem kurzen Stück zur Scheune frage ich ihn, wie oft sie schon Jagd aufeinander gemacht haben. Er winkt ab.

– Wer zählt schon mit? Ein bißchen Spaß muß sein.

– Und warum ausgerechnet im Winter?

Franco bleibt vor der Scheune stehen, er hält eines der Gewehre rechts, das andere links und erinnert mich an alte Kriegsphotographien – gut genährte Bürger mit Waffen in den Händen und einem verbissenem Ausdruck im Gesicht. Nur daß Franco nicht verbissen schaut, er wirkt so, wie er es predigt – zufrieden.

– Der Winter ist die beste Zeit für die Jagd, antwortet er, Aber das hast du dir doch sicher schon gedacht. Im Winter ist der Mensch in Not, denn die Kälte ist gnadenlos, es gibt nur den Schnee und das Eis, und jeden Tag wird ums Überleben gekämpft. Der Winter war schon immer die Zeit des Jägers. Hast du das noch nie gehört? Es gibt da auch einen Spruch. *Wenn die Seen schweigen, kommt der stille Tod.* Merk dir das. Der stille Tod ist der beste Tod, Mika, und wir müssen uns jeden Tag unseres mickrigen Lebens verdienen. Nur darum geht es. Und jetzt laß uns reingehen, bevor uns die Ärsche abfrieren.

Ich weiß nicht, was ich von diesem philosophischen Gerede halten soll. Franco interessiert sich auch nicht wirklich dafür, was ich denke. Wir betreten die Scheune und wickeln die Waffen in die Leinenbeutel, ehe wir sie in die Truhe legen. Franco kann es nicht fassen, daß Edmont seine Pistole verloren hat.

– Weißt du, wie teuer die Dinger sind?

– Wahrscheinlich sehr teuer, sage ich.

– Du Komiker, die sind scheißteuer.

Er schaut sich um, als wollte er sehen, ob uns jemand beobachtet.

– Komm, ich zeig dir was.

Ich folge ihm zur Luke. Ein Metallring ist am Holz befestigt.

– Das hier ist unser Lager, sagt er, Wenn du da unten sitzt und nicht weißt, warum du da unten sitzt, dann hast du ein dickes Problem.

Er greift sich den Metallring und zieht die Luke auf. Das Loch hat einen Durchmesser von ungefähr zwei Metern. Die Wände und der Boden sind aus Waschbeton.

– Ein Gefängnis? sage ich.

– Ein Lager, korrigiert, er mich, Willst du es dir ansehen?

Ich zögere, ich stelle mir vor, wie ich da reinspringe und die Luke schließt sich über mir.

– Warum nicht, sage ich und steige in das Loch.

Es ist, als würde man in einen Brunnen klettern. Nur daß es keine so niedrigen Brunnen gibt. Ich kann über den Rand schauen und sehe auf Francos Stiefel. Sollte er die Luke jetzt schließen, würde er mich am Kopf treffen. Ich hocke mich hin, lehne den Rücken an die Wand und sehe hoch. Franco steht oben und schaut runter.

– Das hier ist kein Lager, sage ich.

– Schlauer Junge, sagt Franco und schließt die Luke.

DU

DU

Die Luke öffnete sich, die Hand kam herunter und packte dich an den Haaren, dann gab es einen Ruck, und du warst aus dem Loch raus. Als hättest du kein Gewicht, als wärst du nur ein Kopf mit Haaren. Der Schmerz ließ dich beinahe das Bewußtsein verlieren. Dir wurde schwarz vor Augen, dein Herz raste, dann lagst du auf den Dielen und hast gegen die Ohnmacht angekämpft.

Bleib wach, was auch passiert, bleib wach.

Die Fenster waren dunkle Löcher, aber das hatte nichts zu bedeuten, denn du hattest keine Ahnung, seit wie vielen Tagen ihr in diesem Loch gefangengehalten wurdet. Die Angst hatte dein Zeitgefühl ausgelöscht. Und jetzt war die Zeit plötzlich wieder da und wollte, daß du ihr Beachtung schenktest. Es ging nicht. Der Knebel verschloß noch immer deinen Mund, und du hattest solche Mühe, genug Luft durch die Nase zu bekommen, daß die Welt um dich herum in Flammen hätte stehen können, es wäre dir egal gewesen. Nur der Sauerstoff zählte.

– Zeig mir deine Augen, sagte eine Stimme.

Du lagst auf der Seite und hast den Kopf gehoben. Der Mann hockte auf seinen Fersen und trug Stiefel, Pullover und Hosen. Seine Hände hingen wie eine müde Fahne zwischen seinen Knien, und du sahst ein paar von deinen ausgerissenen Haarsträhnen zwischen seinen Fingern.

Er war nicht älter als dein Vater. Er hatte einen schmalen Mund und nach hinten gekämmtes Haar. Ein kurzer Blick reichte, dann hast du wieder weggesehen. Du kanntest ihn nicht, aber er kannte dich.

– Lucia, zeig mir deine Augen.

Du hast nicht reagiert, da griff er zu und richtete dich auf. Du wolltest ihn nicht anschauen, du wußtest, es war falsch, dennoch hast du es getan. Er betrachtete dich, als könnte er tief in deine Seele sehen. Niemand kann das, wolltest du sagen, aber der Knebel hinderte dich daran. Der Mann legte eine Hand um deinen Nacken und zog mit dem Daumen eines deiner Augenlider hoch. Er wollte sehen, ob du bei vollem Bewußtsein warst.

– Gut, sagte er und ließ dich wieder los.

Du sahst ihn aufstehen, du sahst ihn weggehen, und da erst hast du es gewagt dich umzuschauen. Die Hütte war geräumig. Ein Tisch, Stühle, eine Küche, ein Kamin. Es gab keine Spur von deinem Bruder oder den anderen Kindern. Der Mann kehrte mit einem Glas Wasser zurück.

– Ich nehme dir jetzt den Knebel ab.

Er stellte das Glas auf den Boden, hockte sich vor dich und verschob den Knebel nach unten, so daß er an deinem Kinn hängenblieb. Du hast kein Wort rausgebracht, du hast einfach nur gierig durch den Mund ein- und ausgeatmet. Er hielt dir das Glas an die Lippen, und du hast getrunken und getrunken und dann gehustet und mitten in dein Husten hinein schob er den Knebel wieder hoch. Das Husten explodierte nach hinten in deinen Hals hinein. Du hast gewürgt und dein Körper verkrampfte sich und die Lungen waren zwei wütenden Fäuste, die aus deiner Brust rauswollten. Nur langsam hast du dich wieder beruhigt. Das Blut pochte in deinem Kopf, Lichtblitze hüpften vor deinen Augen auf und nieder. Wie aus weiter Ferne hörtest du den Mann sprechen.

224

– Lucia, hör mir gut zu. Heute ist der Tag, an dem du sterben wirst. Die Jagd wartet auf dich. Sei uns eine gute Beute. Sei klug und schnell, und wenn du stirbst, stirb mit Würde, wie es sich für eine gute Beute gehört. Verstehst du, was ich sage?

Du hast ihn verstanden, aber deine Gedanken waren bei deinem Bruder. Es waren sehr einfache Gedanken: *Ich werde nicht sterben, ich muß meinen Bruder finden, denn ohne---*

– Du denkst an deinen Bruder, nicht wahr? unterbrach der Mann deine Gedanken, Du denkst bestimmt, du kannst ihn retten. Ich sag dir was: sei uns eine gute Beute, und wir lassen deinen Bruder gehen, hörst du? Er wird nach Hause zurückkehren, und du wirst für immer seine Heldin sein. Was hältst du davon? Oder möchtest du, daß er stirbt?

Als du das hörtest, hast du versucht, dich aufzubäumen, du wolltest den Mann angreifen, so groß war deine Wut, daß du ihm an die Kehle springen wolltest. Dein Körper spielte nicht mit. Du konntest dich nicht von der Stelle rühren, nur deine Augen flossen über, und die Tränen rollten über deine Wangen. Der Mann blieb vor dir hocken und wartete, daß du dich beruhigtest.

– Gleich ist es vorbei, sagte er.

Langsam bist du zur Seite gekippt. Du wolltest aufrecht sitzenbleiben, aber es ging nicht. Dabei hast du unentwegt auf diese ineinander verschränkten Hände geschaut, die nur darauf warteten, daß du sie aus den Augen ließest. Sie wollten dich packen. Und wenn sie dich gepackt hatten, wäre es um dich geschehen, und der Tod würde kommen. Es half nichts, all das zu wissen. Du verlorst das Bewußtsein, und die Hände setzten sich in Bewegung.

ICH

ICH

1

Ich atme in die Stille hinein und stelle mir vor, wie meine Tochter in diesem Loch gesessen hat. Knebel vor dem Mund und Hände auf dem Rücken gefesselt. Ich stelle mir vor, wie sie sich gewünscht hat, daß wir sie finden. Vielleicht hat sie gebetet und sich ihrem Schicksal ergeben, vielleicht war sie wie du und hat um ihre Freiheit gekämpft. Hätte ich hier ein Licht, könnte ich dann eure Spuren an den Wänden sehen? Wäre ich übersinnlich begabt, könnte ich eure Gedanken vielleicht noch aus der Luft fischen? Ihr habt euch diesen engen Raum mit anderen Kindern geteilt, eure Füße standen, wo meine Füße jetzt stehen, eure Furcht sickerte in die Steine. Und jetzt sitze ich hier und bin ein Teil des Ganzen und spüre, wie mich die Dunkelheit zu beengen beginnt. Ich will nicht durchdrehen, ich will cool bleiben und Mika Stellar sein und nicht ein harmloser Lehrer, der in Panik ausbricht. Aber ich kann nicht, die Rolle entgleitet mir, und ich werde für einen kurzen Moment wieder zu dem Mann, der dir vor einem Jahr im Pflegeheim gegenübersaß.

Ich hatte eben erfahren, was passiert war, als sie dich aus dem Loch geholt hatten.

Dein Redefluß war plötzlich versiegt.

Die nächsten Worte waren ein Flüstern.

– Ich hätte das Wasser nicht trinken dürfen, hast du gesagt.

– Ich hätte ihm nicht in die Augen sehen dürfen, hast du gesagt.

– Seitdem bin ich tot, hast du gesagt.

– Nein, widersprach ich dir, Du bist nicht tot.

– Seitdem bin ich tot, hast du wiederholt, Denn wenn ich nicht tot bin, sterben alle anderen, so wie mein Bruder gestorben ist.

Ich wollte dir widersprechen, ich wollte dir sagen, daß du keine Schuld am Tod deines Bruders hattest, und daß seit der Entführung sechs Jahre vergangen sind und deine Familie sich in Sicherheit befindet. Aber dein Blick brachte mich zum Schweigen. Mareike Fischer hat vollkommen recht gehabt. Ein Teil von dir war zerstört, da war nicht nur Trauer und Wut, da war auch der Entschluß, eine der Toten zu bleiben, damit kein Leben mehr auf deine Rechnung ging.

Du hast weggesehen, und deine Hand war noch immer eine Faust.

Die Hilflosigkeit brachte mich auf die Beine. Ich mußte weg von dir und nachdenken, eine Menge nachdenken. Nachdem ich meinen Stuhl wieder an seinen Platz zurückgestellt hatte, verließ ich dein Zimmer wie jemand, der nach zwölf Runden im Ring nichts mehr spürt außer die imaginären Schläge, die einem das Leben jeden Tag aufs neue verpaßt.

Schlag auf Schlag auf Schlag.

2

Was denkst du, was gewesen wäre, wenn ich dir an dem Tag erzählt hätte, daß ich in vierzehn Monaten in demselben Loch sitzen und zusehen würde, wie die Luke sich schließt?

Ich denke, du hättest mir nicht geglaubt.

Ich selbst hätte mir nicht geglaubt.

3

Als sich die Luke öffnet, werde ich wieder zu Mika Stellar und kneife meine Augen gegen das grelle Licht zusammen. Es fühlt sich an, als wäre ich eine Ewigkeit in dem Loch gefangen gewesen, dabei wird kaum eine Minute vergangen sein.

– Und? Wie fühlt es sich an? fragt Franco von oben.

– Viel zu eng, gebe ich zu.

Er reicht mir die Hand und hilft mir aus dem Loch. Oben schwanke ich leicht, und Franco muß mich stützen. Er sieht, daß mir Schweiß auf der Stirn steht.

– Klaustrophobie?

– Ein wenig.

– Wir werden dafür sorgen, daß du da nicht mehr runtermußt, verspricht er mir, Atme mal durch, du willst doch nicht, daß dich die Jungs so sehen.

Wir verlassen die Scheune, und ich atme durch und spüre die Kälte auf meinem Rücken, wo der Schweiß trocknet. Franco holt eine Metalldose heraus, öffnet sie und hält sie mir entgegen. Ich schüttele den Kopf, er nimmt sich eine Zigarette und gibt sich Feuer.

– Du rauchst? sage ich,

– Nur, wenn es paßt.

Und so stehen wir vor der Scheune und schauen in den Nachthimmel.

– Was tun wir hier eigentlich? frage ich.

– Spaß haben, antwortet Franco.

– Jetzt mal ehrlich. Ihr habt mich doch nicht mit hierher genommen, um mir zu zeigen, wie ihr Spaß habt.

Er legt mir den Arm um die Schultern.

– Du bist ungeduldig und willst wissen, wann die richtige Jagd beginnt, nicht wahr? Du willst auch wissen, was diese Jagd überhaupt ist, und kannst es kaum aushalten, weil dich diese verfickte Unschuld nervös macht, habe ich recht?

Er hat in allen Punkten recht.

– Wir planen, Mika, und wir bereiten uns vor. Jetzt ist Disziplin gefragt, jetzt kommt heraus, wie weit jeder einzelne von uns gehen kann und wo unsere Grenzen sind. Natürlich werden wir auch Spaß haben. Wenn es vorbei ist, wirst du keine Jungfrau mehr sein, das garantiere ich dir.

– Aber warum hier? frage ich.

– Weil es der perfekte Ort ist. Schau dich um, niemand ist in der Nähe, wir haben hier die Natur pur. Weißt du, wer wir sind, Mika? Du und ich, Hagen, Edmont und Achim? Wir sind nur das Fußvolk, Mika, aber sie haben uns auserwählt.

– Wer hat uns ausgewählt?

– Die Götter, Mika, wir lernen von ihnen.

Ich will ihm sagen, daß es komisch klingt, wenn ein Gott von Göttern redet und sich für Fußvolk hält, aber ich verkneife es mir. Franco öffnet sich mir gegenüber das erste Mal, ich will ihn nicht unterbrechen.

– Wir haben uns sehr gut vorbereitet, Mika. Wir haben die Hütte, wir haben den See, alles ist, wie es sein sollte. Was aber noch viel mehr zählt: Wir kennen die Regeln.

Er tippt sich an die Stirn.

– Ohne die Regeln geht nichts. Es hat lange gedauert, aber jetzt sind wir bereit. Kannst du es nicht in der Luft riechen? Die Unschuld wartet darauf, gepflückt zu werden. Bald wird hier die Hölle ausbrechen, wenn du weißt, was ich meine. Und ich rede nicht von Teufeln, die uns aufsuchen werden, ich rede von Engeln. Was glaubst du, wie so ein Engel schmeckt? Du hast keine Idee? Du wirst es bald wissen, denn bald schon machen wir den letzten Schritt. Aber jetzt essen wir erstmal ...

Er führt mich zur Hütte.

– ... und danach schauen wir uns an, wen Achim so gefunden hat. Klingt das okay für dich?

Ich nicke, ja, das klingt okay für mich.

4

Nach dem Essen spülen wir ab und setzen uns wieder. Achim holt
ein Notizbuch aus seinem Mantel. Er legt es wie nebenbei auf den
Tisch, aber ich kann sehen, daß das Buch ihnen allen wichtig ist.

– Fangen wir an, sagt Achim.

Er blättert eine Weile in dem Buch und dann erzählt er, wen er in
den letzten Wochen beobachtet hat. Er sagt, er hat die Auswahl auf
acht Mädchen eingeschränkt. Edmont kann seine Enttäuschung
nicht verbergen.

– Keine Jungen?

– Wir haben schon genug Jungen auf der Liste.

– Aber ich dachte---

– Wir brauchen auch ein paar Mädchen, unterbricht ihn Franco,
Damit wir ein Gleichgewicht haben.

Edmont nickt, er versteht. Achim entfaltet einen Zettel aus dem
Buch und reicht ihn herum. Auf dem Zettel stehen acht Namen
neben acht Photos. Es sind Schnappschüsse, die Mädchen sind gut
zu erkennen. Unter den Namen stehen ihr Alter und ihre Hobbys.
Sie sind zwischen sechs und zwölf Jahre alt. Sie reiten, sie spielen
Tischtennis, sie schwimmen. Achim erzählt von ihnen, als würde er

über alte Freundinnen sprechen. Was ihm an den Mädchen gefällt, was ihre Schwächen sind, wie sie sich anderen Kindern gegenüber verhalten, aber auch, wie das Elternhaus ist. Er betont immer wieder, sie wären eine Herausforderung.

Achim hat die Informationen sehr sorgfältig zusammengetragen. Bei der Installation der Satellitenanlagen geht er in den Häusern der Familien ein und aus. Er ist hilfsbereit und läßt sich Zeit beim Erklären. Die Kinder mögen ihn und haben keine Angst vor seiner Narbe. Die Mütter sind erst zurückhaltend, aber er weiß, wie man mit ihnen umzugehen hat. Der beste Freund der Kinder ist der gute Freund der Eltern. Anders kommt man nicht an die Kinder heran.

Anfangs hat Achim noch Fehler gemacht und war den Familien zu nahe gekommen. Ich hatte Einsicht in eine Anzeige, die fallengelassen worden war. Sie ist gute achtzehn Jahre her. Achim hat die Tochter eines Kunden im Auto mitgenommen und ihr ein Eis versprochen. Zwei Ecken vom Elternhaus entfernt hielt er an einem Stoppschild, und im selben Moment fuhr die Putzfrau der Familie auf dem Fahrrad über die Straße und sah Achim und das Mädchen im Wagen sitzen. Das Mädchen winkte ihr zu. Aus dem kleinen Ausflug wurde natürlich nichts. Achim fuhr das Mädchen sofort nach Hause zurück und dachte, damit wäre die Situation gelöst. Aber die Putzfrau gab keine Ruhe, und so kam es zu einer Anzeige, die nach einer Woche wieder fallengelassen wurde, als Achim die Eltern unter Tränen um Entschuldigung bat und erklärte, er würde nie ein Kind anfassen, so einer sei er nicht, er wäre doch selber Vater und es wäre ein dummes Mißverständnis gewesen. Achim war ein brillanter Schauspieler. Zu der Zeit mußte er bereits an die sechzehn Mädchen mißhandelt haben.

Achim hat schon während der Schulzeit in Edmont den richtigen Mitspieler gefunden. Nach der Schule wurden sie ein Team, in dem die verschiedenen Leidenschaften sich nie in die Quere kommen – Edmont bevorzugt Jungen und reiste deswegen damals regelmäßig nach Thailand. Achim und Edmont sind jedoch nichts ohne den Kopf des Ganzen. Franco nahm sie unter seine Fittiche. Er ist der perfekte Gentleman, bei dem niemand einen pädophilen Hintergrund ahnt. Achim hat auf Francos Wunsch hin aufgehört, sich die Kinder seiner Kunden als Opfer herauszupicken; und Edmont geht nur noch mit seiner Frau auf Reisen. »Es ist die Kunst, den Hunger zu zügeln und zu lenken«, hat er mir einmal im Pub erklärt. Er hat mir auch versichert, das würden sie bei mir auch hinbekommen. Jede Lust läßt sich bändigen, wenn man sie zügelt und in die richtige Richtung lenkt.

– Mika, bist du noch bei uns? fragt Hagen.

– Ich bin da, sage ich und wirke verwirrt und sehe auf das Blatt mit den Photos und streiche wie unbewußt mit dem Daumen über eins der Gesichter. Das Mädchen heißt Henrietta.

– Die gefällt dir, was? sagt Edmont.

– Die gefällt mir, antworte ich und lasse es wie ein Geständnis klingen.

– Aber darum geht es nicht, sagt Franco, Alles andere muß auch stimmen.

Ich sehe ihn an und frage mich, was Außenstehende sehen, die nichts über ihn wissen.

Franco wurde über zehn Jahre hinweg von seinem älteren Bruder vergewaltigt, nachdem die Familie nach Stuttgart gezogen war. Der Bruder war auch der Grund, weswegen er mit siebzehn aus der Stadt verschwand. Bis dahin wurde der zwölfjährige Franco von seinem Bruder rumgereicht. Einige Jahre lang war er der Spielball zwischen ihm und zwei seiner Freunde. Als Franco dann nach Berlin zog, hatte er die Wut und die Scham im Gepäck. In den ersten Jahren ließ er sich nichts anmerken, erst nach seiner Heirat organisierte er einen ähnlichen Ring, wie ihn sein Bruder in Stuttgart betrieben hatte – er mietete Wohnungen an, las Kinder von der Straße auf und gab ihnen Essen und Spielzeug, dann lud er Kundschaft ein, bewirtete sie und ließ sie auf die Kinder los. Anfang der 90er flogen drei der Wohnungen auf, und sechzehn seiner Kunden wurden verhaftet, aber keine Spur führte zu Franco. Es gelang ihm über zwei Jahrzehnte hinweg, immer unter dem Radar zu bleiben. Niemand überführte ihn, niemand verriet ihn. Er ist ein Mentor, den man achtet, er ist der Lieferant, der immer neue Kinder findet. Und jetzt hat er sich geändert. Seitdem ich diese Männer beobachte, betreibt er keine Wohnungen mehr. Ein Jahr lang habe ich regelrecht Protokoll geführt, wohin sie gingen, was sie taten. Sie sind Kindern in dieser Zeit ferngeblieben, und jetzt sind sie soweit, wieder in Aktion zu treten. Die Jagdzeit beginnt. Und alles dreht sich um diese verdammte Unschuld.

Sie diskutieren über die Vorzüge der Mädchen. Es ist ihnen wichtig, daß diese Mädchen Freunde haben und geliebt werden. Und natürlich müssen sie eine Herausforderung sein.

– Gibt es ein Problem? fragt mich Hagen.

Ich sehe ihn verwirrt an.

– Wieso?

– Du hast so ein Gesicht gemacht.

– Was für ein Gesicht?

– Als wüßtest du nicht, worüber wir reden.

– Ich versteh die Herausforderung nicht, sage ich.

Hagen schaut verwundert, Franco übernimmt. Er reibt die Fingerspitzen seiner rechten Hand aneinander. Das Zeichen für Geld. Er meint nicht Geld.

– Kennst du dieses Rascheln, wenn etwas langsam zerfällt? fragt er mich, Und jetzt stell dir vor, du bist es, der für dieses Rascheln verantwortlich ist.

Seine Finger bewegen sich. Keiner sagt was. Ich höre das Rascheln, ich weiß, wovon er spricht, und will nicht mehr hören. Franco nimmt es sich nicht, mich weiter zu belehren.

– Das ist die Unschuld, sagt er, Das ist diese süße Unschuld, die wir auslöschen. Manche tun es durch Gewalt und Sex, andere durch Worte, wir …

Er sieht von einem zum anderen.

– … wir machen es mit Liebe.

Er sieht mich wieder an und beugt sich vor, er tätschelt meine Hand, die sich in eine Faust verwandelt hat. Seine Stimme ist wie das Rascheln.

– Auch du wirst es lieben, sagt er.

Wir sehen uns an.

– Gut, sage ich.

– Gut, sagt Franco.

Hagen zerstört den Moment, indem er auf das Mädchen in der linken unteren Ecke tippt.

– Ich bin für die hier. Ich mag ihre Frisur, die hat was Keckes.

Achim beugt sich vor, runzelt kurz die Stirn und nickt dann.

– Von mir aus.

Auch Franco beugt sich vor.

– Gut, sehr gute Wahl.

Edmont zieht den Zettel zu sich rüber und betrachtet die anderen Mädchen.

– Wirklich?

– Ich habe ein gutes Gefühl, sagt Hagen.

Edmont sieht mich an.

– Was ist mit deiner Kleinen? fragt er.

– Was?!

– Willst du deine Tochter nicht mit in den Topf schmeißen?

Ich sehe ihn nur an, ich denke nicht, daß er das ernst meint. Edmont grinst wie ein Schüler, der einen besonders guten Streich im Kopf hat. Er nimmt sich einen Stift und malt ein leeres Kästchen an den Seitenrand. Danach schaut er auf und tippt mit dem Stift auf das Kästchen.

– Also was ist? Willst du deine Kleine in den Topf schmeißen oder nicht?

– Sie gehört mir allein, sage ich.

Es ist, als hätte ich sie alle vier vor den Kopf gestoßen.

– Du willst nicht teilen?! fragt Franco überrascht.

Ich weiß nicht, ob sie es ernst meinen oder nicht. Ich spüre, wie ich unsicher werde.

– Ich will nicht teilen, sage ich.

Sie schauen verwirrt. Edmont hält den Stift noch immer abwartend in der Hand.

– Wir teilen, sagt Franco, und es klingt wie das Schlußwort.

Das ist die Sackgasse. Es gibt kein Umkehren. Ich stehe vor einer Mauer und muß mit dem Kopf durch. Ich kann ihm nur eine Antwort geben, alles andere geht nicht.

– Sie heißt Jessi, sage ich.

Es ist das erste Mal, daß ich vor diesen Männern den Namen ausspreche. Edmont schreibt Jessi unter das Kästchen, aus dem Punkt auf dem i machte er ein Herzchen, dann sieht er wieder auf das von Hagen ausgewählte Mädchen und fragt nach, ob Hagen wegen der Kleinen wirklich so ein gutes Gefühl habe.

– Das beste, sagt Hagen.

– Dann vertraue ich mal auf dein Gefühl, sagt Edmont und schiebt mir den Zettel zu.

Ich sehe das freie Kästchen und Edmonts Schnörkelschrift. Sie haben es nicht ernst gemeint, sie wollten mich nur mit meiner Tochter reizen, es wird wohl nie aufhören. Ich sehe das Mädchen in der linken unteren Ecke. Unter ihrem Photo steht Laura. Sie ist zehn Jahre alt. Sie schwimmt gerne. Ich frage mich, ob sie sich auf diese Weise für meine Tochter entschieden haben. Ein Zettel, ein Photo, das Alter, die Hobbys. Ich frage mich, ob es so einfach gewesen sein kann: jemand sagt, er will sie, und dann ist es entschieden.

– Mika?

Vier Männer beobachten mich.

– Laura ist es, sage ich und schiebe den Zettel von mir weg.

Sie heben die Gläser. Ich könnte mir selbst das Herz rausreißen, ich könnte mich über den Tisch erbrechen. Ich hebe mein Glas, wir stoßen an.

– Laura ist es! wiederholen sie, und damit ist es entschieden.

5

Es gibt keinen Nachnamen, es gibt keine Adresse, Achim hält alle Informationen unter Verschluß. Die Planung liegt allein bei ihm. Edmont sagt, der Wagen wäre bereit. Hagen sagt, er werde sich die Umgebung ansehen, sobald er von Achim die Adresse hat. Er wird die Nachbarn beobachten und für den Notfall die Fluchtwege prüfen. Hagen ist dafür zuständig, daß nichts Unvorhergesehenes die Entführung beeinflußt. Bei ihm bin ich mir noch immer nicht sicher, wie er zu der Gruppe gefunden hat. Er hat keine Freunde, er hat keine Beziehung und betreibt sein Rudern nur als Sport und nicht, um mit anderen Menschen zusammenzusein. Es gibt keinen dunklen Flecken in seiner Vergangenheit. In den Polizeiakten fand ich nichts, und der Beamte, dessen Sympathie ich mir mit dem Verschwinden meiner Tochter erschlichen hatte, sagte nur, es würde genug Pädophile mit einer sauberen Weste geben. Ich habe Hagen heute im Wald erlebt und weiß, daß seine Zerbrechlichkeit echt ist, doch er hat auch eine sadistische Ader, die ich bei den anderen so noch nicht bemerkt habe und die er geschickt unter all seinem Charme versteckt. Wann immer ich ihn ansehe, frage ich mich, ob dieser Engel überhaupt bluten kann.

– Wenn das Wetter so bleibt, sagt Franco, Wäre das nächste Wochenende ideal.

Achim blättert in seinem Notizbuch, schaut wieder auf und sagt:

– Das Wochenende ist gut. Die Eltern sind am Sonntagabend auf einem Konzert. Laura ist um neun im Bett.

– Kein Babysitter?

– Kein Babysitter. Laura ist ein braves Mädchen, sie geht um neun ins Bett, und ihre Eltern vertrauen darauf.

Sie lächeln. Die gute Erziehung spielt ihnen in die Hände.

– Sonntag? fragt Achim.

Franco denkt nach. Er ist der Mann, der die Fäden in der Hand hält, von ihm erwarten sie, daß er alle Faktoren abwägt und am Ende beschließt, wann der richtige Zeitpunkt ist. Jeder hat sein Gebiet, nur einer hat das Sagen.

– Wir nehmen den Sonntag, sagt Franco, Die Woche über gönnen wir uns alle eine Pause voneinander. Am Samstagabend treffen wir uns im Pub und besprechen den Treffpunkt und stoßen gemeinsam auf den Winter an. Der Abend geht auf meine Rechnung. Habt ihr sonst noch Fragen?

– Was ist meine Aufgabe? frage ich.

Sie sehen mich an, ich bin der Frischling, ich bin der, der keine Ahnung hat, und so soll es erstmal bleiben.

– Wir finden schon was für dich, sagt Achim.

– Halte dich bereit, sagt Hagen.

– Nicht, daß wir dich wieder aus dem Bett schmeißen müssen, sagt Edmont.

– Samstagabend im Pub? fragt Franco.

Ich nicke, ich bin dabei, mehr zählt nicht.

6

Auf der Rückfahrt sitze ich wieder neben Edmont, er hat es sich trotz der Kopfwunde nicht nehmen lassen, uns zu chauffieren. Es ist Mitternacht und kaum Verkehr auf der Autobahn. Aus dem Radio dudelt traurige Popmusik, und die Schneeflocken jagen wie unruhige Insekten über die Windschutzscheibe, ohne sie dabei zu berühren. Franco und Hagen schlafen. Achim sitzt auf dem Rücksitz in der Mitte, und ich kann seinen Blick in meinem Nacken spüren.

Bis zum nächsten Sonntag ist es noch eine Woche. Die Zeit wird reichen, sie muß einfach reichen. Ich bin vorbereitet, werde aber jeden Schritt aufs neue durchgehen. Noch weiß ich nicht, wie ich ihre Leichen verschwinden lassen werde. Ich hatte überlegt, den Boden im Keller aufzustemmen. Ich weiß nicht, wie dick das Fundament ist und wie lange es dauert, eine Grube für vier Leute auszuheben. Sie muß nicht tief sein. Aber ich brauche dafür das richtige Werkzeug. In der Garage steht schon ein Zementmischer bereit, und im Baumarkt haben sie mir die Nummer einer Firma gegeben, die Preßlufthammer vermietet. Wenn das mit der Grube klappt, will ich ihre Leichen dort hineinlegen und mit Zement begießen, so daß sie für immer ein Teil des Fundaments sind. Ich denke, es ist machbar. Es widerstrebt mir sehr, ihre Leichen zu zerlegen.

Als Edmont vor meinem Haus hält, beugt sich Achim von hinten vor. Ich sehe sein Profil aus den Augenwinkeln, wende mich aber nicht um. Er betrachtet durch die Windschutzscheibe die dunklen Häuser in meiner Straße, als würde er darüber nachdenken, in die Gegend zu ziehen.

– Schön ruhig hier, sagt er.

Auch Edmont sieht sich um und schaut dann an meiner Fassade hoch. Er sieht das Licht im Zimmer meiner Tochter. Es ist das einzige im ganzen Haus.

– Die Kleine ist noch wach, sagt er, Grüß sie von mir.

– Schlaf gut, Mika, sagt Achim, Wir sehen uns am Samstagabend.

Ich steige aus. Edmont wendet und fährt davon. Ich stehe auf dem Bürgersteig und fühle mich, als wäre ich ein Jahr nicht zu Hause gewesen. Das Licht im Zimmer meiner Tochter wirkt beruhigend auf mich. Ich könnte es die ganze Nacht betrachten. In einer Woche wollen sie mit mir zu einem Haus wie diesem hier fahren, um ein Mädchen zu entführen, das niemandem jemals etwas getan hat. Und ich werde mein Bestes tun, um das zu verhindern, um all dem für immer ein Ende zu setzen.

7

Im Haus ist es still. Meine Tochter liegt nicht auf dem Sofa, von oben höre ich kein Geräusch. Ich lasse die Lichter aus und stelle mich ans Fenster. Ich traue ihnen nicht, sie trauen mir nicht. Natürlich wußten sie, wo ich wohne. Gute zehn Minuten starre ich in die Dunkelheit, aber kein Wagen hält, und niemand schleicht durch meinen Garten.

Die Zeit rennt mir davon, ich bin meinem Ziel so nahe, daß mir schwindelig ist.

In einer Woche, denke ich und beschließe, den Männern am Samstagabend im Pub mein Geschenk zu machen. Ich werde warten, bis sie gut angetrunken sind, ich werde warten, bis wir alles besprochen haben, und dann werde ich sagen: *Jungs, ich habe was für euch.* Und sie werden mich erstaunt ansehen, und sie werden es nicht glauben, wenn ich ihnen von meinem Geschenk erzähle. *Deine Tochter?* werden sie sagen. *Meine Tochter,* werde ich antworten. Denn sie hatten recht, wir teilen, wir müssen teilen, sonst hat das keinen Sinn. Und genau so werde ich mich erklären: *Ich will mit euch teilen.* Und dann werde ich auf den Tisch starren, und sie werden meine Furcht und Nervosität sehen und verstehen, was für ein großer Schritt das für mich ist. Und dann werde ich wieder aufblicken und fragen: *Wollt ihr?* Mehr muß ich nicht fragen. Zwei Worte. *Wollt ihr?* Danach werden wir zu mir fahren, danach werde ich sie ins Haus führen und ihnen den Keller zeigen und ihre erstaunten Gesichter beobachten. Ich kann ihre Stimme hören: *Da hat sich aber jemand vorbereitet.* Sie werden lachen und sich umsehen, sie werden verstehen, daß ich mir das schon lange gewünscht habe. Dann werden sie das Viagra entdekken. Für jeden eine Pille, werde ich sagen, damit der Spaß länger anhält. Sie werden das Viagra ablehnen, echte Männer brauchen kein Viagra, aber wenn ich dann mit fünf Gläsern Wodka Lemon in den Keller runterkomme, werden sie nicht Nein sagen können, nicht einmal Franco, der sonst nur Wein trinkt, denn wer sagt schon zweimal Nein. Sie werden anstoßen, sie werden meinen Drink loben, denn ich mache einen sehr guten Wodka Lemon. Ich sehe sie vor mir, wie sie nach Luft schnappen. Mein Wodka Lemon ist ein Höllengetränk, das Schlafmittel schmeckt man überhaupt nicht heraus. Mein Urologe hat mir ein sehr starkes Mittel verschrieben. Ich habe die Dosierung zweimal an mir selbst ausprobiert. Die Wirkung setzt nach wenigen Minuten ein, in Verbindung mit Alkohol geht es schneller.

Und danach werde ich mit ihnen reden.

Und ich werde alles erfahren. Und ich werde alles erfahren.

Samstagabend.

Ich stehe in der Küche und gehe jeden Schritt durch. Genau das ist der Moment, in dem ich beschließe, deine Geschichte aufzuschreiben. Der Bericht soll keine Rechtfertigung für mein Handeln sein. Ich weiß zwar, was am nächsten Samstagabend passieren wird, ich weiß aber nicht, ob ich danach einen Weg in mein altes Leben zurückfinden werde. Ich denke an meine Tochter. Ich denke an all die Familien, denen ihre Kinder entrissen wurden, weil ein paar Männer sie ausgewählt und entschieden haben, daß sie die richtige Beute für ihr perverses Spiel sind. All das will ich aufschreiben. Um mich selbst zu verstehen. Und insgeheim mache ich es auch für dich. Für ein Mädchen namens Lucia, das von der Welt vergessen wurde. Weil ich dir gegenüber so hilflos bin und nicht wirklich etwas gutmachen kann. Ich wünschte, ich könnte deine Erinnerung nehmen und wie eine Karte vor mir ausbreiten. Dann würde ich all die Grausamkeiten, die du erlebt hast, ausradieren und verschwinden lassen. Nur die guten Tage würden bleiben. Ich weiß natürlich, daß das nicht geht. Mir ist bewußt, daß deine Erinnerung unauslöschlich ist. Dennoch hoffe ich, daß meine Niederschrift dazu führt, daß dein Leiden nie vergessen wird.

DU

DU

Deine Erinnerung ist wie ein zerfleddertes Photoalbum, aus dem der Großteil der Bilder entfernt wurde, und die restlichen Photos stehen in keinem Zusammenhang.

Sie sind aber da. Sie sind ein Teil von dir.

Und du bist im Schnee erwacht.

Zwei Schüsse ließen dich hochschrecken.

Du warst ohne Fesseln und ohne Knebel. Was auch immer dir der Mann für ein Betäubungsmittel eingeflößt hatte, der Nachgeschmack in deinem Mund war stumpf und bitter, so daß du ausspucken mußtest.

Neben dir lagen ein Paar Stiefel, eine Jogginghose und ein löchriger Wollpullover. Du warst barfuß und vollkommen durchgefroren, du hattest noch immer den Schlafanzug an, den du getragen hast, als sie dich und deinen Bruder holten – ein T-Shirt und eine grüne Baumwollhose mit roten Sternen. Mit zitternden Fingern nahmst du den Pullover und hast ihn dir übergezogen. Er stank und war zu groß, so daß du die Ärmel mehrmals umkrempeln mußtest, aber er war ein Schutz gegen die Kälte, und nur das zählte. Auch die Jogginghose war vollkommen verdreckt und zu lang, also stecktest du sie in den Stiefeln fest.

Um dich herum war eine blendend weiße Schneelandschaft, in

die der Wald zu versinken schien. Ein Paar Stiefelabdrücke führten den Hügel hinunter, auf keinen Fall wolltest du dieser Spur folgen, also bist du in die entgegengesetzte Richtung losmarschiert. Der Schnee war einen halben Meter tief, jeder Schritt war mühevoll. Du hattest die Arme vor der Brust verschränkt und die Enden des Pullovers über deine Finger gezogen. Alle paar Meter rutschten dir die Stiefel von den nackten Füßen, alle paar Meter hast du dich umgesehen. Es fühlte sich an, als wärst du der letzte Mensch auf der Welt.

Nach einer Weile trafst du auf eines der Mädchen. Sie lag mit dem Gesicht im Schnee, die langen blonden Haare waren um sie herum aufgefächert, und sie hatte beide Arme von sich gestreckt. Du bist sofort zu ihr gerannt und hast dabei einen Stiefel verloren. Neben dem Mädchen bist du auf die Knie gefallen und hast sie umgedreht. Mund und Nase waren voller Schnee, das linke Auge war geschlossen, das rechte starrte an dir vorbei. Du hast sie geschüttelt, du hast mit den Fingern versucht, den Schnee aus ihrem Mund zu holen, aber es war sinnlos, der Schnee hatte sich in Eis verwandelt.

Du hast das Mädchen im Schnee liegengelassen und bist aufgestanden. Um sie herum waren keine Spuren zu sehen. Es mußte zwischendurch geschneit haben, und wer weiß schon, wie lange sie hier lag. Du hast hilflos vor ihrer Leiche gestanden, es gab einfach nichts zu tun. Dann hast du deinen verlorenen Stiefel geholt, ihn angezogen und bist weitergegangen, ohne dich noch einmal nach ihr umzusehen.

Der Wald lichtete sich, und unter dir öffnete sich eine Talsenke, und in der Senke sahst du einen See. Da waren auch vier dunkle Punkte im Schnee. Du wolltest dich abwenden und wieder im Wald verschwinden, aber so ging das nicht. Wer auch immer dort lag, du mußtest es wissen.

Laß es nicht meinen Bruder sein, bitte.

Es wurde ein muhevoller Abstieg. Du hast dich an den Baumstämmen festgehalten und bist dennoch mehrmals weggerutscht. Wenn die Kälte nicht gewesen wäre, hättest du die Stiefel ausgezogen. Am Fuß der Senke wurde dein Schritt langsamer und langsamer, während du dich den dunklen Punkten nähertest.

Es waren ein Junge und zwei Mädchen.

Du hast den Jungen nicht umgedreht, sein Rücken war voller Stichwunden, und du brauchtest sein Gesicht nicht zu sehen. Wer auch immer er war, er war nicht dein Bruder. Die Mädchen lagen ein paar Meter entfernt nahe beieinander. Eine von ihnen starrte überrascht in den Himmel, ihre Hände waren vor dem Bauch verschränkt und vom Blut leuchtendrot. Das andere Mädchen lag zusammengekrümmt auf der Seite, auch ihre Augen waren weit aufgerissen und an ihrem Hals klaffte eine offene Wunde.

Du bist weitergegangen.

Der vierte dunkle Punkt war nur ein Blutfleck im Schnee. Wer auch immer dort gelegen hat, er ist fortgeschleift worden.

Du sahst auf.

Die Spur führte zum See.

Du hast dich nicht gerührt.

Du hast dich vorsichtig umgeschaut und dir gewünscht, du hättest eine Waffe.

Und so bist du zum Wald zurückgekehrt und hast dir einen Ast gesucht. Du hast ihn mit beiden Händen gehalten und gegen einen Baumstamm geschlagen, um zu testen, ob er auch nicht brach. Nach dem zweiten Schlag kamen dir die Tränen, nach dem dritten hast du geschluchzt und deine Wut und Verzweiflung in die Schläge gesteckt.

Die Borke begann sich vom Baum zu lösen, und die Schläge klangen wie Axthiebe. Jeder Treffer vibrierte schmerzhaft in deinem Körper, aber du hast erst aufgehört, als dir die Kraft fehlte, den Ast erneut zu heben.

Danach lehntest du für eine Weile am Baum und hast dich beruhigt. Die Sonne war im Begriff zu sinken und erinnerte an eine blasse Glühbirne, die sich hinter den Wolken verbarg. Es sah aus, als würde es bald wieder schneien, aber das kümmerte dich kein bißchen. Von dir aus konnte sich die Welt in einen Schneeball verwandeln. Dein Ast war nicht gebrochen, nur das war im Moment wichtig, du warst nicht mehr hilflos, du konntest dich jetzt verteidigen.

Als du zu Atem gekommen warst, bist du wieder in die Senke hinabgestiegen.

Dieses Mal hast du nicht nach links oder rechts gesehen, während du an den Toten vorbeigegangen bist. Erst vor dem dunklen Fleck im Schnee hast du haltgemacht und bist der Schleifspur gefolgt. Ein scharfer Wind wehte und schob dich voran, als wollte er, daß du das Eis betrittst. Du hast dich nicht gewehrt und bist erst auf dem See stehengeblieben.

Eine dünne Schneeschicht hatte sich über das Eis ausgebreitet und war vom Wind in eine Richtung gekämmt worden. Der Anblick erinnerte dich an die Dünen auf Norderney, wo ihr den letzten Sommer verbracht habt. Dein Bruder liebte es, sich im Sand zu verstecken, und einmal war er eingeschlafen, so daß ihr ihn eine gute Stunde lang nicht gefunden habt. Der Sonnenbrand hat ihn über eine ganze Woche geplagt.

Deine Schritte klangen dumpf auf dem Eis. Du hättest gerne nach deinem Bruder gerufen, nach irgend jemandem, doch dein Verstand sagte dir, daß es eine dumme Idee sei, die Aufmerksamkeit auf dich zu lenken. Denn irgend jemand war da draußen. Irgend jemand, der tötete.

Die Schleifspur führte zur Seemitte und endete an einem Loch, das mit einer hauchdünnen Eishaut überzogen war. Du hast mit deinem Ast hineingestochen und die Eishaut brach mit einem Knistern auf. Im selben Moment schien die Sonne durch die Wolken, und plötzlich war es ein prächtiger Wintertag, und das Eis glänzte unter dem Schnee und wirkte wie poliert. Es war, als hätte jemand einen Schalter umgelegt. Das Sonnenlicht wurde reflektiert, die ganze Senke erstrahlte prachtvoll. Der Anblick tat dir im Herzen weh – die Welt war plötzlich schön, während in deinem Inneren nur Angst und Chaos herrschten.

Du hast dich von dem Eisloch abgewandt und wolltest wieder ans Ufer zurückkehren, als du das Klopfen hörtest. Du hast dich geduckt und gelauscht, du hast dich umgesehen und warst dabei wie ein Tier, das auf eine verräterische Bewegung wartet, um die Flucht zu ergreifen. Deine Hände umklammerten den Ast fester. Das Klopfen erklang wieder. Leise. Für einen Moment warst du dir sicher, das Eis würde jeden Moment unter dir brechen. Dann hast du nach unten gesehen und da bewegte sich ein Schatten. Du hast dich hingekniet und mit den Händen die Schneeschicht weggefegt. Das Eis kam zum Vorschein und da bewegte sich ein Schatten und der Schatten war der Hinterkopf eines Jungen. Seine Haare hatten sich aufgefächert und die Ohren wirkten durchscheinend. Sein Hinterkopf pochte gegen die Eisfläche, als würde er um deine Aufmerksamkeit betteln. Dann sank er ein Stück tiefer, und der Rücken kam nach oben und rieb an der Eisdecke.

Du bist zum Eisloch zurückgekehrt. Du hast dich hingehockt und in das Loch gestarrt und versucht, im Wasser etwas zu erkennen. Die Sonne schien dir angenehm auf den Nacken, ihr Licht reichte, um gut einen Meter tief in den See zu schauen. Aber da war nichts. Also hast du auf das nächste Klopfen gelauscht.

Du mußtest nicht lange warten.

Um das Loch herum trieben vier der Kinder unter der Eisoberfläche, zwei von ihnen mit dem Gesicht nach oben, keines war dein Bruder. Sie trugen Pullover und Jogginghosen, sie hatte ihre Arme und Beine ausgebreitet, als würden sie unter dem Eis fliegen.

Du hast nachgerechnet. Das Mädchen im Wald, die drei Toten im Schnee und die vier Toten unter dem Eis. Mit dir waren also noch fünf Kinder am Leben. *Und einer von ihnen ist mein Bruder,* hast du gedacht. Natürlich machtest du dir da was vor. Die anderen konnten alle längst irgendwo dort draußen ermordet im Schnee liegen. Dein Bruder auch. Du wußtest, daß du dir was vormachtest.

Ein Jucken in deinem Nacken ließ dich herumschnellen.

Das Mädchen stand am anderen Ufer und beobachtete dich. Sie hatte beide Hände vor dem Mund gefaltet, als würde sie jedes Geräusch, daß ihr über die Lippen kam, zurückhalten wollen. Für einen Moment dachtest du, sie wäre nicht echt und du würdest anfangen, Geister zu sehen, dann wandte sie sich ab und ist davongelaufen.

Geister rennen nicht weg, hast du gedacht und bist ihr gefolgt.

Du hattest keine Schwierigkeiten, sie zu finden. Das Mädchen rannte ein paar Meter in den Wald hinein und versteckte sich hinter einem Baum. Als du fünf Schritte von ihr entfernt warst, hörtest du sie wimmern. Du hast ihr gesagt, du würdest ihr nichts tun, denn auch dich hätten sie aus dem Loch geholt. Das Wimmern verstummte.

Das Mädchen fragte nach deinem Namen.

– Ich heiße Lucia, ich bin eine von euch.

Das Mädchen zog die Nase hoch und schaute hinter dem Baum hervor. Schwarzes Haar in einem Pagenschnitt, den dir deine Mutter nie erlaubt hatte, weil sie dein langes Haar so schön fand. Die Augen des Mädchens wirkten unheimlich groß, ihre Nasenspitze war ein roter Punkt in dem blassen Gesicht. Sie erinnerte dich an eine erkältete Puppe. Auch bei ihr waren die Ärmel des Pullovers zu lang, und sie hatte sie wie du über die Hände gezogen. Die Stiefel reichten bis zu ihren Knien, und die Jogginghose war zerlöchert, so daß ihre Haut an mehreren Stellen durchschimmerte.

– Sind … sind sie alle tot? fragte sie.

Du hast den Kopf geschüttelt.

– Nicht alle.

– Ich habe sie da hinten im Schnee liegen sehen, sprach sie weiter, Die sind tot, nicht wahr?

Du hast genickt, ja, die waren tot. Das Mädchen biß sich auf die Unterlippe, Tränen füllten ihre Augen. Du bist einen Schritt auf sie zugetreten und hast ihr deine Hand gereicht. Sie kam zögernd hinter dem Baum hervor, ihre Finger waren klamm und eiskalt. Ihr wart gleich groß, aber du schätztest sie jünger als dich. Sie sagte, ihr Name sei Kaja. Sie hatte keine Ahnung, was passiert war. Dabei schaute sie dich an, als hättest du eine Antwort auf jede Frage. Du mußtest sie enttäuschen. Deine Erinnerung war so blank wie ihre. Erst warst du zu Hause, dann im Loch, dann aus dem Loch raus und dann hier im Schnee.

– Laß uns die anderen suchen, hast du gesagt.

– Falls sie noch leben.

– Ich weiß, daß mein Bruder noch lebt, hast du gelogen, denn da war kein Wissen, da war nur die Hoffnung, daß ihm nichts passiert war, aber du konntest nicht *Ich hoffe, daß mein Bruder lebt* sagen, das ging einfach nicht.

– Und was machen wir, wenn wir sie gefunden haben? fragte Kaja.

– Dann gehen wir alle nach Hause.

– Versprochen?

– Versprochen.

Plötzlich preßte sie sich an dich, drückte ihren Kopf an deinen Hals, ihr heißer Atem war angenehm in der Kälte. Ihre Arme schlossen sich hinter deinem Rücken, und sie hielt dich eine ganze Minute einfach nur fest, ehe sie wieder losließ. Ihr habt euch angesehen, und du warst dir sicher, daß sie nicht ganz normal war, daß die Zeit im Loch sie verrückt gemacht hatte und sie jeden Moment ihr Gebiß entblößen würde, und da wären dann zwei Vampirzähne, und das wäre es dann mit dir gewesen.

Sie bleckte nicht ihr Gebiß, sie lächelte schüchtern und fragte, wo du suchen wolltest.

– Wir müssen erstmal vom See weg, damit fangen wir an.

Kaja sah an dir vorbei.

– Hat er sie alle in das Eisloch geworfen? fragte sie.

– Wer?

– Der Mann.

– Hast du ihn etwa gesehen?

Sie nickte, wieder biß sie sich mit den Zähnen auf die Unterlippe. Du wolltest ihr sagen, sie solle damit aufhören, sonst würde es noch bluten, aber du hast den Mund gehalten, es war der falsche Moment, um wie deine Mutter zu klingen.

– Wohin ist er gegangen?

– Ich weiß es nicht … Ich …

Kaja zog die Nase hoch.

– Ich habe mich hier versteckt und dann … war er plötzlich weg, und ich hörte deine Schritte auf dem Eis, und dann … dann habe ich dich gesehen. Warum hat er sie ins Wasser geworfen?

– Ich weiß es nicht. Und ich will nicht da sein, wenn er die anderen aus dem Schnee holt.

– Ich auch nicht, sagte sie leise, und so klein und nichtig diese Aussage war, sie brach dir beinahe das Herz, und jetzt hättest du Kaja am liebsten umarmt.

Ihr habt euch vom See abgewandt und seid Hand in Hand losgegangen. Dein Ast schleifte hinter dir her und zog einen zittrigen Strich durch den Schnee. Obwohl er beim Laufen hinderlich war, dachtest du nicht daran, deine einzige Waffe liegenzulassen.

– Und was machen wir, wenn wir niemanden finden? fragte Kaja.

– Wir finden sie, da bin ich mir sicher.

Kaja hat wieder gelächelt, deine Zuversicht tat ihr gut, und sie drückte deine Hand. Du hast ihren Händedruck erwidert und in die untergehende Sonne geblinzelt. Es blieb euch noch eine gute Stunde, dann würde es dunkel werden.

– Schau mal, sagte Kaja, Es schneit wieder.

Ihr habt hochgesehen und für eine Weile dem Schneefall zugeschaut. Erst war er so sanft wie eine beruhigende Hand, dann schien sich der ganze Himmel zu öffnen, und die Welt um euch herum begann, in all dem Weiß zu ersticken.

SIE

SIE

Ein Jäger muß wissen, welchen Köder er einsetzen und auf welche Weise er die Beute ködern will. Der Köder darf der Beute nicht einmal ansatzweise das Gefühl von Gefahr vermitteln. Sicherheit und Normalität sind wichtig. Die Beute braucht Raum und Zeit, die Beute braucht Hoffnung, sonst resigniert sie und ist keine Herausforderung mehr für den Jäger.

Eine zu einfache Jagd hat keinen Wert.

Aber der Jäger darf auch nicht zu weit gehen in seinem Hunger. Er muß die Gefahr abschätzen, denn er will nicht, daß die Beute entkommt oder die Oberhand gewinnt. Auf diese Weise prüfen sie Jahr für Jahr ihre Stärken und Schwächen. Sie jagen, sie ködern und fordern die Beute heraus, sie erlegen sie.

Jede Beute braucht den richtigen Köder.

So ist es schon immer gewesen.

Der falsche Köder lockt die falsche Beute an.

DU

DU

Du wußtest nicht, daß es eine Beute und einen Köder gab. Du warst vollkommen ahnungslos und verängstigt, nur der Ast in deiner Hand gab dir ein wenig das Gefühl von Kontrolle. Auch daß Kaja an deiner Seite lief, war beruhigend. Zwei Mädchen im Schnee. Ihr habt euch immer wieder umgesehen, ihr dachtet, ihr hättet alles um euch herum im Blick, dem war aber nicht so. Nicht ihr habt sie gefunden, sie haben euch entdeckt. Erst als ihr unter ihnen standet, gaben sie sich zu erkennen.

– He!

Du hast dich erschrocken umgesehen, Kaja ruckte an deiner Hand, du bist ihrem Blick gefolgt, und da oben auf dem Baum war der Junge, der dich im Loch auf seinen Rücken hatte steigen lassen.

– Alles okay? flüsterte er.

– Alles okay, hast du ihm geantwortet, und dann begann dein Mund zu zittern, denn hinter dem Jungen kauerte auf einem der Äste ein zweiter Junge, der den Kopf zwischen den Armen versteckt hielt, als würde er schlafen. Es gab nur einen Menschen auf dieser Welt, der so dasaß, wenn er sich fürchtete. Du hast seinen Namen gesagt.

– Niklas?

Deine Stimme war ein Krächzen, aber dein Bruder hörte dich. Er hob den Kopf und wäre vor Schreck beinahe vom Ast gefallen.

– Lucia!

Du hattest ihn gefunden, alles war gut, alles war endlich wieder gut, du hattest ihn gefunden. Der Mann hatte unrecht gehabt. Du mußtest nicht sterben, damit dein Bruder in Sicherheit war. Er kam vom Baum herunter, und ihr habt euch aneinander festgeklammert, und alles war gut, denn du hattest ihn endlich gefunden. Dachtest du. Aber die Wahrheit war eine andere: Der Köder war gefressen, die Falle war zugeschnappt, und die Beute hatte keine Chance.

Und du hast nichts davon geahnt.

Als dein Bruder dich wieder losgelassen hatte, nahmst du sein Gesicht zwischen deine Hände und hast ihm in die Augen gesehen, wie es deine Mutter immer tat, wenn sie die Wahrheit wissen wollte. Du hast ihn gefragt, ob er sich wehgetan hätte. Sofort kamen ihm die Tränen, und er zeigte dir einen Kratzer an seinem Unterarm und sagte, ihm wäre auch furchtbar kalt, aber das sei nicht mehr so schlimm, denn jetzt seiest du ja da.

– Ich habe ihn gefunden, sagte der Junge.

Er hieß Tim, und auch er war allein im Schnee aufgewacht.

– Dein Bruder saß in einem Gebüsch, und erst als ich ihm versprach, daß wir dich suchen würden, kam er raus. Wir sind eine Ewigkeit durch den Wald gelaufen und haben dann eine Hütte gefunden. Zwei Männer kamen heraus. Einen von ihnen habe ich erkannt …

Er verstummte, du sprachst für ihn weiter.

– Er war einer von denen, die dich geholt haben?

Tim nickte und erzählte weiter.

– Die Männer haben uns auch gesehen. Einer von ihnen ging in die Hütte und kam mit einem Gewehr wieder raus. Dann hat er zweimal auf uns geschossen. Wir sind zurück in den Wald gerannt, und als wir nicht mehr rennen konnten, habe ich einen Tannenzweig genommen und unsere Spuren verwischt, und dann haben wir uns oben auf dem Baum versteckt.

Du erinnertest dich an die zwei Schüsse, die dich aus der Ohnmacht gerissen haben, als du im Schnee lagst. Es fühlte sich an, als wäre es einen Tag her.

– Haben sie euch gesucht? fragtest du.

Tim schüttelte den Kopf.

– Ich glaube, sie wollten uns nur von der Hütte fernhalten.

– Und was machen wir jetzt? fragte Kaja.

Du hast in den dichten Wald geschaut, hinter dem die Sonne als blasses Licht verlöschte. Es war fast kitschig – der sanfte Schneefall und die winterliche Ruhe. Das Bild erinnerte dich an ein Gemälde, das bei deiner Großmutter im Wohnzimmer gehangen hat. Es war eine mittelalterliche Dorfszene mit Pferdeschlitten und Bauern, die sich unterhielten. Kinder bauten einen Schneemann, und ein paar Gänse liefen zwischen ihren Beinen herum.

– Wir müssen aus dem Wald raus, hast du Kaja geantwortet, Dahinter kommt bestimmt eine Straße.

Dein Bruder zupfte an deinem Ärmel, du hast dich runtergebeugt. Er flüsterte, er müsse mal. Also bist du mit ihm hinter eine Tanne gegangen. Er war alt genug, alleine zu gehen, aber er brauchte deine Aufmerksamkeit und Nähe. Als ihr zu Tim und Kaja zurückkamt, hatten sich beide mit Ästen bewaffnet.

– Schlagt sie gegen einen Baum, damit ihr seht, ob sie brechen.

Kajas Ast zerbrach nach dem ersten Schlag, und sie suchte sich einen anderen. Tim hatte auch einen Ast für deinen Bruder gefunden. Und so seid ihr der untergehenden Sonne entgegengelaufen – vier Kinder mit Ästen bewaffnet.

Nach einer halben Stunde war es so dunkel, daß ihr keine zwei Meter weit sehen konntet. Ihr habt in dem dichten Schneefall vollkommen die Orientierung verloren. Zweimal seid ihr an der Senke vorbeigekommen, und Tim sagte, ihr könntet doch hinuntersteigen, aber du warst dagegen, denn da unten im Abendlicht warteten der See und die Leichen. Kaja hielt sich raus, sie jammerte nur, sie hätte Hunger und Durst. Ihr habt Eiszapfen von den Ästen gebrochen und in eurem Mund geschmolzen, es half wenig gegen das Magenknurren und löschte den Durst nicht wirklich. Jeder Schritt in dem knietiefen Schnee machte euch schwächer und schwächer. Dein Bruder beklagte sich kein einziges Mal. Er schwieg die ganze Zeit über, und nur wenn du seinen Namen sagtest, sah er auf, sah dich an und lächelte. Er war nicht mehr der Spinner, der zu Hause durch die Zimmer raste und dich nicht in Ruhe ließ; er war ein netter Bruder, der an deiner Seite blieb und sich tapfer verhielt. Du stelltest dir vor, wie du das deinen Eltern erzähltest, und wie dir dein Vater nicht glaubte und deine Mutter sagte, wie schön es wäre, wenn er für immer so bleiben würde.

– Wir könnten auf einen Baum klettern, schlug Tim vor, Von da oben hätten wir ...

Er verstummte und breitete die Arme aus, so daß keiner an ihm vorbei konnte.

– Was ist? hast du gefragt und es im selben Moment gesehen.

Ein Stiefel mit Bein ragte schräg aus dem Schnee heraus. Erst als ihr näher herangegangen seid, habt ihr die hauchdünne Drahtschlinge gesehen, die um den Fußknöchel lag.

Kaja löste sich als erste aus der Starre, fiel auf die Knie und begann den Körper freizulegen. Es war einer der Jungen und als Kaja sein Gesicht sah, schreckte sie zurück.

– Kennst du ihn? fragte Tim.

Kaja antwortete ihm nicht, sie ging zu einem der Bäume, um den sie ihre Arme legte, und so stand sie dann da und heulte leise vor sich hin und hielt dabei den Baum fest, als ob der Baum der Junge wäre und sie ihn durch ihre Umarmung beschützen könnte.

– Sie haben Fallen gelegt, sagte Tim zu dir, Wir müssen aufpassen, wo wir hintreten. Hilf mir mal.

Ihr habt die Schlinge vom Bein des Jungen gelöst. Tim meinte, ihr könntet ihn nicht einfach so aufgedeckt liegen lassen, wer weiß, ob es hier Wölfe gab. Also habt ihr Schnee über die Leiche des Jungen geschoben, bis er nur noch ein schmaler Hügel in der Landschaft war.

– Ich hab da eine Idee, sagte Tim und verschwand zwischen den Bäumen. Du konntest einfach nicht mehr stehen und hast dich mit dem Rücken gegen eine der Tannen gelehnt. Dein Bruder drückte sich sofort an dich, und so habt ihr Kaja zugeschaut, wie sie weiterhin den Baum umarmte. Sie weinte nicht mehr. Nach einer Weile ließ sie den Baum los, wischte sich die Nase am Pulloverärmel ab und kam zu euch.

– Wer war der Junge? hast du sie gefragt.

– Er saß im Loch neben mir. Ich weiß nicht, wie er hieß.

Kaja schaute sich nach Tim um. Sie fragte, wo er abgeblieben sei. Du hast die Schultern gehoben.

– Vielleicht kommt er ja nie wieder, sagte Kaja, und es klang, als würde sie an nichts mehr glauben.

– Tim kommt schon wieder.

– Und was, wenn nicht?

– Kaja, er kommt wieder. Ich weiß das.

Tim kehrte nach einer Viertelstunde zurück und hatte ein totes Kaninchen in der Hand.

– Wo eine Falle ist, sind meistens noch mehr, sagte er stolz und hielt dir das Kaninchen wie ein Geschenk entgegen. Du hast es genommen und unsicher in den Händen gehalten. Das Fell war weich, der Körper kalt und steif.

– Und jetzt? sagte Kaja.

– Jetzt essen wir es, sagtest du.

Dein Bruder drehte dir den Rücken zu.

Ihr habt das Kaninchen auf einen der Felsen gelegt und mit einem Stein aufgeschlagen. Etwas anderes war euch nicht eingefallen. Ihr habt das Fleisch vom Fell weggekaut und die Sehnen von den Knochen gerissen. Dein Bruder hat sich einmal übergeben, aber er hat die Stücke, die du ihm hingehalten hast, nicht abgelehnt. Danach habt ihr euch mit dem Schnee das Blut von Gesicht und Händen gewischt. Es ging euch besser, ihr hattet Kraft getankt. Der Geschmack in euren Mündern war furchtbar.

Eine halbe Stunde später kam dann der Absturz. Die wenige Nahrung machte euch müde. Dein Bruder wollte nicht mehr laufen, auch Kaja sagte, sie sei furchtbar müde. Also habt ihr euch nach einem sicheren Ort umgesehen und einen hohlen Baum gefunden, der auf der Seite lag. Obwohl es noch immer schneite, habt ihr mit Tannenzweigen eure Spuren verwischt, ehe ihr euch in den Baum reingequetscht habt. Und dort lagt ihr Körper an Körper und habt eure Wärme geteilt und seid augenblicklich vor Erschöpfung eingeschlafen.

Es war ein guter Ort der Ruhe.

ICH

ICH

Es gibt für mich keine Ruhe. Die Woche verstreicht viel zu schnell. Am Montag beginne ich, während der Hofpause über dich zu schreiben. Ich gehe nicht in den Pub, ich gehe nur zur Arbeit, und den Rest der Zeit sitze ich zu Hause und bereite mich auf das Wochenende vor. Wenn ich könnte, würde ich jetzt schon die Grube ausheben. Aber der Keller muß perfekt sein für ihren Besuch, also streife ich unruhig durch das Haus, gehe meiner Tochter aus dem Weg und versuche, Klarheit in meinem Kopf zu schaffen. Mehrmals bin ich versucht, Franco anzurufen und ein früheres Treffen zu verabreden. Aber ich darf nicht auffallen, wir haben einen Zeitpunkt vereinbart, ich darf kurz vor dem Finale nicht von der Norm abweichen.

Langsam werde ich mürbe. Ich spüre, daß mir die Zeit entgleitet: Eben war ich noch im Lehrerzimmer und blätterte in einer Zeitschrift, plötzlich befinde ich mich im Supermarkt und schaue auf meine Einkaufsliste. Ich weiß genau, wie ich vom Lehrerzimmer in den Supermarkt gekommen bin, aber es fühlt sich an wie ein und derselbe Moment.

Ich spüre das herannahende Finale, ich schlafe kaum, bald ist es so weit.

Nachdem du mir im letzten Winter von deinem Erwachen im Schnee erzählt hast, war ich nur noch dreimal bei dir. Das erste Mal am 2. Dezember. An dem Tag erfuhr ich, wie du die Leichen im Schnee gefunden hast, von dem Eisloch und deinem Bruder, der endlich wieder bei dir war. Du hast aufgehört zu erzählen, als ihr euch zum Schlafen in dem hohlen Baum versteckt habt. Du wolltest es nicht spannend machen, du wolltest einfach nicht mehr reden. Und so hast du wieder aus dem Fenster gestarrt und warst nicht wirklich anwesend. Du hast noch immer mit den anderen in diesem hohlen Baum gelegen. Zehn Minuten verstrichen, und ich wollte gerade gehen, da kehrte dein Blick zu mir zurück und du sagtest:

– Danach ist mein Bruder gestorben und alles hörte auf zu sein.

Mehr erfuhr ich an diesem Tag nicht von dir, aber es waren diese Worte, die mich anstießen, sie waren der erste Stein, der die Lawine ins Rollen brachte. Ich begriff, daß genau das geschah: Etwas hörte auf zu sein, nachdem sie euch entführt hatten. Und dem wollte ich entgegenwirken. Wer auch immer deine Entführer waren, ich wollte sie finden, ich wollte sie stellen und dem Ganzen ein Ende machen. Ich wollte, daß sie aufhörten zu sein.

Meinen nächsten Besuch habe ich drei Tage lang hinausgezögert. Ich fürchtete mich, vom Tod deines Bruders zu hören, aber ich wußte auch, daß ich da sein mußte, um dir diese Geschichte abzunehmen.

Es war der 5. Dezember. Die Pflegerinnen sahen, daß irgendwas mit mir nicht stimmte. Sie boten mir Tee und Kekse an, ich winkte ab und murmelte etwas von einer Magenverstimmung.

Du hast auf deinem Platz gesessen, Blick nach draußen, die rechte Hand eine Faust.

Ich setzte mich dir gegenüber auf einen Stuhl und wartete. Das Radio rauschte unter dem Bett, und das Rauschen war wie ein mieser

Soundtrack für dein Leben. Ich hatte während meiner Besuche kaum Fragen gestellt, Fragen waren unnötig, denn du hast erzählt und erzählt. Eine Sache aber wollte ich wissen. Ich fragte dich, was das Radio soll.

– So hat es da unten in dem Loch geklungen, wenn wir alle Angst hatten und atmeten, war deine Antwort, So hat es auch geklungen, als wir in dem Baum geschlafen haben, als hätten wir alle denselben Traum, und in diesem Traum gab es nur die Stille, die keine echte Stille ist.

Du hast dich zum Bett umgedreht, du hast mich wieder angeschaut, und etwas wie ein Lächeln war um deine Mundwinkel herum zu sehen, aber ich kann mich da auch getäuscht haben.

– Ich mag das Rauschen, hast du gesagt, Außerdem ist es meine Falle.

DU

DU

Ihr seid gleichzeitig erwacht und habt die Geräusche draußen gehört – ein Rascheln, das Knirschen von Schnee. Dein Bruder begann sofort schneller zu atmen, und Kaja jammerte leise. Du wolltest aus dem Baum kriechen, du wolltest fliehen, Tim hielt dich am Arm zurück.

Ruhig, sagte seine Geste.

Du bist ruhig geblieben.

Vielleicht waren es Schritte, vielleicht war es ein Tier.

Ein trübes Morgenlicht schien in den Baum hinein, der Atem stand in starren Wolken vor euren Mündern, ihr habt gelauscht und euch nicht gerührt. Dann brach ein Ast, und das Geräusch hallte wie ein dumpfer Schuß im Wald wider. Die Panik schloß sich um deinen Hals, und die Enge um dich herum wurde dir zuviel. Du hast die Augen zugekniffen, ganz flach geatmet und von 100 runtergezählt. Bei 24 war es draußen wieder still, und du konntest nicht mehr und hast die Augen geöffnet und hast dich aus der Enge befreit.

Tim ließ dich gehen.

Vorsichtig hast du den Kopf aus der Öffnung rausgestreckt.

Die Lichtung und der Wald waren von einem frostigen Nebel eingeschlossen, es war so diesig, daß du nicht weit sehen konntest, aber es reichte völlig aus, denn keine zwei Meter von eurem Versteck entfernt waren Stiefelabdrücke im Schnee. Dein Magen wurde ein Knoten. Du warst wie erstarrt. In der Ferne knackte erneut ein Ast.

– Und? hörtest du Tim hinter dir flüstern.

– Noch nicht, hast du zurückgeflüstert und weiter Ausschau gehalten.

Der Nebel schien aus winzigen Eiskristallen gewebt zu sein, sie schwebten in der Luft, als wäre die Schwerkraft im Wald aufgehoben. Du hast der Ruhe nicht getraut. Du brauchtest Gewißheit. Elendig lange Minuten vergingen. Der Nebel legte sich auf dein Gesicht, und dein Magen entspannte sich nur langsam. Erst als du dir sicher warst, daß sich niemand mehr in eurer Nähe befand, bist du aus dem hohlen Baum gestiegen und hast den anderen rausgeholfen.

Ihr habt euch wie in einem Traum gefühlt. Der Wald sah aus, als hätte er keinen Boden, als würden die Baumstämme in einem Meer aus Milch stehen. Das Licht war so trübe, daß es für jeden ein Leichtes gewesen wäre, sich dort draußen zu verstecken und euch zu beobachten. Am schlimmsten aber empfandest du, daß alle Geräusche so gedämpft klangen.

– Wie mit Wasser im Ohr, sagte dein Bruder.

Genau das war es, als hätte man nach dem Schwimmen Wasser im Ohr.

– Vielleicht sollten wir rennen, flüsterte Kaja, Vielleicht sind sie noch da.

– Dann hätten sie uns längst geschnappt, sagte Tim.

Da kam dir ein Gedanke, er sollte euch beruhigen, er machte euch aber noch nervöser.

– Was wäre, wenn sie uns gar nicht schnappen wollen? sagtest du.

– Was wollen sie dann? fragte Kaja.

– Vielleicht wollen sie einfach nur, daß wir vor ihnen fliehen. Vielleicht macht ihnen das Spaß.

– Was soll das für ein Spaß sein? sagte Tim, Das ist doch krank.

– Denkst du, die sind normal? hast du zurückgefragt, Sie haben uns entführt und dann in einem Loch gefangengehalten. Wer das macht, ist doch mehr als krank.

Tim schwieg, du hattest recht, Kaja zeigte auf zwei Bäume, die aneinanderlehnten, als könnte einer ohne den anderen nicht sein.

– Von da drüben sind wir gestern gekommen, sagte sie.

Ihr habt die entgegengesetzte Richtung eingeschlagen und seid nach fünf Minuten an einer weiteren Falle vorbeigekommen – ein Kaninchen schwebte starr in der Luft. Tim kletterte auf den Baum und befreite es aus der Schlinge. Du hast mit Kaja nach Steinen gesucht. Dein Bruder hat sich abgewandt.

Der Schnee war jetzt einen Meter tief, und Tim trug deinen Bruder auf seinem Rücken, weil er bei jedem Schritt so tief einsank, daß er nur noch knapp über die Schneedecke schauen konnte. Nach einem Kilometer wart ihr durchgefroren und habt euch gefühlt, als wäret ihr schon seit Tagen unterwegs. Kaja gab als erste auf, dann setzte Tim deinen Bruder ab und meinte, auch er kann nicht mehr. Ihr habt die unteren Äste von einer Tanne gerissen und über dem Schnee ausgebreitet. Das Lager war nicht groß. Ihr seid eng zusammengerückt und habt eure wenige Wärme geteilt. Es duftete angenehm nach Harz und erinnerte dich an Weihnachten. Mit diesem Geruch in der Nase seid ihr alle vier eingeschlafen.

Im Halbschlaf hast du dann die Stimme deines Bruders gehört. Er sagte, er müsse pinkeln, und du warst so erschöpft und hast nur zurückgemurmelt, daß du zu müde seiest, um jetzt aufzustehen, und er solle doch noch ein wenig warten, worauf er weiterjammerte und dich an der Schulter schüttelte, worauf Kaja sagte, sie kann jetzt sowieso nicht mehr schlafen und würde mit ihm gehen. Kaum waren Kaja und dein Bruder aufgestanden, rutschte Tim näher an dich heran und legte die Arme um dich, so daß du dich an seine Brust drücken konntest. Und es war nicht peinlich, es gab hier keine Peinlichkeiten, denn ihr konntet die letzten Menschen auf dieser Welt sein, genau so fühlte es sich an. Im Hier und Jetzt habt ihr zusammengehört – ein Junge und ein Mädchen, die Wärme suchten.

Der Schrei deines Bruders ließ euch hochschrecken. Ihr habt euch voneinander gelöst und seid auf die Beine gekommen. Einen Augenblick lang war dir schwindelig, du bist zu schnell aufgestanden, und das Blut schoß dir in den Kopf, so daß du dich auf Tim stützen mußtest, sonst wärst du gefallen. Der Nebel um euch herum war dicht.

– Ich weiß nicht, wo sie sind, hast du gesagt, Ich---

Der zweite Schrei war nicht von deinem Bruder, er kam von Kaja, sie rief nach euch.

– Da drüben, sagte Tim.

Sie waren keine fünf Meter entfernt. Ihr seid durch den Nebel getreten, und da kniete Kaja und da lag dein Bruder auf dem Boden und hatte die Hände auf seinen Bauch gepreßt. Kaja streichelte immer wieder über seinen Arm, als könnte das den Schmerz lindern. Zwei Blutfäden liefen aus seinen Mundwinkeln, und als du dich neben ihn gehockt hast, hustete er, und ein feiner Blutregen traf dich im Gesicht. Du wußtest nicht, was hier los war. Du sahst keine Verletzung und suchtest den Blick deines Bruders, doch seine Augen standen nicht still, sie schauten nach oben, schauten an dir vorbei, als würde der Schmerz von dir kommen.

– Niklas, schau mich an!

Er konnte nicht, sein Blick flatterte, er konnte einfach nicht.

284

– Ich hab's nicht gesehen, sagte Kaja, Ich hab's nicht gesehen.

– Was hast du nicht gesehen? fragte Tim.

Und da erst fiel dir das Messer auf. Der kurze Griff ragte aus dem Bauch deines Bruders hervor und war von seinen Händen verdeckt.

– Da war ein Zischen, sprach Kaja weiter, Und plötzlich ist er nach hinten gefallen, und ich dachte, er sei gestolpert, aber dann sah ich das Messer, und dann …

Sie verstummte, sie setzte sich in den Schnee und schloß die Arme um ihre Knie und wippte vor und zurück. Dein Bruder hustete erneut, sein Atmen war abgehackt, als würde er keine Luft bekommen. Du hast seine Hände vom Messergriff geschoben, und im selben Moment entspannte sich sein kleiner Körper, die Augen verdrehten sich nach oben, und er wurde ohnmächtig.

Kein Tropfen Blut war um den Messergriff herum zu sehen.

– Vielleicht sollen wir das Messer lieber drinlassen, sagte Tim.

Du hast nicht auf ihn gehört, es machte für dich keinen Sinn, denn das Messer gehörte nicht in den Bauch deines Bruders. Du hast beide Hände um den Griff gelegt, es überraschte dich, wie mühelos die Klinge herausglitt.

Dann kam das Blut.

Dann kam all das Blut hinterher, und es war schwarz und dick und verfärbte den Pullover in Sekunden und breitete sich unter dem Rücken deines Bruders aus wie ein Tintenklecks auf einem Blatt Löschpapier.

Du hast das Messer fallengelassen und deine Hände auf die Wunde gedrückt, als könnte das den Blutstrom aufhalten. Aber natürlich ging das nicht. Was wußtest du schon von Wunden?

Und so ist dein Bruder unter deinen Händen verblutet.

Und so hast du neben ihm gehockt und immer wieder gebetet:

Aber ich habe ihn wiedergefunden, da kann er nicht einfach so sterben, bei mir ist er doch sicher, ich bin seine große Schwester.

Irgendwann nahm Tim dich an den Handgelenken und zog deine Hände aus der Wunde.

Irgendwann hast du einfach nur auf dem Boden gesessen und zugesehen, wie Tim und Kaja Schnee über deinen Bruder schoben. Und du konntest nichts tun, du konntest einfach nichts tun, während dein kleiner Bruder unter all dem Weiß für immer aus deinem Leben verschwand.

Sag, wie lange hast du vor dem Schneehügel gehockt?

War es eine Stunde, war es länger?

Tim und Kaja ließen dich in Ruhe, was auch immer sie taten, du hast es nicht mitbekommen. Für dich gab es nur diesen Schneehügel.

Wie erkläre ich das unseren Eltern? hast du gedacht.

Was wäre, wenn ich das Messer nicht rausgezogen hätte? hast du dich gefragt.

Was wäre, wenn ich gestorben wäre, wie sie es verlangt haben, wäre mein Bruder noch am Leben?

Eine schwere Müdigkeit nahm Besitz von deinem Körper. Sie kroch dir bis in die Zehenspitzen, sie gab dir ein Gefühl von Wärme und Sicherheit. Du wolltest nicht mehr. Das Messer lag zwischen deinen Füßen im Schnee und schien dich zu beobachten. Die Augen fielen dir zu, und es war ein wenig, als würdest du im Kino sitzen. Das Licht in deinem Kopf wurde heruntergedimmt. Es war angenehm und still und niemand konnte dir in dieser Stille deinen Bruder wegnehmen. Er war sicher in deiner Erinnerung, du warst sicher in deiner Erinnerung. Der Rest der Welt kam nicht mehr an dich heran.

Warmer Atem weckte dich. Du bist träge aus deinem Schlaf aufgetaucht und warst Auge in Auge mit einem Rehbock. Der Nebel lag in glänzenden Tropfen auf seinem Fell, sein Hals war vorgestreckt, als wäre da eine Barriere, die ihn nicht näher an dich herankommen ließ. Das Geweih war dunkel und voller Schrammen. Sein Körper schien sanft zu beben. Du hast es nicht gewagt zu blinzeln. Der Blick des Rehbocks war traurig, sein Atem traf dich warm und dampfte um dein Gesicht herum, dann roch das Tier an dir. Du warst keine Bedrohung. Er wandte sich ab und ging einmal um den Schneehügel herum und stand da, als würde er über deinen Bruder nachdenken. Erst als hinter dir ein Ast knackte, verschwand der Rehbock mit zwei Sprüngen im Wald.

Kaja und Tim traten zwischen den Bäumen hervor.

Du hast dir über die Augen gewischt und die Spuren betrachtet, die der Rehbock hinterlassen hat. Es war kein Traum, er war dagewesen und hatte dich geweckt.

– Wie geht es dir? fragte Tim

– Ich hätte auf dich hören sollen, sagtest du und bist aufgestanden, Wir müssen auf die andere Seite des Sees. Der Wald hier ist zu groß, auf dieser Seite finden wir nie raus, das ist der falsche Weg.

– Aber die Männer sind da unten, sagte Kaja mit erstickter Stimme.

– Sie sind zwar da unten, hast du gesagt und das Messer aus dem Schnee aufgehoben, Aber jetzt ist alles anders, denn jetzt sind wir auch bewaffnet.

Hast du wirklich gedacht, ein Messer würde reichen?

Oder warst du einfach nur müde vom Weglaufen?

Ich glaube, du hast den Konflikt gesucht.

Du warst voller Zorn, und du hast dir gewünscht, daß dir einer der Männer über den Weg lief.

Ihr seid zurückgekehrt, vorbei am hohlen Baum und vorbei an den zwei Felsen. Ihr habt auf die Senke hinuntergeschaut und wart erschöpft und müde, aber das zählte nicht mehr. Keiner sprach von einer Pause. Ihr wolltet eure Freiheit, ihr wolltet nach Hause.

Der See lag da wie eine gefrorene Pfütze. Die Leichen waren vom Schnee gnädig zugedeckt, nur drei schmale Hügel waren zu erkennen. Du hieltest es für ein gutes Zeichen, daß sie da noch immer lagen. Die Männer hatten sie nicht in das Eisloch geworfen, vielleicht waren sie seitdem nicht mehr hier gewesen.

– Was machen wir, wenn sie uns erwischen? fragte Kaja.

– Rennen, sagte Tim.

– Sollten wir uns dann nicht lieber trennen?

Du hast den Kopf geschüttelt. Kaja reichte das nicht.

– Aber wenn sie uns kriegen, sagte sie, Dann kriegen sie uns alle zusammen.

– Zusammen sind wir stärker, hast du ihr geantwortet.

– Ja, aber alleine haben wir mehr Chancen, erwiderte sie.

Es war ein Patt.

– Ich bleibe bei Lucia, sagte Tim.

Kaja wirkte enttäuscht, du hast ihr den Arm um die Schultern gelegt.

– Keine Sorge, wir machen das schon.

Kaja nickte, aber sie entspannte sich nicht, und du hättest dich nicht gewundert, wenn sie sich umgedreht hätte und wieder im Wald verschwunden wäre.

– Wir überleben das nie, sagte sie.

Und so seid ihr in die Senke hinabgestiegen.

Tim ging vor, Kaja lief in der Mitte, und du hast das Schlußlicht gebildet. Es war ein komisches Gefühl, dasselbe Messer in der Hand zu halten, das du aus dem Bauch deines Bruders gezogen hast. Was wäre gewesen, wenn du an Kajas Stelle aufgestanden und mit deinem Bruder gegangen wärst? Hatte das Messer dich getroffen? Hättest du etwas für deinen Bruder tun können?

Ihr seid an dem ersten Schneehügel vorbeigegangen, dann vorbei an den zwei Mädchen, die so nahe beieinander lagen, daß ihr Schneegrab fast eines geworden war. Gute zweihundert Meter entfernt begann das Ufer, das Eisloch zeichnete sich als eine Mulde in der Seemitte ab. Du wolltest einen Bogen drumherum machen, denn du sahst noch immer die Toten vor dir, ihre wehenden Haare, dieses Schweben unter dem Eis. Selbst das dumpfe Klopfen glaubtest du zu hören. Es war besser einen Umweg zu machen.

– Wir sollten …

Weiter kamst du nicht, Kaja war ohne Vorwarnung stehengeblieben und du bist ihr in den Rücken gelaufen. Tim drehte sich um und fragte, was denn wäre. Kaja schaute nach links, doch da war nur der Frostnebel, und über dem Nebel ragten die Tannenwipfel in den Himmel.

– Hast du was gehört? fragte Tim.

Kaja reagierte nicht, ihr Blick war starr und sie nagte wieder an ihrer Unterlippe. Ihr Kinn zitterte dabei, und als Blut kam, leckte sie es weg und kniff die Augen ein wenig zusammen, als könnte sie so besser sehen. Aber da war nichts.

– Was siehst du? hast du sie gefragt.

Keine Antwort, ihr habt alle drei in den Nebel gestarrt, und dann hast du es auch gespürt – ihr wart nicht mehr allein. Da draußen befand sich jemand, und er kam näher. Langsam. Gemächlich. Ohne Eile. Jetzt waren auch Schritte zu hören, das Knirschen im Schnee.

Du hast an deinen Bruder gedacht und dir vorgestellt, daß seine Seele gewandert war und jetzt in dem Rehbock weiterlebte. Und gleich würde der Rehbock aus dem Nebel treten und euch mit seinen traurigen Augen ansehen, und alles wäre gut.

Die Schritte verstummten.

Einen Windböe wehte vom See herüber, der Nebel zerriß und gab die Sicht auf einen Mann frei. Er stand zwanzig Meter von euch entfernt, ein Gewehr hing an einem Gurt über seiner Schulter. Du hast ihn sofort wiedererkannt. Er hatte dich aus dem Loch geholt und dir gesagt, daß es an der Zeit sei zu sterben.

Der Mann rührte sich nicht. Es war ein wenig, als wäre er schon immer dort gewesen und hätte nur gewartet, daß ihr ihn bemerkt. Deine Starre erschreckte dich. Du hättest dich nicht einmal bewegen können, wenn Gott selbst dir ins Ohr geschrieen hätte, du sollest verschwinden. Es war vorbei. Jeder Gedanke an Flucht verlosch in deinem Kopf, und das Messer in deiner Hand war ein Witz.

Und dann trat Kaja mit dem Ast in ihrer Hand vor.

Sie machte einen Schritt, dann einen zweiten, und plötzlich zog sie die Schultern hoch und rannte los. Du hast erwartet, daß sie flieht, du hast nicht gedacht, daß sie den Mann angreifen würde.

Nicht Kaja.

Der Mann sah sie kommen und wartete. Am liebsten hättest du die Augen geschlossen. Kurz bevor Kaja ihn erreichte, stieß sie einen Schrei aus, und diesen Schrei wirst du nie vergessen. Er zerstörte deinen Glauben an das Gute, er war ein Skalpell, das von deinem Hinterkopf bis zu deinen Fußsohlen runterschnitt und alle Nervenenden entblößte. Der Schrei war ein einziges Wort.

– Papa! rief sie, und der Mann öffnete die Arme und fing sie auf.

Kannst du dich an die Verwirrung und den Unglauben erinnern?

Du hörtest Tim neben dir erschrocken auflachen, während deine Blase nachgab und der Urin heiß an deinem Bein runterlief. Der

Mann hielt Kaja in seinem Arm und drückte sie an sich, dann ließ er sie wieder runter. Ihr habt für ihn nicht existiert, er hatte nur Augen für seine Tochter.

– Wo ist Frederick? fragte er.

Kaja senkte den Blick, sie schaute auf den Schnee und klopfte mit dem Ast gegen ihr rechtes Bein. Sie konnte ihrem Vater nicht in die Augen schauen.

– Kaja, wo ist Frederick? wiederholte er.

– Er … Er ist in eine der Fallen getreten.

– Das wird seinem Vater nicht gefallen. Hast du ihm geholfen?

– Er war schon tot, als ich ihn fand.

Ihr Vater sah zu euch rüber.

– Und die da?

Auch Kaja sah jetzt zu euch.

– Die leben noch, sagte sie.

Der Vater schüttelte bedauernd den Kopf.

– Ich bin enttäuscht, Kaja, deine Beute liegt seit gestern schutzlos im Schnee. Was geht nur in deinem Kopf vor?

Kaja sah zu den drei Schneehaufen.

– Ich kümmere mich sofort darum, versprochen.

– Was habe ich dir über die Beute beigebracht? wollte ihr Vater wissen.

– Laß dich nie auf die Beute ein.

– Richtig, laß dich nie auf die Beute ein, außer …

– … außer es bringt dir Nutzen, sprach Kaja für ihn zu Ende.

– Und?

– Es hat mir Nutzen gebracht.

Sie schaute zu dir. In dem Moment hast du begriffen, daß sie von dir sprach.

– Meine Beute hat mich zu den anderen geführt, sprach sie weiter,

Ich hatte den richtigen Köder.

Der Vater war zufrieden, er wuschelte Kaja einmal durch die Haare.

– Gutes Mädchen. Es ist eine Schande, was Fredrick passiert ist,
sein Vater wird das schwer verkraften, aber du hast auf jeden Fall
gute Arbeit geleistet. Ich bin sehr zufrieden mit dir. Geh jetzt und
kümmere dich erstmal um die beiden dort. Dann sehen wir weiter.

– Aber, Papa---

– Dann sehen wir weiter, unterbrach er sie.

Kaja schaute zu ihm auf, wieder schlug der Ast gegen ihr Bein, ihre
Stimme war zuckersüß.

– Kannst du sie denn nicht schnell erschießen?

Er sah sie nur an, dann schüttelte er den Kopf.

– Das ist nicht meine Aufgabe. Wer ist hier der Jäger?

– Ich, sagte Kaja leise.

– Richtig, du bist der Jäger.

– Aber …

Die nächsten Worte flüsterte sie, ihr Vater hielt nichts vom Flüstern.

– Was heißt, du hast dein Messer verloren? fragte er laut.

– Es … Es steckt noch in der Beute, log sie, denn das Messer lag
jetzt in deiner Hand, und das konnte sie schlecht ihrem Vater erzäh-
len. Ihre Worte ließen dich vor Wut erzittern. *Sie hat meinen Bruder
Beute genannt,* dachtest du und wolltest zu ihr laufen und ihr das
Messer in den Rücken rammen, damit sie wußte, wie es sich an-
fühlte, die Beute zu sein. Natürlich hast du nichts davon getan.
Deine Beine drückten dich fest in den Schnee, deine Wut hatte keine
Chance gegen diese Starre.

Kajas Vater griff sich an den Gürtel und zog sein Messer heraus.

– Hier. Aber ich will es nachher wiederhaben. Sauber.

Kaja nahm das Messer und sagte danke, dann drehte sie sich um
und schaute euch an. Du konntest sehen, wie erregt sie war – ihre

292

Zähne nagten an der Unterlippe, die Augen waren zu Schlitzen zusammengekniffen. Ihr Vater stand wie ein Berg hinter ihr.

– Zeig mir, was du gelernt hast, sagte er.

Kaja ließ den Stock fallen, wechselte das Messer in die rechte Hand und kam auf euch zu.

Etwas in deinem Kopf setzte aus. Du wußtest, was du gesehen und gehört hattest, aber dein Kopf wollte da nicht mitspielen: daß zwei der Kinder von Anfang an nicht zu euch gehört hatten, daß Kaja für die Toten verantwortlich war und deinen Bruder erstochen hat. Es ging nicht. Die Männer mußten die Jäger sein, alles andere ging nicht, da gab es eine Sperre in deinem Denken, du wolltest die Wahrheit nicht akzeptieren. Also hast du weiter wie erstarrt dagestanden, während Kaja durch den Schnee auf dich zustapfte.

Du konntest die Augen ihres Vaters auf dir spüren. Sein Blick machte dich zur Beute. Du wolltest auf die Knie sinken und aufgeben. Ein Ruck an deinem Arm riß dich nach hinten, so daß du beinahe gefallen wärst. Du bist herumgeschnellt, und da stand Tim und schrie dich an. Erst beim zweiten Mal hast du ihn verstanden.

– Lauf! Nun mach schon, lauf!

Da hast du dich von Tim mitziehen lassen. Er hielt deine Hand fest in seiner und lief in Richtung See. Dabei kam er genau so mühsam voran wie du. Mit den übergroßen Stiefeln im Schnee zu gehen war schwer genug, aber darin zu rennen war schier unmöglich. Du bist zweimal getaumelt, erst löste sich dein linker Stiefel und blieb im Schnee stecken, vier Schritte weiter hast du auch den rechten Stiefel verloren und warst barfuß. Es war besser, es war einfacher. Dann ist Tim gestolpert, und du hast ihm aufgeholfen und konntest sehen, wie ängstlich er war – ein dürrer Dreizehnjähriger, der nie in seinem Leben gedacht hatte, daß er vor einem Mädchen davonlaufen würde.

– Gib mir das Messer, zischte er.

– Was?!

Du hattest das Messer vollkommen vergessen. Du sahst es an, als hätte es sich durch einen magischen Trick in deiner Hand materialisiert.

– Gib es mir und lauf weiter!

– Aber wir müssen zusammenbleiben, wir---

– Lucia, unterbrach er dich, Gib mir das verkackte Messer und lauf weiter!

Für eine Sekunde warst du dir sicher, daß Tim auch einer von ihnen war, und sobald er das Messer in der Hand hielt, würde er es dir in den Bauch rammen.

Du hast ihm das Messer gereicht.

Er nahm es und schubste dich weg von sich, du solltest weiterlaufen, und so bist du ein paar Schritte von ihm weggetaumelt, ehe du wieder stehengeblieben bist.

– Tim …

Er hörte dich nicht. Er hatte dir den Rücken zugewandt und seine Arme waren ausgebreitet wie bei einem Torwart, der auf einen Elfmeter wartet. Das Messer in seiner Hand erinnerte an ein kurzes Schwert. Kaja ließ sich nicht davon beeindrucken. Sie wurde nicht einmal langsamer, sondern lief in Tim hinein, als wäre er gar nicht anwesend. Ihre linke Schulter traf ihn mit solcher Wucht, daß sich seine Füße vom Boden lösten und er auf dem Rücken im Schnee landete.

Für Sekunden waren beide in einer Wolke aus Pulverschnee verschwunden, dann sahst du Kaja auf Tim sitzen. Ihr Messer steckte bis zum Griff in Tims Brust. Seine Hände und Füße scharrten im Schnee, dann lag er still.

Kaja schaute zu dir auf, als wollte sie sichergehen, daß dir nicht

294

entgangen war, was sie eben getan hatte. Es wäre der richtige Moment gewesen, um sie anzugreifen. Mit all deiner Wut und Verzweiflung. Fünf Meter trennten euch, und du hast es nicht getan, denn du hattest keine Waffe und du warst noch schmächtiger als Tim. Kaja würde dich mit Leichtigkeit schlachten, auf den See rausschleifen und in dem Eisloch versenken.

– Lauf! ahmte sie Tims Stimme nach, während sie das Messer aus seiner Brust zig, Nun mach schon, lauf!

Sie gab dir eine Chance, sie spielte nach den Regeln.

Du warst die Beute, und die Beute hatte zu fliehen.

Also hast du dich umgedreht und bist auf den See rausgelaufen.

Hinter dir hörtest du die stampfenden Schritte von Kaja.

Dachtest du wirklich, du konntest ihr entkommen? Sie in ihren Stiefeln, du mit deinen bloßen Füßen? Wieviel Kraft hattest du noch in dir? Und was wolltest du tun, nachdem du den See überquert hattest? Wolltest du kreuz und quer durch den Wald rennen, bis sie aufgab? So eine wie Kaja gab nie auf. Ihr Vater zählte auf sie, Kaja wollte ihn stolz machen, das war ihr Motor.

Und deiner?

Du hast einfach nur reagiert. Dein Körper war durchflutet von Adrenalin, und du hattest das Gefühl, alles gleichzeitig zu sehen – den See, den Wald links, den Wald rechts, das andere Ufer, deine bloßen Füße im Schnee und dann auf dem Eis. Das Tapsen deiner Fußsohlen erinnerte dich an die Maus, die dein Bruder letzten Sommer im Ferienhaus entdeckt hatte. Er schwor, sie wäre in den Wänden. Ihr habt sie gehört, aber nie gesehen, und dann kam sie eines Morgens hinter einem der Regale hervorgeschossen, und deine Mutter hat sie mit einem Handtuch verfolgt.

Ich muß wie die Maus sein, sagtest du dir, *ich muß wie Jerry sein, wenn Tom ihn jagt.*

Deine Mutter hatte die Maus nicht gefangen, denn wenn Mäuse verfolgt werden, versuchen sie nicht, den Verfolger abzuhängen, sie suchen ein Schlupfloch, in dem sie sich verstecken können. Ratten machen es genauso. Aber wenn sie kein Schlupfloch finden, drehen sie sich um und kämpfen.

In diesem Moment wußtest du, was dein Motor war.

Du wolltest überleben.

Darum ging es.

Überleben um jeden Preis.

Auch wenn du dafür dein Leben riskieren mußtest.

Das Geräusch von Kajas Stiefeln auf dem Eis hinter dir war wie ein dumpfer Trommelschlag. Hier auf dem See würde sie aufholen, hier hinderte sie der Schnee nicht mehr.

Du hast aufgehört zu denken. Du wurdest zu einer Maus, du wurdest zu einer Ratte und bist mit den Füßen voran in das Eisloch gesprungen.

Der Schock war unglaublich. Dein Herz verkrampfte sich, der Atem blieb dir weg, es war, als würde das kalte Wasser durch jede deiner Poren dringen, ungehindert in deine Lungen fließen und dich einfrieren. Nichts ging mehr. Deine Sinne waren überflutet, und du bist wie ein Stein nach unten gesunken und gesunken, bis dich die Dunkelheit umgab und direkt über dir nur noch ein Lichtfenster zu sehen war.

Vier Meter fühlten sich an wie hundert.

Als deine Sinne mit einem schmerzhaften Brennen wiederkehrten, hast du den Grund unter deinen bloßen Füßen gespürt.

Und so hast du verharrt, mit dem Blick nach oben. Deine Haare umschwebten deinen Kopf und wollten zum Licht.

Die ersten dreißig Sekunden vergingen viel zu schnell.

Du hast gewartet und gespürt, wie schwer der Wollpullover an dir herunterhing. Die Jogginghose dagegen blähte sich um dich herum auf wie ein Ballon. Niemals wärst du damit schnell genug. Also hast du den Pullover ausgezogen, die Jogginghose glitt wie von allein herunter, und dabei hast du auch deine Schlafanzughose verloren. Plötzlich warst du wie befreit und trugst nur noch deinen Slip und dein T-Shirt.

Und so hast du gewartet.

Und die erste Minute endete und die zweite brach an.

Was mache ich, wenn sie nicht darauf hereinfällt?

Du kanntest die Antwort, du würdest sterben. Du würdest vom Grund aufsteigen, und sie würde dich erwarten, und das wäre dann dein Ende.

Und dann kam die Explosion.

Das Lichtfenster über dir zersplitterte in tausend Sonnen und die Explosion breitete sich als ein dumpfes *Wooom* unter Wasser aus. Kaja war dir gefolgt und in das Eisloch gesprungen, wie es sich für einen richtigen Jäger gehörte. Deine Falle war zugeschnappt. Natürlich hätte sie oben auf dich warten können, aber wie hätte das ihrem Vater gegenüber ausgesehen?

Du hast auf ihre Jagdlust gesetzt und gewonnen.

Du sahst, wie sie einen halben Meter sank und dann unter dem Eis nach dir suchte. Keinen Moment lang dachte sie daran, auf den Grund zu schauen. Sie hätte dich auch nicht gesehen. Du warst ein Teil der Dunkelheit, und du brauchtest ganz dringend Sauerstoff.

So bist du in die Knie gegangen.

So hast du dich vom Grund abgestoßen.

Dein Plan war gut. Es gab keinen anderen Weg. An Land hätte dich
Kaja einfach niedergestochen, hier unter Wasser würde sie es schwe-
rer haben. Der Vorteil war auf deiner Seite. Außerdem rechnete sie
nicht mit dir. Deine Beine arbeiteten, deine Hände schoben das Wasser kraftvoll beiseite, du bist wie ein Torpedo aus der Tiefe hochge-
schossen.

Kaja mußte gespürt haben, daß etwas nicht stimmte. Sie verharrte
auf der Stelle und schaute sich um und schaute sich um und sah dich
nicht kommen. Dein Kopf bohrte sich in ihren Magen, deine Wucht
hat sie angehoben, so daß sie mit dem Rücken gegen die Eisdecke
knallte. Sofort begann Kaja, um sich zu schlagen, die vollgesogene
Kleidung und das Wasser machten ihre Bewegungen träge, ihr Messer zog einen silbernen Bogen an deinem Gesicht vorbei. Du hast
nicht daran gedacht, gegen sie zu kämpfen. Du hast sie von dir geschoben und warst mit zwei Schwimmzügen am Eisloch und hast
den Kopf rausgestreckt und gierig nach Luft geschnappt, dann krallte
sich Kajas Hand auch schon in dein T-Shirt und zog dich wieder
unter Wasser. Ihr wart euch so nahe, daß du in dem trüben Licht die
aufgebissene Stelle auf ihrer Unterlippe sehen konntest. Ihr Augen
glühten vor Zorn, sie hielt dich am T-Shirt fest, und ihr Messer
schnitt wieder durchs Wasser, aber all das geschah wie im Zeitraffer
und machte dir keine Angst. Du hast ihren Arm abgewehrt und sie
am Kinn gepackt, du hast ihren Kopf nach oben gedrückt, so daß er
gegen das Eis schlug. Einmal, zweimal. Kaja verdrehte die Augen, das
wenige, was sie noch an Luft hatte, schoß ihr aus Nase und Mund.
Endlich ließ sie dich los. Deine Beine kamen hoch, und mit den
Füßen hast du sie von dir gestoßen. Sie stach nach dir, das Messer
schnitt in dein Knie, aber du bist nicht weggeschwommen, denn was
auch geschah, du durftest Kaja nicht nach Luft schnappen lassen. Ein
Schatten bewegte sich von der Seite her auf dich zu, du bist erschrok-

ken weggezuckt, es war die Leiche eines der Jungen, die unter der Eisfläche trieb. Kaja griff erneut an, und du hast den Jungen am Arm gepackt und wie ein Schutzschild vor dich geschoben. Das Messer versank in seiner Schulter. Als Kaja es rausziehen wollte, rutschten ihre Finger ab und das Messer blieb in dem Jungen stecken.

Und wieder bist du aufgetaucht.

Und wieder hast du nach Luft geschnappt, um sofort unterzutauchen.

Kaja kam dir entgegen. Sie griff dich nicht mehr an, das Verlangen nach Sauerstoff war zu stark, sie wollte an dir vorbei, nur noch ein Schwimmzug, und sie hätte es geschafft.

Es war so einfach, deine Arme um sie zu schließen. Es war wie in dem hohlen Baum, es war wie auf dem Lager aus Tannenästen, bevor Kaja deinen Bruder erstochen hat. Eine feste Umarmung mehr oder weniger. Kaja wehrte sich einen kurzen Moment lang, dann gab sie auf. Ihr Kopf preßte sich an deine Schulter, ihre Brust war an deiner Brust, die Arme sanken herab. Aber du hast nicht darauf vertraut. Du hast sie an dich gedrückt und erst losgelassen, als ihr Körper in deiner Umarmung schlaff wurde.

Kajas Leiche stieg langsam auf und schlug mit einem sanften Tock gegen die Eisdecke. Ihr Gesicht schwebte über dir wie ein fahler Mond, dann kam die Strömung und zog sie weg von dir.

Wie lange hast du dich danach am Eisrand ausgeruht, weil dir die Kraft fehlte, aus dem Wasser zu steigen? Dein Kopf ruhte auf deinen Oberarmen, deine Knie bluteten, und du warst furchtbar erschöpft. Deine Lippen hatten sich lila verfärbt, das Haar lag gefroren und schwer auf deinen Schultern. Du mußtest aus dem See raus, auch wenn sich das Wasser im Moment angenehm anfühlte, mußtest du raus, denn bald schon würden deine Arme müde werden, und dann würdest du dir den Platz unter dem Eis mit Kaja und den anderen Kindern teilen.

Du hast dich mühevoll rausgezogen und konntest nichts anderes mehr tun, als auf dem Eis liegen zu bleiben. Du wolltest eine kleine Ewigkeit schlafen und dich nicht mehr bewegen.

So fanden sie dich, so holten sie dich.

SIE

SIE

Sie sind nicht die, für die man sie hält. Jeder von ihnen hat als Kind in diesem Loch gesessen, jeder von ihnen hat sich bewiesen und von der Unsterblichkeit gekostet. Natürlich wissen sie, daß sie sterblich sind. Aber mit der ersten Jagd wird der Hunger auf das Leben geweckt; und mit dem ersten Tod kosten sie von der Unsterblichkeit. Ein Bissen, und der Geschmack weicht nicht mehr und läßt einen Hunger zurück, den nichts stillen kann. Über Leben und Tod zu bestimmen macht sie göttlich. Götter fürchten den Tod nicht. Sie hungern und dürsten nach dem Leben, denn das Leben ist die Essenz ihres Daseins. Ein Gott, der kein Leben nimmt oder dem kein Leben geopfert wird, ist wie eine Flamme, die sich von nichts ernährt – sie verlöscht, wird unbedeutend und verliert ihr Recht zu existieren.

Ihre Aufgabe ist es, diese Flamme weiterzureichen.

Die Jagd nahm ihren Anfang in Schlesien an der Grenze zum russischen Kaiserreich. Das Dorf bestand aus acht Höfen. Die Bewohner waren Jäger und Bauern, sie lebten vom Land und waren eine kleine Gemeinschaft, die für sich blieb. Im Herbst 1915 wurde das Dorf während der Schlacht in den Karpaten von der durchreisenden preußischen Infanterie mehrmals geplündert. Die Bewohner haben in dieser Zeit gelernt, Fremden wie Einheimischen zu mißtrauen; und als das Land in den darauffolgenden zwei Jahren von Mißernten und einem strengen Winter geplagt wurde, war es der Zusammenhalt dieser Gemeinschaft, der sie die harten Zeiten überleben ließ – es war nicht der Wille des Einzelnen.

Im Februar 1917 erreichte die Hungersnot ihren Höhepunkt, und das Dorf wehrte sich fast täglich gegen Diebe, die in Gruppen über das Land zogen und die Höfe ausraubten. Die Menschen in den Städten waren am Verhungern, der Erste Weltkrieg schien kein Ende zu nehmen. Bauern wurden vom Feld an die Front geholt, und die Frauen mußten die Höfe alleine führen. Aber nicht in diesem Dorf. Die Männer weigerten sich zu gehen und scheuten sich nicht, die Gewehre zur Hand zu nehmen, um ihre Gemeinschaft zu verteidigen.

Inmitten des strengen Winters kam die Meldung, daß russische Soldaten in die Dörfer entlang der Grenze einfallen würden. Sie stahlen aber nicht nur Lebensmittel, sie verschleppten auch die Kinder. Es wurde gemunkelt, der Teufel persönlich wäre ihr Anführer, und seine Schergen würden die Kinder bei lebendigem Leib über einem Feuer rösten und dann fressen.

Natürlich wußten die Bewohner des Dorfes, daß es viele solcher Gerüchte gab. Der Krieg spann seine eigenen düsteren Geschichten, denn die Furcht war ein fruchtbares Feld für das Mißtrauen und die Angst. Als dann aber eine zehn Kilometer entfernte Siedlung den russischen Soldaten zum Opfer fiel, beschlossen die Bewohner des Dorfes etwas zu unternehmen.

Sie schickten ihre Kinder in die Wälder. Sie bewaffneten sie mit Messern und nahmen ihnen das Versprechen ab, sich im Wald zu verbergen und erst dann zurückzukehren, wenn die Dorfglocke am Morgen zehnmal angeschlagen wurde.

Acht Jungen und drei Mädchen verließen Ende Februar das Dorf, danach wurde die Türen und Fenster geschlossen. Eine ganze Woche lang lag eine gespenstische Ruhe über dem Dorf. Nur das Weinen der Säuglinge war tagsüber zu hören. Niemand spielte draußen, die einzige Straße war leergefegt, und der Ort wirkte, als wäre er einen lautlosen Tod gestorben.

Am achten Tag kamen die Soldaten.

Sie waren eine Gruppe von zwanzig bewaffneten Männern, die in das Dorf einritten und den Gestank von Tod und Feuer mit sich brachten. Die Mütter bekreuzigten sich, die Väter standen wie ein Wall Schulter an Schulter auf der Straße und versperrten den Soldaten den Weg. Sie hielten Gewehre in den Händen und waren bereit, für ihre Familien zu sterben. Der Großteil ihrer Vorräte war unter dem Schnee vergraben, aber die Soldaten waren nicht wegen der Vorräte gekommen. Ein hagerer Mann trat vor und fragte, wo die Kinder seien. Die Väter hoben die Schultern und sagten, mehr Kinder als die Anwesenden würde es nicht geben. Der älteste Junge war siebzehn, das jüngste Kind zwei Jahre alt. Der hagere Mann gab ein Zeichen, und einer der Soldaten richtete sein Gewehr auf eine der Mütter.

Der hagere Mann wiederholte seine Frage.

Die Väter gaben ihm dieselbe Antwort.

Der Schuß hallte durch das Tal. Für einen Moment standen die Bewohner reglos da, während die Mutter in den Schnee fiel und auf der Stelle verstarb. Dann brach ein Feuergefecht aus.

Die Väter waren ausgezeichnete Jäger, aber das hier war keine Jagd, das hier war ein Gemetzel, denn sie waren dem Angriff zahlenmäßig weit unterlegen. Sieben der Soldaten fielen und zwei wurden verwundet. Wären die Väter allein gewesen, hätten sie vielleicht eine Chance gehabt, so aber gingen sie nicht in Deckung, sondern stellten sich vor ihre Familien und unterlagen dem Ansturm der Soldaten, die sie mit den Pferden niederritten. Nach zehn Minuten gab es bis auf eine

Mutter keine lebende Seele mehr in dem Dorf. Sie hatte während des Angriffs zusammengekauert im Schnee gesessen und ihren Säugling so fest an ihre Brust gedrückt, daß er dabei erstickt war. Die Mutter hielt der Befragung der Soldaten nicht lange stand. Sie war es, die die Kinder verriet.

Die Soldaten ritten in den Wald und dachten, sie würden ein leichtes Spiel haben. Sie konnten nicht wissen, daß die elf Kinder das Sterben ihres Dorfes aus dem Schutz der Bäume heraus beobachtet hatten. Sie konnten auch nicht wissen, daß diese Kinder von klein auf darauf vorbereitet wurden, jedem Feind zu trotzen. Ob Wildschwein oder Wolf, ob Bär oder Mensch.

Keiner der Soldaten verließ den Wald wieder. Sie stürzten mit ihren Pferden in Fallen, Schlingen legten sich um ihre Hälse, zugespitzte Äste durchbohrten sie. Der Wald war den Kindern vertraut, und der Schnee war wie eine zweite Haut, die sie verbarg und schützte. Aber sie waren eben nur Kinder, und so ließen auch einige von ihnen ihr Leben im Kampf gegen die Soldaten.

Von den elf Kindern überlebten nur vier Jungen.

Sie waren es, die sich um die Toten kümmerten, sie waren es, die die Soldaten im See versenkten wie Beute, für die man keine Verwendung hatte. Danach legten sie die Leichen der Kinder über die Pferde und kehrten ins Dorf zurück. Alle vier waren sie blutbefleckt, und ihre Gesichter erinnerten an einen blanken Winterhimmel, der schon seit einer Weile keine Sonne mehr gesehen hat.

Der älteste Junge war vierzehn, der jüngste elf.

Sie sammelten die Toten von der Straße auf und brachten sie in die Häuser, sie wuschen und kleideten sie an, legten jeden in sein Bett, und als das getan war, schlossen sie die Türen und zündeten das Dorf an. Sie wandten den Flammen den Rücken und gingen.

Alle vier faßten den Beschluß, sich nie wieder zu fürchten.

Alle vier faßten den Beschluß, daß ihre Kinder stärker sein mußten als ihre eigenen Eltern. Stark und auf alles vorbereitet und ohne Angst. Nie wieder wollten sie sich ducken, nie wieder wollten sie die Schwächeren sein.

Neun Jahre später waren die vier Überlebenden zu Männern herangewachsen. Sie hatten während dieser Zeit eine neue Gemeinschaft gegründet, und ein Dorf war daraus entstanden. Ein jeder von ihnen hatte Kinder, ein jeder von ihnen wußte, was er von seinen Kindern zu erwarten hatte. Als dann die Weimarer Republik auseinanderbrach, beschlossen sie, daß es an der Zeit war, ihre Familien zu schützen. Ihnen sollte nicht dasselbe widerfahren wie ihren eigenen Eltern. Die Kinder mußten vorbereitet sein. Ein neuer Krieg stand bevor.

In einem entlegenen Waldstück bauten sie die Hütte.

Die erste Jagd fand 1934 statt.

Drei ihrer Kinder wurden in diesem Sommer zur Jagd erzogen. Die Beute war damals viel leichter zu finden. Am Anfang lasen sie Kinder von den Straßen auf. Doch das genügte ihnen bald nicht. Sie brauchten bessere, klügere Beute, die eine Herausforderung für ihre eigenen Kinder darstellte. Die Beute mußte gesund und dem Jäger ebenbürtig sein. Sie stellten dabei nie ihre Moral in Frage. Es ging um ihre Kinder, es ging um die Zukunft der Gemeinschaft, Moral hatte in dieser Gleichung keinen Platz.

Die Regeln sind bis heute gültig: Nicht mehr als vier ihrer eigenen Kinder dürfen an der Jagd teilnehmen, zwei ist das Minimum. Das Alter der Jäger schwankt zwischen zehn und dreizehn Jahren. Die Beute sollte im selben Alter sein. Es gilt, die Beute zu täuschen, sie zu jagen und zu erlegen. Es gilt, die Furcht vor dem Töten abzulegen und als der Stärkere hervorzugehen. Viele der Kinder müssen dabei zwei- oder dreimal in das Loch. Nicht alle sind sofort so erfolgreich, wie es sich ihre Eltern wünschen. Während der Jagd endet ihre Kindheit. Nach der Jagd sind sie die Erben einer Tradition, die ihnen einen Splitter der Unsterblichkeit in die Hände gelegt hat – sie allein sind verantwortlich für Leben und Tod. Sie allein tragen die Flamme weiter.

Die Auswahl der Beute wird ein ganzes Jahr über vorbereitet. Der Respekt vor der Tradition ist groß und läßt Gemeinschaft wachsen. Sie haben sich über die Jahrzehnte auf ganz Deutschland verteilt, drei weitere Dörfer sind entstanden. Die Erfolge sprechen für ihre Erziehung, die mit dem vierzehnten Lebensjahr endet. Dann sind sie bereit und mischen sich unter die Menschen. Sie lächeln und reden und werden für ihre Fähigkeiten mit Erfolg belohnt. Sie begreifen die Welt anders, denn sie sind Jäger, die als Menschen verkleidet durch die Straßen laufen. Nichts und niemand kann sich ihnen in den Weg stellen, denn sie sind auf alles vorbereitet. Sie arbeiten in Führungspositionen und wahren immer ihre Disziplin. Sie gehen ihren Weg, und dieser Weg ist von Erfolg gekrönt. Auf diese Weise erreichen sie Ziele, von denen ihre Eltern nicht einmal geträumt hätten.

Keiner von ihnen geht nach der Erziehung erneut auf die Jagd. Die Väter besorgen die Beute, das Töten ist allein den Kindern überlassen und endet mit dem Tag, an dem sie als Sieger aus der Jagd hervorgehen. Und kein Gott und keine abstruse Religion sind dafür verantwortlich. Sie allein tragen die Verantwortung, denn sie wissen, sie tun es für die Gemeinschaft. Und natürlich wollen sie ihre Väter stolz machen. Das ist es, worum es ihnen geht.

Natürlich gab es auch Mißerfolge. Hier und da mußte ein Vater eingreifen und die Jagd beenden, weil die eigenen Kinder sich in Gefahr befanden oder versagten. Einmal wäre es einer Beute beinahe gelungen zu entkommen. Sie hatte es bis zum Zaun geschafft und die Straße erreicht. Aber das war die Ausnahme.

Und dann kam Lucia.

Sie reden viel über dieses Mädchen. Es ist ihnen ein Rätsel, wie sie ihnen entkommen konnte. Sie wissen, sie hätten sie sterben lassen müssen. Aber das war gegen ihren Kodex. Lucia hatte sich nicht nur ihren Respekt verdient, sie war als Jägerin hervorgegangen.

Sie ziehen eine klare Linie zwischen denen, die leben dürfen, und denen, die sterben müssen. Es sind diese Regeln, die ihre Existenz ermöglicht haben.

Mit Gnade darf man ihnen nicht kommen.

Gnade bedeutet Schwäche, und Schwäche bedeutet den Tod.

DU

DU

Nach acht Tagen hast du die Augen wieder geöffnet. Dein Körper war ausgemergelt, und als du dich aufsetzen wolltest, wurde dir schwindelig und der Schweiß brach dir am ganzen Körper aus. Sie hatten dich mit Antibiotika und Vitaminen am Leben erhalten. Eine Lungenentzündung lag hinter dir, ein hohes Fieber war geblieben, das dich immer wieder mit Krämpfen schüttelte. In deinen Träumen hast du versucht, deinen Bruder zu retten. Und immer starb er. Und immer wieder begann der Traum von neuem. Kajas Tod dagegen plagte dein Gewissen überhaupt nicht. Ihr Sterben war eine Notwendigkeit. Entweder sie oder du. Es gab kein Dazwischen.

Sie hatten dich in einem kleinen Zimmer untergebracht, durch ein Fenster schien trübes Morgenlicht, und in einer Ecke stand ein Ofen. Du sahst das Feuer, die Wärme reichte bis an dein Bett heran. Du hast einmal tief durchgeatmet und bist wieder eingeschlafen.

Das nächste Mal wurdest du von Stimmen geweckt. Draußen war es dunkel, du lagst auf dem Rücken und starrtest an die Decke, die nur von der Glut im Ofen beleuchtet wurde. Die Stimmen kamen aus dem Nebenzimmer und klangen in deinem Fieber unangenehm nahe, als würden die Männer direkt in dein Ohr sprechen.

– Wieso habt ihr uns nicht vorher gerufen?

– Wir wollten das selbst klären.

– Ihr sitzt seit einer Woche hier draußen und hattet vor, das selbst zu klären?!

– Es war kompliziert. Natürlich wollten wir sie beide tot sehen. Sie hat Kaja unters Eis gelockt, sie hat mein kleines Mädchen ausgetrickst. Aber dann ...

Die Stimme verstummt für einen Moment.

– ... dann habe ich sie in einem anderen Licht gesehen.

– In was für einem Licht?

– Ich empfand Respekt für sie. Sie hat sich behauptet, und sie hat überlebt. Ich erkenne eine Jägerin, wenn ich sie sehe. Dieses Mädchen ist keine Beute. Deswegen haben wir ihr geholfen und sie gepflegt. Wir fanden, daß sie diese Hilfe verdient. Sie ist die einzige Überlebende, die es---

– Es reicht, ich muß nicht mehr hören. Ihr bringt da was durcheinander: Das Mädchen ist deswegen die einzige Überlebende, weil eure Kinder versagt haben.

Eine dritte Stimme meldete sich.

– Es hätte auch deinem Sohn passieren können.

– Nein, mein Sohn hätte nie den Fehler begangen, in eine alberne Kaninchenfalle zu treten. Verdammt, wieso hatte Frederick kein Messer bei sich?

– Es ist ihm aus der Hose gerutscht, als er verkehrt herum am Baum hing. Es war ein Unfall.

– Nein, das ist kein Unfall, das ist Dummheit.

Schweigen, ein Stuhl wurde verschoben, jemand hustete. Die dritte Stimme sprach weiter.

– Frederick war mein Sohn und ich alleine trage die Verantwortung. Ich hätte ihn besser vorbereiten sollen, ich wußte, daß er zu jung war. Der Fehler liegt allein bei mir.

– Elf ist nicht zu jung, und du hast ihn richtig vorbereitet. Dein eigener Großvater war bei seiner Jagd zehn Jahre alt, hast du das vergessen? Und du? Was ist deine Entschuldigung? Dieses Mädchen tötet deine Tochter, und du pflegst sie aus Respekt gesund? Und was willst du jetzt mit ihr machen? Wir können sie nicht am Leben lassen, denn sie ist kein Ersatz für Kaja, und sie ist auch kein Ersatz für Frederick. Sie ist Beute und wird nie ein Jäger sein, denn sie bleibt Beute, bis sie erlegt ist. Möchte mir einer von euch widersprechen? Gut. Ihr habt eine Menge verlernt seit eurer letzten Jagd. Gnade ist für einen Jäger gleichbedeutend mit Schwäche. Und Schwäche bedeutet den Tod.

Diese Worte waren dein Urteil. Wem auch immer diese Stimme gehörte, er würde nie Respekt für dich empfinden. Für ihn warst du weiterhin die Beute, und die Beute hatte zu sterben.

– Es ist jetzt kurz nach zehn, sprach die Stimme weiter, Die Jagd ist offiziell beendet. Laßt uns das Lager hier abbrechen. Aber erstmal …

Stille. Du stelltest dir vor, wie sie alle zur Tür schauten. Es wäre ein guter Moment gewesen, sich in Nichts aufzulösen. Es wäre auch ein guter Moment gewesen, in deinem eigenen Bett zu erwachen und von deinem Bruder genervt zu werden.

Nichts davon geschah.

Die Stimmen sprachen weiter, sie waren jetzt gedämpft, als würden sie ahnen, daß du sie hören konntest. Sie redeten über dich, und niemand sollte sie dabei belauschen.

Als sie das Zimmer betraten, war dein Schicksal besiegelt. Es half nichts, daß zwei von ihnen Respekt vor dir hatten. Sie kamen, um dich zu holen. Keine Gnade hieß keine Gnade.

Wie gerne hättest du ihre erstaunten Gesichter gesehen.

Vier Männer in einem kleinen Zimmer. Wie sie geschaut haben und dann in Panik ausbrachen, als sie das leere Bett sahen. Vielleicht blieben sie aber auch ganz ruhig, und einer zeigte auf das offene Fenster und lachte, weil du ohnehin keine Chance hattest. Sie schätzten deine Courage und waren erstaunt über deine Dummheit.

Was auch immer wirklich geschah, du bekamst es nicht mit, denn die Jagd war ein zweites Mal eröffnet, und wieder warst du die Beute.

Du trugst dein T-Shirt, einen Slip und ein Paar Socken. Über dem Stuhl lag eine Wolldecke, und im Schrank befand sich kein einziges Kleidungsstück. Alles sprach gegen eine Flucht, nur das Wetter war auf deiner Seite. Du bist in den dichten Schneefall eingetaucht wie ein Tropfen ins Meer.

Sie suchten bis zum Morgen die Umgebung ab und fanden dich nicht. Um den Mittag herum setzten sich zwei von ihnen in ihre Autos und fuhren am Zaun entlang. Du warst wie vom Erdboden verschwunden. Frustriert kehrten sie in die Hütte zurück und begannen aufzuräumen. Auf dem See hackten sie an mehreren Stellen das Eis auf, zogen die Leichen aus dem Wasser und brachten sie in den Erdkeller, der gut verborgen hinter der Hütte lag. Zu dem Zeitpunkt war dein Fieber wieder mit ganzer Kraft ausgebrochen, und dein Körper wurde abwechselnd von Hitzewellen und Krämpfen durchgeschüttelt. Du warst durchgefroren, und deine Zähne schlugen so fest aufeinander, daß dein Kiefer schmerzte. Du hast dir die Hände auf den Mund gedrückt, damit kein Geräusch zu hören war. Die Decke half, aber sie reichte nicht aus, um deine Körperwärme zu halten. Du warst weit entfernt davon, gesund zu sein, und hättest noch mindestens eine Woche im Bett bleiben müssen. Aber du hast dich nicht gerührt, du bist von einem Fiebertraum in den nächsten getaumelt.

Und warst geduldig und hast gewartet.

Noch zweimal zogen die Männer los und suchten dich. Erst am Abend gaben sie auf. Sie wußten, sie hatten ein Problem, setzten aber darauf, daß du längst irgendwo im Wald erfroren warst.

Deine Überlebenschancen waren durchweg schlecht.

Sie schlossen die Hütte ab, gingen zu ihren Fahrzeugen und machten sich auf den Heimweg.

Vier Autos und vier verschiedene Richtungen.

Und du warst die Geduld in Person.

Einer der Männer hielt nach mehreren Stunden Fahrt an einer Tankstelle, und erst als du das Klacken des Zapfhahn hörtest, erst als sich die Schritte vom Wagen entfernten, hast du dich aus dem hinteren Fußraum entfaltet wie ein zusammengepreßtes Origami und bist ausgestiegen.

Vorsichtig.

Es war Nacht, und die Geräusche von der Autobahn klangen wie ein träges Meeresrauschen. An der Tankstelle stand nur der Wagen, aus dem du ausgestiegen bist. Du konntest Kajas Vater an der Kasse sehen. Er sprach mit dem Kassierer, keiner von beiden schaute nach draußen, wo du mit einer Decke um deine Schultern und nackten Beine hinter der Zapfsäule standest.

Du bist an den LKWs und Sattelzügen vorbeigerannt, die wie schlafende Dinosaurier in den Parkbuchten standen. An der Tankstellenausfahrt hast du dich hinter den Büschen versteckt und abgewartet, bis Kajas Vater an dir vorbeifuhr. Für einen Moment hast du sein

Gesicht im fahlen Licht der Armaturen gesehen, dann war er weg.

Fünf Minuten, zehn Minuten.

Du hast hinter Büschen gehockt und es nicht gewagt, dich von der Stelle zu rühren, als könnte Kajas Vater den Rückwärtsgang einlegen und zurückkommen. Wahrscheinlich wäre es klug gewesen, zur Tankstelle zu laufen und dort um Hilfe zu bitten. Du hast es nicht getan, weil dein Vertrauen vollkommen zerstört war. In deinem Fieberwahn sahst du den Tankstellenwart, wie er zum Telefon griff und die Männer rief. Und dann würde alles von vorne beginnen. Nein, es gab für dich nur das Voran. So hast du dich auf den Weg gemacht. Du bist mit dem Wind und dem Schnee gelaufen und wolltest erst stehenbleiben, wenn du zu Hause warst.

Irgendwann rutschten dir die nassen Socken von den Füßen und blieben im Schnee und Eis kleben, ohne daß du es mitbekommen hast. Irgendwann verschwanden alle Geräusche um dich herum, und du warst nur noch eine atmende Maschine, die sich selbst verbrannte und dabei einen Fuß vor den anderen setzte, ohne nach links oder rechts zu schauen. Du erinnerst dich nicht, wann der Wind dir die Decke wegriß, denn da waren schon seit einer Weile kein Kältegefühl, keine Furcht und keine Gedanken mehr. In diesen einsamen Stunden wurdest du deiner Identität beraubt. Was mit der Entführung begonnen hatte, fand mit diesem Marsch entlang der Autobahn sein Ende. Du bist wieder in eine Starre verfallen und hast aufgehört zu sein. Daran änderte auch der Polizeiwagen nichts, der vor dir hielt. Erst als die Polizistin ihre Arme um dich schloß, bekam deine Starre feine Risse, und dein Körper reagierte auf die erneute Gefangenschaft. Deine Zähne schnappten zu und bohrten sich in die Jacke. Dein Verstand hatte damit nichts zu tun. Es war der reine Instinkt, der dich ums Überleben kämpfen ließ.

ICH

ICH

Meinen letzten Besuch bei dir machte ich am Nikolaustag. Ich dachte ernsthaft, ich wüßte, was geschehen war, nachdem dich Mareike Fischer von der Straße aufgesammelt hatte – du warst zerbrochen, du warst nicht mehr das Mädchen, das sie kannten.

Keiner verstand, was mit dir los war.

Und dann kam ich und drückte dir ein Messer in die Hand.

Bis zu dem Tag dachte ich ernsthaft, ich wüßte jetzt alles über dich. Ich habe keine Ahnung, wie ich mich nur so täuschen konnte.

Mein letzter Besuch gab den Ausschlag für mich, ein anderer Mensch zu werden.

Er war die Geburtsstunde von Mika Stellar.

Du hattest noch eine Erinnerung für mich.

Am frühen Morgen des 6. Dezember fuhr ich zu dir. Ich hatte schlecht geschlafen und sehnte mich nach dieser Stille, die dich wie ein Kokon umgab.

Dein Zimmer, dein Stuhl, du.

Hätte ich gewußt, daß es das letzte Mal ist, daß wir uns sprechen, hätte ich dir dann mehr Fragen gestellt? Und hätte ich gewußt, was ich heute weiß, dann hätte ich dich mitgenommen und vor der Realität versteckt. Ich hätte dir ein Zimmer in meinem Haus eingerichtet und dir eine neue Identität besorgt. Ich bin mir sicher, ich hätte all das getan.

Ich saß dir gegenüber und verstand nichts. Nicht den Sinn hinter den Entführungen, nicht das Loch, in dem sie euch gefangen hielten, und nicht die Jagd. Wer tat sowas mit seinen eigenen Kindern? Wer nahm sie gefangen und ließ sie dann Jagd auf Gleichaltrige machen? Um was ging es diesen Männern? Ich wußte, auch du hattest darauf keine Antworten. Die Antworten mußte ich mir woanders herholen. Von dir aber wollte ich etwas ganz Bestimmtes wissen.

– Warum hast du sechs Jahre nicht gesprochen? fragte ich.

– Sie haben es verlangt, sagtest du.

Ich sah dich nur an, ich kramte in meiner Erinnerung. Wo genau hatte ich verpaßt, daß sie das von dir verlangt hatten?

– Wann haben sie das verlangt? fragte ich.

– Als sie im Krankenhaus waren.

Es war wie ein Schlag in mein Gesicht.

– Sie waren *im* Krankenhaus?!

Du hast genickt.

– Aber wann?

– Am Morgen, nachdem mich die Polizistin gefunden hat.

– Aber …

Ich glaubte es noch immer nicht.

– Sie waren *im* Krankenhaus?! Wie ist das möglich?

Du hast die Schultern gehoben, was solltest du mir darauf auch antworten. Dann hast du wieder aus dem Fenster in das Schneetreiben geschaut, als wüßte der Schnee alle Antworten.

– Sie sind immer da draußen, hast du gesagt, Und sie werden wiederkommen. Sie haben es mir versprochen.

DU

DU

Du bist im Morgengrauen erwacht. Das Fieber hatte sich ausgebrannt, und die Beruhigungsmittel gaben dir das Gefühl, schwerelos zu sein. Es war deine erste Nacht in Freiheit, du lagst in dem Krankenhausbett auf der Seite, und Kajas Vater hockte vor deinem Bett und sah dich an. Eure Gesichter waren auf einer Höhe. Dreißig Zentimeter trennten euch. Er hatte keine Waffe in der Hand, seine Augen waren seine Waffe.

– Da bist du ja, sagte er leise.

Du hast es nicht einmal gewagt zu blinzeln, dein Körper reagierte in vertrauter Panik, und Urin lief über deinen Oberschenkel auf die Matratze.

– Ich erklär dir jetzt, wie es weitergeht, sprach er, All deine kleinen Geheimnisse, alles was du weißt, alles, was du glaubst zu wissen, wird ab jetzt für immer in deinem Kopf eingeschlossen bleiben. Erinnerst du dich, wie ich dich gewarnt habe? Ich habe gesagt, sei uns eine gute Beute und wir lassen deinen Bruder gehen. Und was hast du getan? Du warst keine gute Beute, du hast dich zur Jägerin gemacht, und deswegen ist dein Bruder gestorben. Erinnerst du dich?

Natürlich hast du dich erinnert, aber du konntest nicht reagieren, du hast ihn nur angestarrt und nicht begriffen, daß er auf eine Antwort wartete. Erst als er seine Frage wiederholte, hast du genickt. Ja, du hattest das nicht vergessen.

– Nicht weinen, sagte er. Du bist doch ein starkes Mädchen, nicht weinen. Es ist sehr wichtig, daß du dich an meine Worte erinnerst. Denn tot ist tot, und das gilt für immer. Da gibt es kein Zurück, verstehst du? Gut.

Er wischt mit dem Daumen eine Träne von deiner Wange.

– Kannst du dir vorstellen, wie leicht es gewesen ist, dich zu finden? Eine Stunde nachdem dich die Polizei von der Autobahn aufgelesen hatte, wußten wir, in welchem Krankenhaus du bist. Ich könnte dich jetzt mitnehmen, und niemand würde was dagegen tun. Ich könnte aber auch das Kissen nehmen und dich damit ersticken. Niemand würde dich retten kommen. Es wäre das Klügste, es wäre aber nicht gerecht. Wir halten eine Menge von Gerechtigkeit. Du hast dir deine Freiheit verdient, Lucia. Seit achtzig Jahren ist uns keine Beute entkommen. Verstehst du, was für eine Ausnahme du bist? Sowas wie dich hat es noch nie gegeben. Du hast sogar meine Tochter überlistet, und das war bestimmt nicht einfach.

Er machte eine Pause und senkte den Blick. Du warst dir sicher, daß er an Kaja dachte.

– Ich habe drei Kinder, sprach er weiter und sah wieder auf, Kaja war die Älteste und ausgesprochen begabt. Es war ihr zweites Jahr in der Hütte, und du hast sie in eine Falle gelockt. Ich zolle dir Respekt dafür und wünschte, du wärst meine Tochter, aber natürlich geht das nicht, ich bin ja nicht verrückt.

Plötzlich lächelte er entschuldigend, und du konntest dir vorstellen, wie er als Vater war. Ernst, aber liebevoll; aufmerksam, aber streng.

– Wenn deine Eltern wüßten, was du getan hast, wären sie stolz auf dich. Laß dir das gesagt sein. Du hast die Seele einer Jägerin,

Lucia, aber das wird dir nichts nützen, weil diese Seele ab heute auf Eis liegt.

Er bemerkte nicht, was für eine makabre Anspielung er gemacht hatte. Du warst sofort wieder auf dem Grund des Sees und sahst über dir das Loch im Eis, das dich an einen verlöschenden Mond erinnerte, und dann kam dieser lange Moment, in dem du darauf wartetest, daß Kaja dir in die Falle ging.

– Wir haben lange darüber diskutiert, sprach Kajas Vater weiter und holte dich mit seinen Worten wieder ins Krankenhauszimmer zurück, Wir sind uns einig geworden, daß du dir das Recht erkämpft hast zu leben. Aber es wird ein sehr einfaches Leben sein, denn wir werden dir sagen, wie du zu leben hast. Das ist der Haken an der ganzen Sache. Wir lassen dich atmen, Lucia, wir lassen dein Herz weiterschlagen, aber mehr bekommst du nicht. Natürlich kannst du das alles jederzeit beenden.

Er machte eine Geste zum Fenster.

– Spring raus, schneid dir die Pulsadern auf, schluck eine Handvoll Scherben.

Er schüttelte den Kopf.

– Aber nein, das würdest du nie tun, oder? Nicht du. Hör jetzt gut zu, denn so sind die Regeln: Von heute an bist du stumm und taub. Du wirst niemandem erzählen, was du erlebt hast, kein einziges Wort wird über deine Lippen kommen, denn das Leben, wie du es kanntest, ist von diesem Moment an vorbei, und dein neues Leben findet nur noch in deinem Kopf statt.

Er tippte dir gegen die Stirn, es war fast, als würde er deine Gedanken lesen.

– Du fragst dich, was wäre, wenn du schon gesprochen hättest? Dann wäre die Polizistin nicht mehr am Leben. Auch die Krankenschwester und der Arzt wären tot. Aber ich denke, das überrascht dich nicht. Wir wissen, daß du mit niemanden gesprochen hast, und wir werden dafür sorgen, daß es so bleibt.

Seine Stimme wurde ein Flüstern.

– Ein Wort von dir, Lucia, mach nur einmal den Mund auf und sprich, und wir holen dich ein letztes Mal. Und dann darfst du mit dabei sein, während wir Jagd auf deine Familie und deine Freunde machen. Jeder einzelne von ihnen wird dafür bezahlen, daß du den Mund aufgemacht hast. Möchtest du das? Ich denke nicht. Hast du alles verstanden?

Deine Lippen zitterten.

– Lucia, ich gehe erst, wenn ich eine Antwort habe.

Du hast genickt.

– Dann ist ja alles geklärt.

Kajas Vater erhob sich und verließ das Zimmer, ohne sich noch einmal nach dir umzusehen. Und du bliebst im Bett liegen und starrtest auf die Stelle, an der er eben noch gehockt hatte.

Und wurdest stumm und wurdest taub.

Und für die nächsten sechs Jahre wurdest du auch blind für alles, was vor deinen Augen geschah.

ICH

ICH

1

Es war diese letzte Erinnerung, die alles auslöste und mich zu Mika Stellar machte.

Daß sie dich im Krankenhaus aufgesucht hatten.

Daß sie dir auch jetzt noch Angst machten.

Daß sie dich zwangen, in dir selbst zu verschwinden.

Daß Menschen so etwas mit anderen Menschen tun konnten.

Ich sagte es dir.

Ich sagte dir, ich würde diese Männer suchen und finden, und ich würde sie zur Strecke bringen. Für dich. Für meine Tochter. Für diese Welt, die eine bessere Welt sein sollte. Ich würde sie wieder ins Gleichgewicht bringen. Ich konnte das.

– Ich sorge dafür, daß dir nie wieder etwas passiert, versprach ich, aber du hast mir nicht mehr zugehört. Du warst längst wieder hinter deiner Fassade verschwunden.

2

Als ich Minuten später dein Zimmer verließ, erwartete mich Mareike
Fischer. Sie lehnte an der Wand, und es war, als hätten wir uns erst
gestern gesehen. Derselbe Gesichtsausdruck, dieselbe Haltung, das
Haar ordentlich hinter den Ohren. Zehn Tage waren vergangen, seitdem sie mich zu Hause aufgesucht hatte. Sie schien unverändert, ich
dagegen fühlte mich fünfzig Jahre älter.

– Ich sollte Sie festnehmen, sagte sie.

– Weil ich Lucia besuche?

– Weil Sie unter Vorspiegelung falscher Tatsachen hier auftauchen.

Natürlich war mir bewußt gewesen, daß wir uns hier eines Tages
über den Weg laufen würden. Mein Name war auf der Besucherliste
eingetragen. Mareike Fischer hatte gesagt, sie würde ab und zu bei
Lucia vorbeischauen. Jetzt war ab und zu.

– Ich wußte nicht, daß ich mir von Ihnen oder Lucias Eltern eine
Erlaubnis holen muß, sagte ich und versuchte es mit einem Lächeln.
Mareike Fischer hatte genug von meinem Blödsinn. Sie war gute
fünfzehn Zentimeter kleiner als ich, dennoch fühlte ich mich be-
droht, als sie vor mir stehenblieb.

– Das hört hier und jetzt auf, zischte sie, Das Mädchen in diesem

Zimmer ist mir wichtig, verstehen Sie? Ich fühle mich verantwortlich. Was auch immer Ihr Plan ist, was auch immer Sie sich für versponnene Theorien zurechtgelegt haben, ich will nicht, daß Sie Lucia noch einmal zu nahe kommen.

Mir lag es auf der Zunge, ihr zu sagen, daß ich mein Ziel erreicht und dich zum Sprechen gebracht hatte. Aber ich hielt den Mund. Wenn Mareike Fischer nicht zu dir durchkam, dann war das ihr Problem. Ich wollte mein Wissen nicht mit ihr teilen. Es hätte bedeutet, alle mühsam gesammelten Informationen aus der Hand zu geben. Dabei hatte ich mit meiner Recherche bisher mehr erreicht, als die Polizei in den letzten zwei Jahren. Für mich war die Polizei unfähig und überbelastet. Nein, ich hatte längst beschlossen, daß ich selbst auf die Jagd gehen mußte.

– Sie wissen nicht, ob Lucias Entführung irgendwas mit der Entführung Ihrer Tochter zu tun hat, sagte Mareike Fischer, Sie haben keine Beweise, und Ihre Recherchen sind niemandem eine Hilfe. Bleiben Sie dem Mädchen verdammt nochmal fern!

Ich schwieg und wechselte meine Tasche in die andere Hand.

– Könnte ich jetzt gehen? fragte ich.

– Natürlich können Sie gehen, aber sollten Sie noch einmal dieses Pflegeheim betreten, werde ich Sie eigenhändig festnehmen. Ich weiß noch nicht, wofür, aber mir fällt schon was ein. Und wenn es sein muß, ziehe ich Sie als Verdächtigen in das Verschwinden Ihrer Tochter hinein und lasse Sie von der Presse solange mit Dreck bewerfen, bis Sie nicht mehr wissen, wer Sie sind, haben wir uns verstanden?

Sie hatte in ihrer Wut die Zukunft vorhergesagt.

Ich sollte bald schon nicht mehr wissen, wer ich war.

Wir hatten uns verstanden.

3

Im letzten Jahr habe ich dich kein einziges Mal besucht. Mareike Fischer hatte ein Hausverbot ausgesprochen, und ich dachte nicht daran, ihr querzukommen; außerdem fürchtete ich mich davor, daß die Entführer auf irgendeine Weise mitbekamen, daß du mit mir gesprochen hattest. Bis zum Jahresende verursachte mir dieser Gedanke Panik. Ich beobachtete die Leute um mich herum, verriegelte die Haustür doppelt und achtete darauf, wer im Verkehr hinter mir fuhr. Diese Furcht legte sich mit der Zeit und wich einer leichten Irritation. Ich fragte mich, wieso dich diese Männer gesund gepflegt hatten? Wer tat sowas? Was für ein perfides Spiel trieben sie? Und dann suchten sie dich im Krankenhaus auf? Ich verstand ihre Motivation nicht. Wollten sie dich quälen? Wer tat sowas aus Respekt?

Meine Recherche lief auf Hochtouren, und das Internet war mein Portal. In dieser Zeit tat ich den großen Schritt und nahm eine andere Identität an. Das Risiko war mir zu groß, ich wollte meine Frau da nicht reinziehen und auch nicht auffliegen als der Vater, der seine Tochter suchte. Mitte Januar stolperte ich über den roten Faden, er zog sich durch einige Chats, und die Kommentare waren durchweg verhalten, weil niemand die ganze Wahrheit kannte: Da sollte es eine

Gruppe von Männern geben, die seit Jahrzehnten Kinder entführte. Ich folgte diesem Faden und traf in Foren immer wieder auf dieses Raunen. Es war ein unterschwelliger Strom der Bewunderung. Diese Gruppe von Männern hatte keinen Namen, sie waren ein Mythos.

Zwei Wochen später stieß ich auf Franco. Er wurde in einem Nebensatz als Mentor erwähnt. Ich streute Fragen, klang interessiert und neugierig. Zwischen allen Antworten schimmerte langsam ein Hunger nach Sex hindurch. Ich paßte mich sofort an und zeigte denselben Hunger. Bald schon chattete ich mit Leuten, die in den Wohnungen des Mentors ein- und ausgegangen waren. Sie erzählten, er hätte sich schon seit einer Weile zur Ruhe gesetzt und würde eine Farm planen. Eine Farm war im Slang ein Ort, an dem Kinder untergebracht waren, eine Art Kaufhaus mit Selbstbedienung für Pädophile. Es wurde erzählt, noch in diesem Winter würde es dort eine große Party geben. Als ich nachhakte, was für eine Party das sei, bekam ich zur Antwort, der Mentor würde seine neueste Auswahl von Kindern vorstellen.

Das Sexthema machte mich nervös. Ich hatte keine Zweifel an deiner Erinnerung, aber ich hatte seit unserer ersten Begegnung den vagen Verdacht, daß du bestimmte Teile daraus weggelassen hattest, um dich selbst zu schützen. Die Ärzte fanden zwar keine Anzeichen dafür, daß du sexuell mißbraucht worden warst, du hattest aber nicht mitbekommen, was mit den anderen Kindern geschehen war. Alles war möglich. Auch ein Pädophilenring, der jeden Winter ein Dutzend Kinder stahl, in eine Hütte verschleppte und dann umbrachte.

Ich suchte weiter, der Mentor wurde meine Obsession, und ich suchte und suchte nach mehr Informationen. Eines Morgens bekam ich den richtigen Tipp. Ich konnte mein Glück nicht fassen. Es war eine knappe Info, ich sollte doch mal mit einem Mann reden, dessen

Name in den Chats Pero war. Ich brauchte keine zwei Minuten und hatte ihn im Internet gefunden. Auf diese Weise wurde Pero meine wichtigster Informant. Er gab mir keinen Namen, aber ich hatte aus sicheren Quellen, daß er wegen Franco im Gefängnis gesessen hatte. Pero gab mir die Adresse vom Pub und erklärte: »Wenn er will, dann wird er dich finden.« Er sagte auch: »Er liebt Jungfrauen wie dich, er wird dich gut erziehen.«

Auf diese Weise kam die Jungfrau in den Pub.

Auf diese Weise setzte sich alles in Bewegung.

4

Und jetzt sitze ich zu Hause und es ist über ein Jahr her, daß ich dich das letzte Mal im Pflegeheim besucht habe. Ich weiß nicht, wie es dir geht, ich weiß nicht, ob du dich vielleicht endgültig aus der Starre befreit und dein Leben neu angefangen hast. Ich wünsche es dir. Und ich wünsche mir, du könntest mich sehen, wie ich hier sitze und warte, daß es Abend wird und ich deine Entführer im Pub treffe. Meine Tochter redet nicht mit mir. Sie sagt, es wäre ein Fehler, sie alle ins Haus zu holen. Sie hat Angst um mich, und das macht mich wütend, denn sie soll mir vertrauen, sie soll daran glauben, daß ich zu allem fähig bin. Und zu diesem Vertrauen gehört, daß sie keine Angst um mich hat.

Bevor ich das Haus verlasse, stehe ich für eine Minute vor ihrer Zimmertür, aber sie kommt nicht raus.

So soll es dann sein.

– Bis später! rufe ich und mache mich auf den Weg.

Es ist Samstagabend. Die Jungs erwarten mich im Pub.

Der Winter tobt, der Verkehr ist ein einziges Chaos, ich fahre mit der U-Bahn. Vom Bahnhof zum Pub sind es zehn Minuten zu Fuß. Der

Schneefall ist so dicht, daß ich die Nummernschilder der Autos nicht lesen kann. Ich bin nicht in Eile, denn ich bin eine Stunde zu früh. Eine bittere Melancholie überkommt mich bei dem Wetter. Ich fühle mich an meine Kindheit erinnert. Damals kamen mir die Winter viel länger vor, jeder Tag hatte seinen ganz eigenen Zauber – dieses unendlich angenehme Gefühl, eingeschneit und verloren zu sein, die Freude über einen schulfreien Tag, und dann diese Stille am Morgen, die über der ganzen Stadt lag und selbst im Februar noch immer den Geschmack von Weihnachten in sich trug. Nichts davon ist geblieben. Wenn ich mich umdrehe und zurückschaue, fühle ich keinen jugendlichen Entdeckerdrang mehr, weil meine Spuren die einzigen auf dem Bürgersteig sind. Ich fühle nur Müdigkeit. Die Schneeflocken stechen auf meiner Haut, der Wind schmerzt in den Ohren. Als ich den Pub erreiche, ist die Vorderseite meines Mantels eisverkrustet.

Unser Tisch ist frei. Die Kellnerin bringt mir ein Bier und eine Schale mit Chips. Ich trinke das Bier hastig herunter und bestelle ein Käse-baguette. Was jetzt auch passiert, ich muß nüchtern bleiben, ich darf nicht nervös sein, denn ich muß meinen Plan in vollem Bewußtsein durchziehen.

Es wird acht, es wird halb neun, sie kommen nicht.

Ich versuche, Gott anzurufen, aber er geht nicht ran, von den anderen habe ich keine Nummern. Ich höre meinen Anrufbeantworter ab. Vielleicht hält sie das Wetter auf.

Sie haben keine Nachricht hinterlassen.

Die Tür geht auf, zwei Frauen kommen herein, sie klopfen den Schnee von ihren Mänteln, sehen zu meinem Tisch, sehen wieder weg. Um neun schleicht sich ein anderer Gedanke ein. Er breitet sich wie ein Feuer in meinem Kopf aus, so daß ich zahle und den Pub eilig verlasse. Schnee und noch mehr Schnee. Die Taxis fahren einfach weiter, weil sie mich in dem Schneetreiben nicht sehen. Ich stelle mich auf die Straße und versperre einem Taxi den Weg. Als ich dem Fahrer die Adresse gebe, pfeift er durch die Zähne.

– Das ist aber eine Strecke, sagt er, Bei dem Wetter kann das dauern.

– Bitte, machen Sie schnell, sage ich.

Die Paranoia hat mich in der Hand. Plötzlich bin ich mir sicher, daß sie alles wissen. Es ging zu einfach. Wie sie mich in ihren Kreis aufnahmen, wie sie sich öffneten und zuhörten und mich zu ihrer Hütte mitnahmen. Sie haben meine Reaktionen beobachtet, sie haben mich immer im Auge behalten. Auch wenn ich gewollt hätte, es gab keine Chance, sich alleine in der Hütte oder der Scheune umzusehen. Wie konnte ich das nicht bemerken? Sie haben mit mir gespielt und mir eine Waffe in die Hand gedrückt, um mich zu testen. Wozu brauchen sie überhaupt einen fünften Mann? Ich gehe jeden Schritt in meinem Kopf durch, jeder Dialog wird bewertet, und zum Schluß bin ich mir sicher, daß sie mich nicht zu dir zurückverfolgt haben können. Es ist unmöglich. Ich habe meine Spuren verwischt, ich bin ein anderer Mensch geworden und habe dich seit über einem Jahr nicht gesehen. Das müßte doch reichen, das muß doch reichen.

Außer sie haben dich beobachtet.

Außer sie haben mich gesehen, bevor ich sie sah.

SIE

SIE

Sie kennen Mika Stellars richtigen Namen seit dem Tag, an dem er das Elternhaus des Mädchens aufgesucht hat. Sie haben seinen Abstieg beobachtet, wie man eine Spezies beobachtet, die kurz davor ist, sich selbst auszulöschen. Trauer. Trennung von der Frau. Neue Identität. Umzug. Natürlich haben sie auch mitbekommen, daß er das Mädchen im Pflegeheim besucht hat. Doch es läßt sie unbesorgt. Das Mädchen weiß einfach zu wenig. Sie kann den Wald oder Kajas Vater beschreiben. Sie kann sagen: *Da ist ein Loch und da sind Kinder, die jagen.* Doch wie klingt das?

Sie sind unbesorgt. Sie sehen keine Gefahr. Auch nicht von Mika Stellar. Seit über einem Jahr lassen sie ihn nicht aus den Augen und benutzten ihn, wie man einen Bauern beim Schach benutzt, um das Spiel in die richtige Richtung zu lenken. Er hat sie in dieser Zeit schon mehrmals überrascht. Er hat sich selbst zum Jäger erklärt, eine neue Identität angenommen und damit das gesamte Spiel auf den Kopf gestellt.

Plötzlich hatte der Bauer vor, den König zu schlagen.

Sie wissen, daß diese Jagd anders sein wird. Sie müssen selbst in Aktion treten. Der Hunger in ihnen ist geweckt, die Herausforderung erwartet sie. Während sie sich das Jahr über auf die Jagd vorbereiten, beobachten sie, wie sich Mika Stellar selbst aus der Taufe hebt. Er beginnt, sich ihnen schrittweise zu nähern. Seine Nachforschungen zeigen Ergebnisse. Er hört von der Hütte, er hört von der Jagd und dem Mythos, und im Frühjahr entdeckt er den Pub.

Von da an nimmt alles seinen vorhergesehenen Lauf.

Mika Stellar ist jetzt ein fester Teil der Jagd, genau wie das Mädchen noch immer ein Teil der Jagd ist. Mika Stellar denkt aber auch, er wäre eine Bedrohung. In diesem Punkt täuscht er sich. Er ist nur ein Mann, der durch die Nacht irrt und Geister jagt. Mehr nicht.

ICH

ICH

1

Der Eingang ist abgeschlossen, es ist spät, in keinem der Zimmer brennt Licht. Ich weiß, daß eine Pflegerin immer im Haus sein muß, also lasse ich den Finger auf dem Klingelknopf und hämmere mit der anderen Hand gegen die Tür. Nach zwei Minuten geht das Licht im Hausflur an, und ich sehe durch das Milchglas einen Pfleger auf mich zukommen. Ich kenne ihn nicht, ich wußte nicht einmal, daß hier Männer arbeiten. Er ist ungefähr in meinem Alter. Kurzes graues Haar, Brille. Es erleichtert mich, keiner der Pflegerinnen zu begegnen. Der Pfleger wird nicht wissen, daß ich Hausverbot habe.

– Hören Sie mal, sagt er, Sie können doch nicht---

– Ich muß sehen, ob es meiner Tochter gutgeht, unterbreche ich ihn.

– Was?

– Meine Tochter lebt hier und ich muß wissen, ob es ihr gutgeht.

– Was?!

Er ist vollkommen verwirrt und schaut an mir vorbei, als würden da noch mehr Leute warten, um nach ihren Kindern zu sehen.

– Warum sollte es ihrer Tochter schlechtgehen?

Ich verziehe das Gesicht, ich bin das wandelnde Elend und brauche Mitleid.

– Ich ... ich bin aus dem Schlaf geschreckt, ich ... Es war ein Gefühl. Kann ich kurz nach ihr schauen?

Sein Körper blockiert den Eingang, er hält gar nichts von der Idee.

– Nur eine Minute.

Er beginnt die Tür zu schließen.

– Ich bezahle Sie auch.

Er zögert. Was bekommt ein Pfleger in der Stunde? Sechs, sieben Euro? Ich greife nach meiner Brieftasche und hole vier Fünfziger heraus. Ich halte ihm das Geld aufgefächert entgegen und sage ihm den Namen deines Vaters. Ich verspreche, daß ich nur einen Blick in dein Zimmer werfen will.

– Einen Blick?

– Nur einen Blick. Ich will sie nicht sprechen, ich will sie nicht wecken. Ein Blick reicht mir, bitte, ich will nur wissen, ob es meiner Tochter gutgeht.

Die Lüge kommt mir leicht über die Lippen. Es fühlt sich nicht falsch an, dich als meine Tochter zu bezeichnen. Der Pfleger denkt nach, ich habe Tränen in den Augen und zweihundert Euro zwischen den Fingern. Meine Furcht um dich ist so groß, daß ich tatsächlich losheulen könnte. Mit jeder Sekunde, die verstreicht, wird die Ungewißheit schlimmer, ob sie dich nicht schon geholt haben.

– Einen Blick, sagt der Pfleger und nimmt das Geld.

Er tritt zur Seite und läßt mich rein. Ich folge ihm den Flur hinunter und möchte am liebsten rennen, aber das geht nicht, ich muß etwas Würde bewahren, sonst ruft er die Polizei.

– Und machen Sie keine Faxen, ich kann Jiu Jitsu.

– Ich mache keine Faxen, versprochen.

Wir erreichen das erste Stockwerk, wir bleiben vor deiner Tür stehen.

– Sie haben ihre Tochter aber lange nicht besucht, sagt er, und es klingt anklagend.

– Es ist schwierig bei uns zuhause, antworte ich, Wir lassen uns gerade scheiden.

– Ich mag Lucia, sagt er.

– Das freut mich.

Er öffnet die Tür. Ich schaue ins Zimmer und lausche. Das Rauschen des Radios ist ganz schwach zu hören. Ich kann deine Füße unter dem Bett sehen, du liegst auf der Seite und trägst dicke Socken. Nichts hat sich verändert. Und ich war mir sicher, sie hätten dich geholt.

– Sie schläft, flüstere ich.

– Natürlich schläft sie, flüstert der Pfleger zurück und zieht die Tür wieder zu.

Wir stehen uns gegenüber. Ich kann die Erleichterung spüren, wie sie von mir fällt. Ein Kilo nach dem anderen.

– Machen Sie sich keine Sorgen, sagt der Pfleger, Lucia ist bei uns in guten Händen.

– Danke, sage ich und hätte ihn beinahe umarmt.

2

Auf der Fahrt nicke ich im Taxi ein und schrecke auf, als der Fahrer sagt, wir seien angekommen. Und wieder stehe ich vor meinem Zuhause, und nichts ergibt Sinn. Nur das Licht im Zimmer meiner Tochter ist eine Konstante, die für Ruhe sorgt.

Vor der Tür klopfe ich mir den Schnee von den Stiefeln und schließe auf. Ich mache zwei Schritte hinein und weiß sofort, daß etwas nicht stimmt. Es ist wie eine Wiederholung. Es ist wie die Nacht vor zwei Jahren, in der sie meine Tochter holten.

Es ist zu still.

Ich lausche und dann kann ich es riechen.

Alkohol und ein vertrauter Schweißgeruch.

Im selben Moment sehe ich die nassen Spuren auf dem Holzboden.

Jemand ist hier mit seinen Straßenschuhen reingelaufen und wartet auf mich.

– Komm schon rein, sagt eine Stimme aus dem Wohnzimmer.

3

Er ist betrunken, er ist frustriert, er ist durstig. Er fragt mich, wieso ich kein Bier dahabe, er sagt, das Innere meines Kühlschranks wäre ja ein trauriger Anblick, dann schielt er die Treppe hoch, seine Tonlage ändert sich und wird sanft, er flüstert, er hoffe, er habe meine Tochter nicht geweckt.

– Hagen, was machst du hier? frage ich.

Er reibt sich übers Gesicht, als müßte er sich versichern, daß er wirklich Hagen ist. Das Jungenhafte ist noch da, aber es ist im Moment nur eine Fassade. Ich weiß, was ich sehe. Ich bin der Meister der Fassaden, er kann mich nicht täuschen.

– Wir haben dich verpaßt, sagt er.

– Das ist eine Lüge, sage ich, Ich war im Pub.

Er winkt ab, als wäre das unwichtig, er klopft neben sich auf das Sofa, ich soll mich setzen, ich rühre mich nicht von der Stelle.

– Mensch, Mika, jetzt sei nicht so.

– Wie bist du überhaupt reingekommen?

– Deine Tochter hat mich reingelassen.

– Hagen, hör auf zu lügen!

– He, ist ja schon gut, beruhige dich! Wäre es nicht an der Zeit, deinem Gast was zu trinken anzubieten? Irgendwas, ich verrecke sonst noch vor Durst.

In der Küche bleibe ich vor dem Gefrierfach stehen und habe den Griff schon der Hand und zähle bis zehn, dann rufe ich ins Wohnzimmer, ob er einen Wodka Lemon will. Er will. Ich hole den Wodka aus dem Eisfach. Er ist wie Sirup. Die Flasche Bitter Lemon befindet sich unten im Küchenschrank. Ich habe die Mischung vor drei Tagen zubereitet. Ich mixe Hagen einen doppelten Wodka Lemon. Als ich wieder in das Wohnzimmer komme, steht er vor dem Buchregal und hält das Photo von meiner Tochter in der Hand, das sich auch Mareike Fischer angesehen hat.

– Süß, die Kleine, sagt er und stellt das Photo wieder zurück.

Er trinkt gierig und leert das Glas mit zwei Schlucken, ehe er tief durchatmet.

– Wie bist du reingekommen? frage ich.

Er grinst. Ich wünschte, wir würden im Pub sitzen. Es ist falsch, ihn allein in meinem Wohnzimmer zu haben. Meine Tochter hat recht gehabt. Es ist ein Fehler, sie ins Haus zu holen. Ich habe mir das anders vorgestellt. Jetzt ist es zu spät.

– Dein Keller ist schick, sagt er, Alter, da unten kannst du ein paar erstklassige Pornos drehen. Du hast sogar Viagra da, alle Achtung. Ich könnte wetten, deine Tochter weiß nicht, was ihr Papa da unten treibt.

– Bist du durch den Keller reingekommen?

– Nichts einfacher als das. Kellertüren gehen meistens nach hinten raus. Niemand sieht dich, niemand hört dich. Edmont hat mir das beigebracht. Er knackt dir jede Tür in ein paar Sekunden. Was man als Fahrlehrer nicht alles können muß.

Er legt den Kopf schräg.

– Was ist jetzt? Setzt du dich zu mir oder nicht?

Ich bleibe stehen und frage ihn, warum sie nicht im Pub waren.

– Zwei Stunden habe ich auf euch gewartet.

– Der Plan hat sich geändert.

– Wieso habt ihr mich nicht angerufen?

– Weil sich der Plan geändert hat.

– Du lügst doch schon wieder.

Er schweigt, er ist nicht mehr jovial, plötzlich lacht er los.

– Mika, wir haben sie geholt! Mann, wir haben uns die Kleine geholt!

– Ihr habt was?

– Wir haben uns Laura geschnappt.

Er schnippt mit den Fingern.

– So leicht ging das.

– Aber heute ist doch erst Samstag, ich dachte, wir machen das am ...

Ich verstumme, Hagen lächelt breit, und da begreife ich. Meine Paranoia hat mich in die falsche Richtung schauen lassen. Ich dachte, ich sei überzeugend genug gewesen. Ich dachte, ich sei einer von ihnen. Sie haben mich abgelenkt und in den Pub geschickt, während sie die Entführung durchgezogen haben.

– Ihr traut mir nicht, stelle ich fest.

– Nicht wirklich, Mika.

– Aber ich---

– Da gibt es kein Aber. Denkst du, wir wären noch im Spiel, wenn wir mit einem Aber auf der Stirn rumlaufen würden? Franco hat seine Zweifel. Also hat er beschlossen, daß das Reserverad im Kofferraum bleibt.

Er lacht, dann wird er wieder ernst. Und ich Idiot hatte Achim für das Reserverad gehalten.

– Natürlich traue *ich* dir, spricht Hagen weiter, Edmont auch.

Franco hat aber das Sagen. Und Achim, naja, Achim macht alles, was Franco verlangt.

– Was muß ich denn noch tun, um euch zu überzeugen? will ich wissen.

Hagen grinst.

– Und ich dachte, du fragst nie.

Er beugt sich vor, Ellenbogen auf den Knien, die Hände ineinander verschränkt.

– Glaub es oder glaub es nicht, aber sie wollten mich nicht ranlassen. Dabei lief es so reibungslos. Wir sind ohne Probleme in das Haus reingekommen, Edmont weiß ja, wie das geht. Die Kleine lag in ihrem Bett und schlief. Wir haben sie wie ein Paket eingepackt, und sie hat keinen Mucks von sich gegeben. Fast schon so, als wollte sie entführt werden. Dann waren wir wieder draußen, und Franco meinte, wir müßten uns zügeln, denn ohne Disziplin ginge nichts. Aber jetzt mal ehrlich, was soll der Scheiß? Wir sind ja nicht auf dieser Welt, um wie blöde Hunde herumzulaufen, die selbst zum Kacken eine Erlaubnis brauchen. Verstehst du, was ich meine?

Hagen und seine Bilder. Ich verstehe, was er meint.

– Deswegen bin ich ein wenig frustriert, spricht er weiter, Denn als die Kleine da so lag, ohnmächtig und hilflos, Mensch, da hätte ich sie so gerne angefaßt. Nur um zu schauen, wie weich sie ist, verstehst du?

Seine Hände gleiten übereinander, als würden sie die Haut des Mädchens liebkosen. Ich will wegsehen, ich darf nicht wegsehen. Sein Blick schweift schon wieder ab und gleitet die Treppe hoch, um an der Zimmertür meiner Tochter zu kratzen. Ich behalte seine Hände im Auge. Er klatscht sie zusammen.

– Aber was soll's, jetzt bin ich ja hier!

Er ist raus aus der einen und mittendrin in der nächsten Rolle. Er steht auf und kommt mir ganz nahe. Ich kenne dieses Grinsen, ich kenne diese kumpelhafte Art und weiche nicht zurück.

– Du und ich, wir haben eine Connection, sagt er.

– Das haben wir, gebe ich zu.

– Darum haben mich die Jungs geschickt. Ich soll dich abholen. Wir fahren zusammen zur Hütte, aber vorher …

Er hebt die Schultern, als wäre er sich nicht mehr sicher.

– Vorher was? frage ich.

– Die Jungs meinten, ich solle dich bekehren. Möchtest du bekehrt werden?

– Bekehrt wozu?

– Zur einzigen Religion, die Sinn macht.

Er legt eine Hand auf meine Wange. Seine Finger haben diese übertriebene Länge, die Frauen sicher erotisch finden, die bei mir aber nur Ekel hervorruft. Seine Handfläche ist klamm, es fühlt sich an, als könnte er meinen Kopf mit einem Griff umschließen. Es ist unangenehm intim. Seine Stimme ist ein Flüstern. Das hier ist nur für mich und ihn.

– Hör gut zu, Mika. Wir zwei gehen jetzt hoch und legen uns zu deiner kleinen Jessi, und dann lassen wir mal so richtig die Sau raus. Hörst du? Du und ich, was meinst du? Die Jungs wissen, daß du eine Jungfrau bist. Eine Jungfrau wie deine Tochter. Das wird klasse. Du wirst dich wundern, wieviel Spaß wir haben werden.

Ich stehe still, ich warte, daß er die Hand wieder herunternimmt, mein Kinn zittert, ich darf seine Hand nicht wegschlagen, einer allein nützt mir nichts. Ich will sie alle vier. Außerdem haben sich die Regeln verändert. Sie haben eines der Mädchen, alles ist jetzt anders.

Hagens Finger wandern, er umfaßt meinen Hinterkopf.

– Was sagst du dazu, hm?

Er schüttelt mich leicht, wie man einen ungehorsamen Jungen schüttelt. Es fällt mir schwer zu glauben, daß ich der Ältere von uns beiden bin. Ich fühle mich klein, ich fühle mich mißhandelt.

– Nicht heute, sage ich.

– Doch, heute.

– Hagen, ich---

Er zieht mich mit einem Ruck zu sich heran, wir sind Stirn an Stirn, Schüler und Lehrer.

– Ich erklär es dir mal anders, sagt er, Ich bin geil, und wenn ich geil bin, dann geht nichts mehr. Da ist Achim ein Dackel dagegen, kapiert? Und weil mich die Jungs nicht ranlassen wollten, brauche ich ein Ventil. Du willst einer von uns sein? Dann hör auf deinen Kumpel Hagen und laß ihn mal machen. Ich tue ihr auch nicht weh. Ich bin vorsichtig. Ich mach das nicht zum ersten Mal, ich weiß, wie das geht, okay? Wenn du willst, kannst du erstmal nur zuschauen. Es ist alles möglich. Aber was du auch tust, sag nicht Nein zu mir.

Seine Stirn klebt an meiner, es ist fast schon liebevoll. Ich weiß nicht, wie ich aus dieser Situation rauskommen soll. Ich kann ihn da nicht hochgehen lassen, ich bin zu allem fähig, aber ich kann ihn nicht zu meiner Tochter hochgehen lassen.

– Ich kann nicht, sage ich.

Die Wut macht seine Augen dunkel, das Engelsgesicht zuckt. Er läßt meinen Kopf los, lehnt sich ein wenig mit dem Oberkörper zurück und tippt mir bei jedem Wort mit dem Zeigefinger auf die Brust.

– Ich gehe jetzt hoch. Mit dir.

– Bitte, nicht.

– Nenn mir einen Grund, nenn mir einen vernünftigen Grund, warum nicht?

– Weil sie mir gehört.

Er lacht.

– Nein, Mika, ich dachte, Franco hätte das letzte Woche in der Hütte klargemacht. Deine Tochter gehört uns allen.

– Hagen, bitte.

Er wendet sich ab, er will hochgehen. Ich halte ihn am Arm zurück, er schaut auf meine Hand runter, packt mich am Ellenbogen, und im nächsten Moment hat er mir die Beine weggetreten, und ich liege auf dem Rücken. Hagen hockt sich neben mich. Er spricht noch immer in diesem ruhigen Tonfall eines Erwachsenen, der das Kind nicht beunruhigen will.

– Ich gehe jetzt hoch, und du kommst mit und wartest vor der Tür und hörst gut zu, wie ich das mache. Ich lasse die Tür einen Spalt offen stehen, damit du nichts verpaßt. Wenn ich nach dir rufe, dann kommst du rein, und ich will, daß du bis dahin einen massiven Ständer hast, der mich beeindruckt, sonst bleibst du lieber draußen, kapiert?

Ich kann nicht sprechen, ich kann nicht nicken, ich liege einfach nur da.

– Gut, sagt er und reicht mir die Hand.

Ich lasse mich hochziehen, wir stehen voreinander, er kann es mir an den Augen ablesen. Es ist vorbei, er muß mir nicht mehr drohen, ich gebe auf.

– Scheiße, Mann, jetzt werden wir Spaß haben, sagt er.

– Wir werden das nie vergessen, verspricht er.

– Bist du bereit? will er wissen und geht an mir vorbei die Treppe hoch, ohne eine Antwort abzuwarten. Ich folge ihm in einem Abstand von drei Stufen. Er schwankt leicht und greift zweimal nach dem Geländer. Vor dem Zimmer meiner Tochter bleibt er stehen und schaut auf die bunten Buchstaben. Er runzelt die Stirn, ich weiß, was er denkt. Er sieht sich nach mir um. Mein Gesicht verrät nichts.

– Ich dachte, sie heißt Jessi, sagt er.

– Du weißt doch, wie Mädchen sind, sage ich.

Er grinst, er weiß, wie Mädchen sind. Er rückt das S gerade und murmelt:

– Vielleicht machen wir ja eine echte Jessi aus ihr.

Und dann öffnet er die Tür.

Und dann steht er im Türrahmen und kapiert gar nichts mehr.

Ich kann an ihm vorbei die Lampe auf dem Boden sehen, der Schirm dreht sich langsam, die Papageien fliegen auf und fliegen auf und fliegen auf. Die Schatten schleichen über die Wände, als wären sie lebendig. Das Zimmer ist ansonsten vollkommen leer, nur die Lampe steht auf dem Boden. Ihr Lichtschein wandert unermüdlich über die Decke und die Wände wie die stillen Träume eines Kindes.

– Alter, wo ist denn deine Tochter? fragt Hagen überrascht.

– Genau das wirst du mir verraten, sage ich hinter ihm.

4

Ich weiß, es ist nicht fair, ich weiß das. Ich wußte auch, daß ich damit nicht lange durchkommen würde, dennoch mußte ich es tun. Wenn man eine Lüge lebt, dann muß sie für einen selbst echt werden, dann muß man sie mit allen Sinnen leben, sonst wird sie durchschaut. Jede Lüge hat einen wahren Kern, so wie jede Wahrheit eine Lüge verbirgt.

Mir wurde der Boden unter den Füßen weggerissen, als meine Tochter verschwand. Ich gab meine Identität auf, um sie zu finden, was war da schon eine Lüge mehr? Meine Tochter ist es wert, sie ist es jede Sekunde wert. Die Lüge hielt mich das ganze letzte Jahr über Wasser. Meine Frau hat mich als krank und pervers bezeichnet, sie sagte, ich kann nicht so tun, als ob. Aber ich kann – wenn ich will, dann kann ich.

Ich habe mich so schmerzhaft danach gesehnt, meine Tochter wiederzufinden, daß ich eines Tages aufgewacht bin und sie stand in der Küche und fragte, wann ich den Abwasch machen würde. Und ich habe losgeheult, ich war so gerührt, daß ich einfach nur losgeheult habe. Danach verschwand sie wieder und es dauerte zwei Tage, ehe sie zurückkam. Seitdem halte ich die Emotionen zurück und lebe mit

der Vorstellung von meiner Tochter, wie man mit seinem Unterbe-
wußtsein lebt, ohne ihm jemals begegnet zu sein – wir halten Zwie-
sprache, wir teilen die Stille, streiten uns, schauen Fernsehen und
sind miteinander allein.

Tag und Nacht ist sie bei mir in Sicherheit.

Natürlich weiß ich, daß sie nicht wirklich da ist.

Ich bin ja nicht vollkommen bescheuert.

Ohne ihre falsche Existenz wäre ich nie so weit gekommen. Meine
vorgespielte Lust auf sie hat alle getäuscht. Meine Tochter war nicht
nur mein Antrieb, sie war auch mein Köder. Ohne sie wäre Hagen
jetzt nicht hier. Ohne sie hätten sie mich nie in ihren Kreis aufgenommen.

Ihr richtiger Name ist natürlich nicht Jessi, ihr richtiger Name ist
Clarissa. Ich mußte ihn ändern, weil es zu offensichtlich gewesen
wäre. Ich wollte den Männern, die meine Tochter entführt hatten,
nicht ihren wahren Namen nennen. Die Entführung mag zwar zwei
Jahre her sein, aber ich glaube nicht, daß sie eines ihrer Opfer vergessen haben. Also wurde aus meiner Clarissa eine Jessi. Vielleicht war
es dumm von mir, aber ich habe die bunten Buchstaben von der
Zimmertür unseres alten Zuhauses genommen und hierher gebracht.
Ich brauchte das. Dieses Zimmer gehört ihr, es ist ein Hafen für ihre
Seele, das Licht darin wird nie gelöscht, so daß sie immer nach Hause
finden kann. Meine Tochter ist der Motor für meine Wut. Jeden
Abend hat sie mich gefragt, wie weit ich bin und wann es ein Ende
haben wird. Jeden Abend.

Heute, würde ich ihr antworten, *heute ist es soweit.*

5

Hagen dreht sich um.

– Ich soll was? fragt er.

– Du wirst mir verraten, wo ich meine Tochter finden kann, sage ich.

– Woher soll ich …

Er verstummt, es fällt ihm schwer die Balance zu halten, er kippt gegen den Türrahmen, sein Blick flackert, der Mund zuckt, die Knie zittern. Ich habe die Dosis zu niedrig angesetzt. Vielleicht hat sich das Schlafpulver auch nicht vollständig im Bitter Lemon aufgelöst. Hagen sollte es nie die Treppe hoch schaffen. Als er an der Wand runterzurutschen beginnt, begreift er langsam.

– Alter, hast du mir etwa was in den …

Weiter kommt er nicht, sein Hintern landet auf den Boden, der Kopf sackt zur Seite, dann sitzt er still.

6

Die Strahler erwachen und baden den Keller in ein klinisches Licht.
Der Stuhl ist bereit. Ich fixiere Hagens Kopf mit einem Lederriemen,
die Arme fessele ich an die Lehnen, seine Füße kommen in die Fuß-
gurte. Ich will nicht, daß er sich rührt. Ich will ihn hilflos und in
absoluter Starre. Erst als ich ihn gefesselt habe, schaue ich mir die
Kellertür näher an. Sie ist professionell aufgebrochen worden und
scheint unbeschädigt. Ich drehe den Schlüssel. Das Schloß funktioniert noch.

Ich hole die Utensilien aus dem Schrank und lasse sie auf dem
Beistelltisch liegen. Hagen soll sich seine eigenen Gedanken machen,
wenn er sie sieht – eine Peitsche mit Metallenden, eine mit Dornen,
ein Knebel, ein Schraubenzieher, Verbandszeug, zwei Kneifzangen.
Alles ist bereit.

Ich gehe nach oben und mache mir einen Tee.

Es ist an der Zeit, daß Hagen wach wird.

– Oh Mann, was ist passiert, was …

Er will sich umsehen, sein Hals spannt sich an, der Kopf bewegt
sich keinen Zentimeter, die Augen beginnen zu wandern.

– Mika, was …

Er schielt an sich herab.

– Was soll der Scheiß? Wieso bin ich nackt?

– Das macht es leichter.

– Macht was leichter?

– Wir reden jetzt.

Er schaut mich verwirrt an, dann lacht er, noch ist es ein zuversichtliches Lachen.

– Alter, mußt du mich dafür fesseln?

Er spitzt den Mund und schickt mir einen Kuß.

– Wir können auch so Spaß haben.

– Ich will, daß du mich verstehst, sage ich ohne eine Spur von Humor, Ich tue all das hier, weil ich Antworten brauche, und ich werde meine Antworten bekommen, egal was passiert.

Er spannt Arme und Beine an, er drückt den Rücken durch, ich verfolge jede seiner Bewegungen. Er ist so schlank, daß Knochen, Muskeln und Sehnen messerscharf hervorstehen. Sein Blick bleibt an dem Beistelltisch hängen, er sieht die Utensilien, sein Blick kehrt zu mir zurück.

– Mika, was hast du vor?

– Ich stelle dir Fragen, du antwortest.

– Was für Fragen?

– Wo finde ich meine Tochter?

– Was?!

– Hagen, wo finde ich meine Tochter?

– Ich weiß es nicht, Mann, wieso sollte ich wissen, wo deine Tochter ist?

– Hagen, noch einmal: Wo finde ich meine Tochter?

Er sieht mich nur an, ich sehe ihn nur an.

– Ihr habt sie vor zwei Jahren entführt, spreche ich weiter und fühle bei jedem Wort die Erleichterung, endlich mit der Wahrheit rauszurücken, Es war an einem Samstag. Meine Frau und ich waren bei Freunden eingeladen. Ihr habt unsere Tochter aus unserem Zuhause geholt, und ich will jetzt wissen, wo sie ist. Mir ist bewußt, daß sie nicht mehr am Leben ist, dennoch will ich sie wiederhaben. Wo vergrabt ihr die Leichen? Liegt meine Tochter auf dem Grundstück bei der Hütte? Hagen, sag mir, wo ich die Leiche meiner Tochter finde.

Er lacht los, sein Mund klappt auf und er lacht und lacht, daß ihm die Tränen in die Augen treten. Ich nehme den Schraubenzieher und versenke ihn tief in seinem linken Oberschenkel. Der Schrei ist schrill und sticht in den Ohren. Ich lasse den Griff los, der Schraubenzieher bleibt im Fleisch stecken, Blut tritt aus der Wunde und fließt den Oberschenkel herab. Hagen schreit und schreit. Ich drehe mich um und verlasse den Keller. Ich schließe die Tür hinter mir, die Schreie sind nur noch ein gedämpfter Ton, der wie ein Flüstern durch den Schallschutz dringt.

Ich setze mich an den Küchentisch und trinke meinen Tee weiter.

7

Zwanzig Minuten später. Eine blutige Pfütze hat sich unter dem Stuhl gebildet. Hagen schreit nicht mehr. Er ist blaß. Das Haar klebt verschwitzt an seiner Stirn, sein beschnittener Penis erinnert an eine Schnecke, die zu lange in der Sonne gelegen und es nicht mehr in ihr Schneckenhaus zurückgeschafft hat. Er sieht mich an und will wissen, was hier passiert und was das für eine Scheißgeschichte ist. Er dachte, ich wäre einer von ihnen. Da ist Wut, da ist Zorn, wieder spannt er die Arme an, der Stuhl knarrt, ich bin unbesorgt. Und mittendrin erschlafft Hagen und schwenkt um und wird der Engel, der das Elend der Welt auf seinen Schultern trägt. Er sagt, das wäre vorhin doch nur Spaß gewesen und nie hätte er meine Tochter angefaßt, das hätte ich vollkommen falsch verstanden, er wollte mich doch nur aus der Reserve locken.

Er war erfolgreich, ich bin aus der Reserve gelockt worden, es gibt kein Zurück mehr.

Ich ziehe den Schraubenzieher aus seinem Oberschenkel, Hagen wimmert und flucht. Ich lege den Schraubenzieher auf den Beistelltisch und wiederhole meine Frage.

– Wo finde ich meine Tochter?

Er lacht nicht mehr, er sieht mich nur an.

– Hagen?

– Ich höre dich. Und wenn wir hier fertig sind, dann mache ich dich fertig, hast du verstanden?

Ich weiß, ich müßte jetzt herablassend lächeln, ich weiß, ich müßte ihm jetzt Angst machen und seinen Tod in kristallklaren Bildern zeichnen. Ich bin zu müde für diesen Scheiß.

– Ich denke nicht, Hagen, ich denke, wir werden hier eine Weile bleiben, bis ich alles weiß. Was danach passiert, werden wir sehen.

– Wir haben deine Tochter nicht geholt.

– Wieso soll ich dir glauben?

– Wieso sollte ich lügen?

Ich wiederhole meine Frage.

– Wo ist meine Tochter?

– Mika, ich weiß es nicht.

– Mein Name ist nicht Mika.

Ich verrate ihm meinen richtigen Namen. Sein Blick verändert sich nicht, keine Erkenntnis, der Name sagt ihm nichts. Hagen ist verdammt gut. Der Kommissar hat mir erklärt, daß das für ihn der schlimmste Teil der Arbeit ist. Sich den Lügen zu stellen und nicht in die Köpfe hineinschauen zu können. Wir Menschen lügen, wann immer wir unseren Vorteil sehen. Wir haben keine Ehre, uns fehlt der Stolz. Wir gebrauchen Lügen täglich, sie sind wichtig für unser Überleben, denn wer von der Wahrheit lebt, der verhungert. Ich weiß, was in Hagen vorgeht. Sobald er mit dem Lügen aufhört, hat er mir mehr nichts zu bieten. Nur die Wahrheit.

– Und der Name meiner Tochter ist Clarissa, spreche ich weiter, Sie wurde vor zwei Jahren aus unserem Haus in Frohnau entführt, bringt das irgendwelche Glocken zum Klingen?

– Wir waren das nicht.

366

– Hagen, ich weiß, daß ihr das gewesen seid.

– Vor zwei Jahren?

– Ja, vor zwei Jahren. Ende März. Es lag Schnee.

– Scheiße, Mann, da kannte ich die Jungs nicht einmal. Du setzt aufs falsche Pferd, ich war nicht dabei. Frag die anderen, ich war nicht dabei.

Endlich ist es an mir zu lachen. Es ist das widerlichste Lachen, das je meinen Mund verlassen hat.

– Denkst du, ich habe nicht gründlich recherchiert? frage ich. Es mag sein, daß du erst seit eineinhalb Jahren mit dabei bist, es nimmt dir aber nichts von der Schuld. Ihr entführt Kinder, ihr steckt sie in das Loch und laßt sie einander jagen. Was ist das für ein kranker Scheiß? Und ihr macht das mit euren eigenen Kindern. Denkst du, ich stehe vollkommen auf der Leitung?

– Ich habe keine Ahn---

– Hagen, wo ist meine Tochter?

– Ich---

– Hagen, wo ist meine Tochter?

Er wird laut, sein Speichel trifft mein Gesicht, ich rühre mich nicht von der Stelle:

– ICH WEISS ES NICHT, SCHEISSE, ICH KENNE DEINE TOCHTER NICHT, VERDAMMT NOCHMAL!

– Und das Mädchen heute?

Er sackt in sich zusammen und weicht meinem Blick aus.

– Habt ihr sie euch etwa auch nicht geholt? frage ich.

– Sie ist unsere erste.

– Was?!

– Laura ist unsere erste Beute. Verdammt, wir haben eben erst angefangen. Du scheißt den falschen Typen zusammen. Wir haben deine Tochter nicht geholt.

– Wer dann?

– Sie.

– Und wer sind *Sie*?

– Mika, das willst du nicht wissen.

– Glaub mir, ich will es wissen.

– Sie sind für Franco wie Götter. Er verehrt sie.

Hagen verstummt. Ich warte, er schweigt.

– Mehr hast du nicht zu sagen? frage ich verwirrt.

– Mehr kann ich dir nicht erzählen, denn ich weiß nicht mehr. Ich bin … He, was tust du da?

Ich habe den Schraubenzieher in der Hand, Hagen beginnt zu zittern, und Urin sprüht aus seinem Schoß. Als ich gehe, ragt der Schraubenzieher wie ein fremdes Gewächs aus dem anderen Oberschenkel. Seine Schreie sind ein Labsal für meine Ohren. Vielleicht mache ich mir jetzt einen Kaffee.

8

Ich habe nicht mehr viel Zeit. Sie erwarten Hagen und mich in der Hütte. Sie haben das Mädchen, die Zeit rennt mir weg, ich darf das hier nicht zu lange hinauszögern. Hagen denkt, wir fahren zusammen, sobald er mir die Wahrheit gesagt hat. Ich habe ihm klargemacht, daß ich nur die Leiche meiner Tochter haben will, nicht mehr, nicht weniger. Es ist eine schwache Lüge, aber sie muß reichen. Hagen soll Hoffnung haben, er soll glauben, daß er meinen Keller lebend verlassen wird. Also verbinde ich seine Oberschenkel, lasse ihn aber in der Urinpfütze sitzen.

– Noch einmal von vorne, sage ich.

– Bitte, frag doch Franco oder noch besser Achim. Achim führt Buch, er weiß alles, er wird---

– Wo ist meine Tochter, Hagen?

Er sieht mich an und da ist purer Hass in seinen Augen. Ich warte, er wartet, ich sage:

– Ihr habt die Hütte, ihr habt das Loch, ihr habt den See, ihr habt die Jagd, ihr habt den Winter, ihr entscheidet alles gemeinsam. Wo sind die toten Kinder?

– Es gibt keine toten Kinder.

Ich nehme die Kneifzange und spreize seine Beine, es ist, als hätte ich einen Wasserhahn aufgedreht. Er spricht so schnell, daß ich kaum hinterherkomme. Die Worte überschlagen sich.

– Okay, okay, hör auf, hör bitte auf, okay, ich sag ja alles, aber wirklich alles, versprochen, okay. Du willst wissen, wo die Kinder liegen? Scheiße, sie liegen hinter der Scheune, gleich neben dem Generator. Sie … Wir haben sie tief vergraben, weil Achim meinte, das müssen wir richtig machen, damit kein Tier sie ausscharrt. Ich zeig dir, wo das ist, bitte, ich fahr mit dir dort hin, ich zeig dir alles, bitte.

– Warum meine Tochter? frage ich.

– Was?

– Warum meine Tochter?

– Sie …

Er starrt auf die Zange und antwortet, ohne den Blick von ihr zu nehmen.

– Sie gefiel uns.

– Wieso meine Tochter? wiederhole ich, denn seine Antwort reicht mir nicht, das ist mir nicht genug. Ich brauche irgendwas, das mir meine Selbstvorwürfe nimmt, damit ich mich nachts nicht mehr selbst peinige.

– Wegen ihrer Unschuld, sagt er.

– Was hat das alles mit Unschuld zu tun?

Er schaut auf und in dem Moment begreife ich, daß er nichts über Unschuld weiß. Nur die Lust treibt ihn voran. Hagen will ficken und erniedrigen, er ist nicht hinter der Unschuld her, er redet nur Unsinn. Ich wünschte mir, Franco würde vor mir sitzen.

– Danke, daß du ehrlich warst, sage ich.

Er atmet durch, er ist erleichtert und lächelt gequält. Ich bin so schnell, daß das Lächeln auf seinen Lippen einfriert. Ich setze die Zange an und amputiere ihm mit einem einzigen Klacken sein Geschlecht.

9

Es gibt Licht und es gibt Dunkelheit. Wir haben beides im Blut. Wir können nicht immer im Licht sein, so wie wir nicht immer auf der Seite der Dunkelheit stehen können. Es ist keine bewußte Wahl. Mal schiebt uns das Leben in die eine, mal in die andere Richtung. Ich habe mich daran gewöhnt, im Schatten zu stehen, ich weiß tief in meinem Inneren, daß ich ein guter Mensch bin, der alles dafür tut, ein guter Mensch zu bleiben. Ich habe keinen schuldigen Knochen in meinem Körper. Auch wenn ich mir nicht verzeihe, meine Tochter aus den Augen gelassen zu haben, hat das nichts mit Schuld zu tun.

Hagen ist ohnmächtig, ich sprühe ihn mit dem Schlauch sauber und injiziere ihm ein Narkotikum, das für drei Stunden wirken müßte. Erst danach befreie ich ihn von dem Stuhl, fessele Hand- und Fußgelenke und umwickele seinen Körper mit zwei Decken. Die Wunden bluten kaum, ich dachte, es würde eine größere Schweinerei geben. Hagens Genitalien landen im Klo, und ich spüle zweimal nach. Danach wasche ich das Blut von den Fliesen. Sobald ich zurück bin, mache ich mich an die Arbeit und nehme den Keller auseinander. Auch wenn er als Falle nicht gewirkt hat, wie ich es wollte, hat er seinen Zweck erfüllt. Er ist der Ort für die krankhaften Phantasien eines Mannes, der alles will und sich nichts traut. Nach meiner Rückkehr werde ich Mika Stellars Existenz vernichten und einen neuen Besitzer für das Haus finden. Ich bin sehr gut vorbereitet. Auch wenn ich nicht weiß, was mich in der Hütte erwartet, bin ich auf alles vorbereitet.

Die Verbindungstür vom Keller zur Garage steht offen, ich fahre meinen Wagen rückwärts rein und hebe Hagen in den Kofferraum. Den Boden habe ich mit einer Plastikplane ausgelegt. Danach hole ich die Landkarte. Ich kenne die Route auswendig, den Großteil der Orte habe ich mir von der einen Fahrt gemerkt. Ich weiß, an welcher Stelle ich in den Waldweg einbiegen muß. Den Schlüssel für das Tor habe ich in Hagens Hose gefunden, auch sein Handy und seine Papiere habe ich eingesteckt. Ich will die anderen nicht warten lassen. Ich bin auf Kollisionskurs – was auch geschieht, heute hole ich meine Tochter nach Hause zurück.

SIE

SIE

Sie erinnern sich an jedes Kind, jeder von ihnen führt Buch. Es ist eine der vielen Regeln. Sie müssen wissen, auf wen sie Jagd gemacht haben. Sie sind ja keine Barbaren. Jede Jagd sorgt für ein Gleichgewicht, denn ohne dieses Gleichgewicht versinkt die Zivilisation im Chaos. Jede Jagd sorgt für Furcht, denn jede Jagd erinnert die Menschen daran, daß es keine Sicherheiten gibt, daß überall Gefahren lauern. Die Jagd schmiedet die Opfer zusammen und läßt sie zusammenrücken. Nicht jeder versteht das, und es interessiert sie auch nicht, ob jemand dafür Verständnis aufbringt. Ohne die Jagd würden sie aufhören zu existieren, der Halt ihrer Gemeinschaft würde auseinanderbrechen. Jede Jagd ist eine Lehre und eine Feuerprobe zugleich. Sie bereitet ihre Kinder auf die Welt vor, sie ist das, was sie von anderen Menschen unterscheidet. Selbst die Niederlagen sind wichtig. Sie sind nicht auf Rache aus. Sie sind eine Gemeinschaft, und am Ende des Tages sind sie das, was sie sein wollen – keine Beute, sondern Jäger, die man fürchtet und bei deren Anblick man den Blick respektvoll abwendet.

Und irgendwo in Deutschland gibt es einen fünfzehnjährigen Jungen, der vor zwei Jahren das erste und letzte Mal auf die Jagd ging und seitdem ein schmales Buch in seinem Regal stehen hat. In diesem Buch sind die sechs Namen seiner Beute verzeichnet. Die Namen ihrer Eltern und Freunde, ihre Vorlieben und Abneigungen, ihr Geburtsdatum und das Datum ihres Todes.

Niemals würden sie eine Beute jagen, die sie nicht kennen.

Das Buch liest sich wie ein Poesiealbum.

Der vierte Name darin ist Clarissa.

ICH

ICH

1

Es ist zwei Uhr früh. Nachdem ich die Autobahn hinter Königs Wusterhausen verlassen habe, fahre ich kurz vor dem ersten Dorf über einen Feldweg in die Landschaft hinein. Ich bin gute 50 Kilometer von der Hütte entfernt. Kein Haus ist zu sehen, der Schnee kommt lautlos herunter, es weht kein Wind. Ich parke hinter einem verfallenen Stall und steige aus. Ich öffne den Kofferraum und hebe den ohnmächtigen Hagen raus. Ein wenig Blut hat die Decken durchtränkt, aber die Plastikplane hat es aufgefangen. Ich lege Hagen in den Schnee neben den Stall und wickele ihn aus. Danach verstaue ich die Decken wieder im Kofferraum und schaue für einen Moment über die Felder. Und wie ich so schaue, hört es auf zu schneien, und ein schneidender Wind kommt auf. Das Land wirkt unschuldig und unberührt. Ich könnte die ganze Nacht hier stehen und diesen reinen, klaren Wind atmen. Als ich zu Hagen zurückkehre, hat er sich nicht von der Stelle gerührt. Um seinen Schritt herum hat sich ein Blutfleck im Schnee gebildet.

Ich gebe zu, daß ich das mit Genugtuung sehe.

Ich durchtrenne die Fesseln. Später werde ich Hagens Wagen von meinem Haus wegfahren und die Schlüssel, die Papiere und das Handy im Wannsee versenken.

Ich lasse den nackten Hagen im Schnee zurück.

Vielleicht wird er verbluten oder erfrieren, vielleicht läuft er über die Landschaft wie ein dreizehnjähriges Mädchen, das seinem Zuhause entrissen wurde. Ich weiß nicht, was ich ihm mehr wünsche – einen langsamen Tod oder ein langes qualvolles Leben. Was auch immer es ist, ich hoffe, daß es mit vielen Schmerzen verbunden ist.

2

Ihr Wagen steht an derselben Stelle wie letzte Woche. Ich parke daneben und schließe mit Hagens Schlüssel das Tor auf. Ich habe daran gedacht, eine Taschenlampe einzustecken, aber noch brauche ich kein Licht. Der Mond ist voll, und der Schnee schimmert bläulich.

Ich gehe den schmalen Weg hinunter und halte mich an den Bäumen fest. In einer Lederscheide habe ich ein Messer an meinem Gürtel. Ich habe es in demselben Geschäft gekauft, in dem ich das Messer für dich besorgt habe. Was auch immer passiert, ich bin vorbereitet.

Aus dem Schornstein der Hütte steigt Rauch. Ich stelle mir vor, wie ich da eintrete, und sie sitzen alle am Tisch und sind gut gelaunt und begrüßen mich wie den alten Kumpel, der ich die letzten Wochen für sie war. *Und wo hast du Hagen gelassen?* werden sie fragen, und ich werde mit den Schultern zucken und mein Messer ziehen und dann vollkommen durchdrehen. Ich werde sie einen nach dem anderen massakrieren und mit solch einer Wucht über sie kommen, daß sie sich nicht werden wehren können. Franco hebe ich mir auf, denn von Franco brauche ich Antworten. Ich will wissen, wo genau meine Tochter liegt, ich will wissen, was die Jagd mit der Unschuld zu tun hat. Franco soll mir von seinen Göttern erzählen. Ich will seine Lügen hören, ich will sehen, wie er sich windet, wenn ich ihm meinen und den wahren Namen meiner Tochter verrate. Ich will endlich hinter den Sinn des Ganzen kommen, damit ich Frieden finde. Ein Vater hat ein Recht zu erfahren, warum seine Tochter sterben mußte. Auf diesen Gedanken kocht sich alles herunter. Ich weiß, es ist absurd. Und weil es absurd ist, bin ich bereit für alles.

Ich betrete die Hütte.

Das Feuer brennt im Kamin, das Licht über dem Eßtisch ist an, da steht ein Kaffeebecher, zwei Flaschen Bier, das Radio dudelt im Hintergrund. Alles ist wie bei meinem letzten Besuch, nur daß die Hütte vollkommen verlassen ist.

3

Auch in der Scheune brennt Licht.

Ich stehe vor der Hütte und da ist trotz des scharfen Windes ein
Duft in der Luft, der mich an Frühling denken läßt. Ich atme tief
durch. Ich will und ich will nicht zur Scheune gehen. Ich weiß nicht,
wie es da drin aussieht oder wie viele Kinder schon in dem Loch
sitzen. Wer sagt, daß sie erst heute angefangen haben? Ich habe ihnen
in meiner Naivität vertraut, ich habe sechs Tage verstreichen lassen.
Was habe ich mir nur dabei gedacht? Und was mache ich, wenn sie
ihre eigenen Kinder zur Jagd mitgebracht haben? Achim seine Söhne,
Franco seinen Sohn. Was mache ich dann?

Das Scheunentor ist nur angelehnt, ein schmaler Lichtstreifen fällt
mir vor die Füße. Ich sehe Stiefelspuren im Schnee, höre aber keinen
Laut aus der Scheune. Meine Finger zittern, als ich in den Spalt greife
und das Tor weiter aufziehe.

Der Tisch, den ich letzte Woche mit Franco in den Raum gestellt
habe, steht noch immer am selben Platz, und auf der Tischplatte sitzt
ein Mädchen. Ihr Haar ist zu zwei Zöpfen gebunden, die sich teil-
weise aufgelöst haben. Sie trägt einen Schlafanzug und ist barfuß.

Ihre Beine hängen über die Tischkante, ihr linker Fuß ist verdreckt. Sie sitzt reglos und still da, Hände im Schoß, Augen geschlossen. Sie hat geweint, ich kann es sehen, ihre Wangen sind noch feucht.

– Laura? sage ich leise.

Ihre Augen bleiben geschlossen, aber sie preßt die Lippen fest zusammen, als dürfe ihr kein Wort entweichen. Ich bleibe vor ihr stehen. Sie zittert und erinnert mich dabei so sehr an dich im Pflegeheim, daß ich zu ihr gehen und sie in die Arme schließen will. Ich tue es aber nicht.

– Wenn du Laura bist, dann nick einmal, sage ich.

Sie nickt einmal, zieht die Nase hoch, blinzelt kein einziges Mal.

– Du darfst die Augen jetzt aufmachen, sage ich.

Ihre Augen öffnen sich mit einem Flackern. Sie sieht mich an.

– Du darfst jetzt auch sprechen, sage ich.

– Wirklich? kommt es leise über ihre Lippen.

– Wirklich.

Sie atmet laut aus, ihr Seufzer hat die Größe eines geschlüpften Vogels, die Schultern sacken nach vorne, als wäre eine tonnenschwere Last von ihnen gefallen. Ihre Stimme bleibt ein Flüstern.

– Die Männer haben gesagt, ich soll warten, bis sie zurückkommen.

– Wo sind sie jetzt? frage ich

– Sie haben gesagt, sie gehen nur kurz mal raus. Sie haben gesagt, wenn sie wieder da sind, wird alles gut. Bis dahin soll ich still sein und die Augen schließen und an was Schönes denken. Ich will nach Hause. Warum bin ich hier?

– Es ist ein Mißverständnis, sage ich.

– Habe ich was falsch gemacht?

– Nein, sie haben dich verwechselt.

– Ach so.

384

Sie scheint mit der Antwort zufrieden zu sein, aber die Angst bleibt, ich kann es in ihren Augen sehen, die Angst wird von heute an ein fester Bestandteil ihres Lebens sein, und niemand wird sie ihr nehmen können. Von heute an wird sie glauben, daß sie jederzeit geholt werden kann. Da hilft es auch nicht, wenn ich sie denken lasse, es wäre nur ein Mißverständnis. Ich schaue zur Bodenluke.

– Warst du in diesem Loch?

Sie nickt, sie zieht die Nase hoch und schaut weg, als ich den Ring ergreife und die Luke hochziehe. Niemand hockt da unten und starrt zu mir hoch. Ich schließe die Luke wieder.

– Waren da noch mehr Kinder?

– Nur ich.

– Erinnerst du dich, wie du hergekommen bist?

– Erst war ich zu Hause und habe geschlafen, dann bin ich aufgewacht und war in dem Loch, und dann kamen diese Männer und haben mich rausgeholt, mehr weiß ich nicht. Leider.

– Du weißt schon eine Menge, sage ich, Weißt du auch, was wir als nächstes machen?

Sie sieht mich fragend an, ich will, daß sie mitdenkt. Ich will, daß sie das Gefühl hat mitzuentscheiden.

– Ich gehe jetzt raus, sage ich, Und wenn ich wiederkomme, fahren wir dich nach Hause und alles wird gut, was hältst du davon?

– Versprochen?

– Versprochen.

– Muß ich die Augen wieder zu machen?

– Nein, du kannst gucken, aber bleib am besten da oben sitzen, ich bin gleich wieder zurück.

Ich bleibe vor der Wand mit den Werkzeugen stehen, mein Messer kommt mir plötzlich lächerlich vor, die Entscheidung fällt mir leicht.

– Wozu brauchst du die Axt? fragt sie mich.

– Ich will sicher gehen, daß mir kein Bär über den Weg läuft.

Sie weitet die Augen, an jedem anderen Tag hätte sie vielleicht gelacht, jetzt sieht sie mich nur verwirrt an und sagt:

– Hier gibt es doch keine Bären.

Ich lächle.

– Na, da bin ich aber erleichtert.

– Eine Axt brauchst du, um einen Baum zu fällen, erklärt sie mir.

Ich schaue die Axt zweifelnd an.

– Und was brauche ich für einen Bären?

– Honig natürlich.

– Dann gehe ich mal einen Baum fällen, sage ich und verlasse die Scheune.

Sie sind nicht hinter der Scheune, aber hinter der Scheune beginnt eine blutige Schleifspur und führt den Pfad zum See hinunter. Das Herz schlägt mir bis zum Hals. Ich bin jetzt du, ich bin ein dreizehnjähriges Mädchen, das sich fragt, was hier passiert ist. Und ich bin meine Tochter, die durch den Schnee irrt und nur nach Hause will. Meine Gedanken rasen:

Hat die Jagd etwa schon begonnen?

Habe ich die Situation unterschätzt?

Werde ich die Beute vom Jäger unterscheiden können?

Werde ich mich wehren, wenn mich ein Kind angreift?

Aber Laura hat gesagt, da wären keine anderen Kinder.

Wer jagt dann?

Und wen haben sie da zum See runtergeschleift?

Ich umfasse den Axtgriff fester und folge der Schleifspur.

Der See ist der See, und niemand ist auf ihm zu sehen. Die Schleifspur führt direkt zur Seemitte. Ich betrete das Eis und folge der Spur, und natürlich endet sie vor einem Loch. Es ist nicht zugefroren, das Wasser reicht bis an den Eisrand. Wer auch immer hier war, es konnte nicht lange her sein, sonst wäre das Loch wieder zugefroren.

Ich sehe mich um und erwarte einen Schuß, ich erwarte irgendeine Reaktion aus der Dunkelheit. Daß jemand auf mich zugerannt kommt. Edmont. Franco. Achim. Selbst daß der kastrierte Hagen auftaucht und Rache will.

Nichts geschieht.

Und dann höre ich das Klopfen.

Und stehe da und warte und höre es wieder.

Ich schaue auf das Eis zu meinen Füßen, dann knie ich mich hin. Ich weiß, was ich zu sehen bekommen werde. Meine Hand wischt den Schnee zur Seite. Das Eis darunter wirkt schwarz. Ich warte auf das nächste Klopfen. Es erklingt weiter links. Ich rutsche rüber, wische den Schnee weg und hole die Taschenlampe aus dem Mantel. *Junge oder Mädchen?* denke ich und richte den Lichtstrahl schräg auf das Eis und sehe den Schatten, und aus dem Schatten wird ein Körper, und für einen Moment bin ich mir sicher, daß es ein Junge ist. Ein Junge mehr, den ich nicht retten konnte. Dann sehe ich den kahlen Kopf und im Nacken schimmert eine fahle Narbe.

Ich verstehe nichts mehr.

Unter mir treibt Achim.

Ich verstehe nichts mehr.

Und da höre ich auch schon das nächste Klopfen.

Ich krieche über den See und fege den Schnee mit den Händen vom Eis. Meine Handschuhe reißen auf, das Blut pocht in meinen Schläfen. Ich leuchte mit der Taschenlampe, drei Schatten schweben unter mir. Sie erinnern an reglose Rochen, ihre Körper reiben an der Eisfläche, und ich betrachte sie und betrachte sie und weiß nicht, wie das möglich ist. Franco treibt als einziger auf dem Rücken. Seine Augen stehen offen, das Halstuch ist verschwunden, die Kehle aufgeschnitten.

Der Wind rauscht in meinen Ohren. Ich schaue mich um und leuchte in die Gegend. Ich habe keine Angst. Ich scheiße mir ein vor Angst. Meine Taschenlampe reicht nicht weit. Sie streicht über das Eis, sie erhellt das Schilf und die Bäume am anderen Ufer. Vielleicht sind da draußen die Geister all der Kinder, vielleicht denken sie, ich gehöre dazu, und machen sich bereit, um auch mich unter das Eis zu bringen.

– Clarissa? flüstere ich den Namen meiner Tochter.

Ich schaue über die Landschaft, bis mir die Augen tränen. Weit entfernt erhellt das Licht der Hütte die Baumwipfel. Ich sehe niemanden, ich höre niemanden, ich bin ein Mann auf dem Eis, der keine Ahnung hat, wer die drei Männer unter seinen Füßen umgebracht hat.

Aber ich empfinde Dankbarkeit.

Und so stehe ich eine Weile, ehe ich die Axt vom Eis aufhebe und zur Scheune zurückkehre.

SIE

SIE

Sie haben all ihre Konzentration auf diese eine Jagd gerichtet, weil sie wissen, daß es ihre letzte Jagd ist. So eine Herausforderung kommt kein zweites Mal. Nach langer Zeit dürfen sie wieder aktiv sein. Es ist das eine, die Beute auszuwählen und zu entführen; es ist etwas ganz anderes, wieder der Jäger zu sein. Und ihre Beute sind dieses Mal keine Kinder.

So mancher hat über die Jahrzehnte hinweg versucht, ihnen näher zu kommen, aber das ging selten gut aus. Niemand kann sich ihnen nähern, ohne daß sie es merken. Kein Polizist, kein Zivilist. Sie sehen jede Bewegung lange im voraus. Und manchmal sind sie geduldig und schauen, was passiert. Und dann gibt es Zeiten, da schlagen sie so überraschend schnell zu, daß kein Widerstand möglich ist.

So wie heute.

Sie wissen, wie der Tag enden wird. Ein Jäger hat das zu wissen. Ein Jäger, der den Tag beginnt, ohne eine Ahnung zu haben, wie er endet, ist kein Jäger. Kontrolle hat Vorrang, nur wer jeden Schritt kennt, kann sich seiner sicher sein und den Hindernissen ausweichen, die sich ihm in den Weg stellen.

Sie erreichen den See vor Mitternacht und laufen auf das Eis hinaus. Im Rucksack haben sie einen manuellen Eisbohrer, mit dem sie die Eisdecke an mehreren Stellen anbohren. Ein Tritt reicht, und ein Loch mit einem Durchmesser von einem Meter ist entstanden. Danach verlassen sie den See wieder und nähern sich der Hütte vom Wald her. Der Sichtkontakt reicht ihnen fürs Erste. Sie liegen im Schnee und beobachten die Lichter. Sie registrieren jede Bewegung. Wer wie oft die Hütte verläßt, wer wie oft in die Scheune geht.

Als der Schneefall plötzlich endet und der Wind sich dreht und ihnen entgegenweht, setzen sie sich in Bewegung. Sie verlassen den Waldgürtel und steigen zur Hütte hinunter. Wer auch immer in diesem Moment aus einem der Fenster schaut, wird sie nicht sehen. Sie sind ein Teil der Landschaft, sie bewegen sich im Rhythmus des Winters, ihre Schritte sind im Schnee nicht zu hören.

Sie sind nicht das erste Mal hier, sie haben das Terrain vor vier Monaten erkundet. Sie kennen die Eingänge zur Hütte und wissen, welche Tür welches Schloß hat. Auch die Scheune ist ihnen vertraut. Sie haben die Luke geöffnet und in das Loch geschaut. Sie mußten zugeben, sie waren fasziniert und angewidert zugleich. Die Truhen mit den Airsoftwaffen und das darunter versteckte Lager mit echten Waffen ist ihnen ebenfalls nicht entgangen. Jetzt sind die Gewehre und Pistolen ohne Munition.

Sie gehen keine unnötigen Risiken ein.

Zwei von ihnen wenden sich der Scheune zu, während die anderen beiden zur Hütte gehen und sich an der Vorder- und Hintertür postieren. Es hat sie erleichtert, daß am Türrahmen keine Einkerbungen zu sehen waren. Nicht jedes Detail kann so kopiert werden wie die Luke im Boden.

Sie tragen weiße Tarnkleidung und Skimasken, die nur die Augen freilassen.

Sie sehen auf ihre Uhren und betreten auf die Sekunde genau die Hütte von beiden Seiten.

Der Anblick, der sich ihnen bietet, könnte nicht harmloser sein:

Ein Mann liegt auf dem Sofa und liest eine Zeitschrift. Sein Name ist Edmont Lemke, er ist Inhaber einer Fahrschule und mißhandelt seit gut dreißig Jahren vorwiegend Jungen im Alter von acht Jahren. Am Tisch sitzen zwei Männer und schauen von ihrem Kartenspiel auf. Der eine Mann ist Achim Brockhaus, er verkauft Satelliten- und Solaranlagen und ist Vater von zwei Söhnen. In seiner Freizeit mißhandelt er kleine Mädchen, und das seit gut zwei Jahrzehnten. Ihm gegenüber sitzt Franco Pardi. Er ist Radiomoderator, hat einen Sohn und keine Vorlieben, ihm sind Mädchen und Jungen recht. Er ist nur eigen, wenn es um das Alter geht. Die Kinder dürfen nicht älter als zehn sein. Franco Pardi ist der Kopf dieser Gruppe, die anderen sind seine Gefolgschaft.

Sie wissen das, weil sie alles wissen, was diese Männer angeht. Auch daß einer von ihnen fehlt. Hagen von Rhys. Um ihn werden sie sich später kümmern, falls das noch nötig sein sollte. Hagen von Rhys befand sich vor zwei Stunden noch im Haus von Mika Stellar. Sie gehen davon aus, daß er es nicht lebend verlassen wird.

Es ist offensichtlich, daß die drei Männer nicht verstehen, wer da in ihre Hütte reingeplatzt ist.

– Scheiße, was soll das? fragt Edmont Lemke und will aufstehen. Ein Gewehrlauf drückt an seinen Hinterkopf. Er hebt die Hände und setzt sich wieder. Der Lauf verschwindet.

Sie wechseln einen kurzen Blick. Sie behalten die Skimasken auf, obwohl es sehr warm ist in der Hütte. Es gibt für sie keinen Grund, unvorsichtig zu sein. Die Männer vor ihnen sind in Socken und

Pullovern und erinnern an drei Freunde, die Urlaub auf dem Land machen.

Nichts ist von der Wahrheit weiter entfernt.

Franco Pardis Kopf arbeitet auf Hochtouren, auch Edmont Lemke ist ratlos, sie wissen nicht, was hier passiert. Achim Brockhaus zeigt als einziger keine Regung. Nur seine Augen bewegen sich hektisch. Sie bemerken seine Blicke und begreifen, daß er einen Ausweg sucht. Und sie begreifen auch, daß er als erster sterben muß. Sie warten, daß einer der Männer das Wort ergreift. Sie denken, es wird Franco Pardi sein.

– Seid ihr Bullen? fragt er.

Sie antworten nicht. Sie sind nicht hier, um sich zu erklären. Sie sind hier, weil sie die Beute gestellt haben. Drei Plastikfesseln landen auf dem Tisch. Einer von ihnen übernimmt das Wort. Er macht sich für diese Jagd zum Anführer.

– Ihr habt eine Minute, sagt er.

– Könnten wir uns nicht wie vernünftige Menschen unterhalten? fragt Edmont Lemke, Ich meine, was auch immer das Problem ist, es wird sich doch wohl klären lassen, oder? Ihr seid offensichtlich am falschen Ort, wir sind nur drei Freunde, die---

– Noch dreißig Sekunden.

Franco Pardi nimmt die Plastikfesseln, steht auf und bindet erst Edmont Lemke und dann Achim Brockhaus die Hände zusammen. Zum Schluß legt er die Fessel um seine eigenes Handgelenk und zieht sie mit den Zähnen fest.

– Und jetzt? fragt er.

Sie zeigen zur Tür.

– Jetzt gehen wir.

Die drei Männer stehen auf und treten in die Kälte. Keiner von ihnen denkt daran, sich Stiefel anzuziehen. Sie haben aufgegeben und hoffen, glimpflich davonzukommen, wenn sie gefügig sind. Alle drei kennen dieses Verhalten von ihren eigenen Opfern. Es ist die Resignation der Beute.

Während zwei von ihnen die Hütte betreten haben, sind die anderen beiden in die Scheune gegangen. Sie haben das Mädchen aus dem Loch geholt und auf den Tisch gesetzt. Sie haben vorher wohlweislich ihre Skimasken abgenommen, um das Mädchen nicht noch mehr zu ängstigen. Nachdem sie ihr die Fesseln aufgeschnitten haben, baten sie das Mädchen, Augen und Mund zu schließen und geschlossen zu halten. Sie sagten, sie solle warten, bis sie zurückkämen, dann würde alles gut werden. Es sei wie Versteckspielen, nur daß keiner sie finden würde, solange sie die Augen geschlossen hielt.

– Wir gehen nur kurz raus, sagten sie zu ihr.

– Denk an was Schönes, sagten sie und verließen die Scheune.

Draußen zogen sie sich die Skimasken wieder über und schauten zur Hütte, aus der im selben Moment drei Männer in Socken herausmarschiert kamen.

Die drei Männer werden hinter die Scheune geführt. Sie stehen Schulter an Schulter und sehen elendig aus. Achim Brockhaus meldet sich das erste Mal zu Wort.

– Ihr seid doch niemals Bullen. Ich rieche einen Bullen auf hundert Meter. Was passiert hier? Seid ihr irgendeine Geheimorganisation? Wir sind keine Idioten, also legt die Karten auf den Tisch, wir können über alles reden.

– Achim, halt mal die Klappe, sagt Edmont Lemke.

– Wieso sollte ich? Denkst du, sie erschießen mich, weil ich rede? Die können mich mal, ich lasse mich nicht---

– Achim, sei still! fährt ihm Franco Pardi über den Mund.

Achim Brockhaus verstummt. Es war eine kurze Revolte, es ist gut, daß sie das jetzt hinter sich haben. Sie finden, daß es an der Zeit ist für eine Unterhaltung. Ein paar Punkte sind noch offen und müssen geklärt werden. Einer von ihnen tritt vor und übernimmt das Wort. Er macht sich für diesen Moment zum Anführer.

– Ihr wißt nicht, warum wir hier sind, sagt er, Ihr wißt so viel, aber ihr habt keinen blassen Schimmer, warum wir hier sind, sehen wir das richtig?

– Wenn es um das Mädchen geht---

– Es geht nicht um das Mädchen, unterbricht er Franco Pardi.

Pause, ein langes Schweigen, dann spricht der Anführer weiter.

– Dachtet ihr wirklich, ihr kommt damit durch?

Die drei Männer sehen ihn ratlos an.

– Womit? fragt Edmont Lemke.

Der Anführer machen eine Geste, die die Hütte und die Scheune umfaßt.

– Mit dieser billigen Kopie. Die Hütte, das Loch im Boden, der See.

Achim Brockhaus begreift es als erster. Seine Reaktion überrascht selbst Franco Pardi und Edmont Lemke. Er drückt sich die gefesselten Hände vor den Mund, als würde er einen Schrei unterdrücken, dann zieht er die Schultern hoch und rennt in die Landschaft hinein, ohne dabei einen Laut von sich zu geben. Einer von ihnen folgt ihm mit ruhigem Schritt und als Achim Brockhaus stolpert und mit dem Gesicht voran im Schnee landet, beugt er sich zu ihm runter. Sie sehen nicht, was als nächstes geschieht. Achim Brockhaus wird am Kragen seines Pullovers wieder zur Scheune zurückgeschleift und vor ihren Füßen fallengelassen. Ein pfeifendes Geräusch entweicht seiner aufgeschnittenen Kehle, die Füße zucken, das pfeifende Geräusch wird leiser und leiser, als das Blut die Wunde verschließt.

396

Edmont Lemke weicht zurück, bis er mit dem Rücken gegen die Scheunenwand stößt.

– Scheiße, sagt er panisch, Scheiße, was passiert hier?

Franco Pardi versteht es in dem Moment. Sie können es sehen. Sein Gesicht wird ganz weiß, er sieht von der Leiche auf und sagt leise:

– Ihr seid das.

– Wir sind das, erwidert der Anführer, Und was denkt ihr, wer ihr seid?

– Wir … Wir sind Fans.

Wäre es eine andere Situation, würden sie über diese Worte lachen. So aber spucken sie aus, so angewidert sind sie, daß sie ausspucken müssen.

Franco Pardi versucht, sich zu erklären. Für einen Anführer redet er viel zu schnell. Aber vielleicht ist es auch nur die Angst. Er nennt ihnen den Namen des Mannes, mit dem er gesprochen hat. Er wiederholt ihn dreimal, als könnten sie ihn nicht hören.

– Er ist doch einer von euch, oder?

Sie nicken, er ist einer von ihnen.

– Er wohnt mit meinem Vater im selben Altersheim. Er hat mich gefragt, ob ich von den Jägern wüßte. Ich bin vor Ehrfurcht beinahe ohnmächtig geworden. Denn natürlich wußte ich von euch. Jeder hat von euch gehört, ihr seid eine Legende. Er meinte, ihr würdet Mitglieder aufnehmen, er sagte uns, was wir zu tun hätten. Die Hütte, das Loch, der See. Er sagte, wir sollten bis zum Winter vorbereitet sein, dann wären wir bereit für die Jagd. Was haben wir denn falsch gemacht?

Sie sehen ihn nur an. Sie wollen ihm sagen, daß er alles richtig verstanden hat, er und seine Freunde waren bereit für die Jagd, nur daß ihnen niemand gesagt hat, daß sie nicht die Jäger, sondern die Beute sind.

– Wir wissen auch, daß es um die Unschuld geht, fügt Franco Pardi hinzu.

– Um was?!

– Um die Unschuld.

– Hat er euch das wirklich gesagt?

Franco Pardi nickt.

– Er sagte, daß die Unschuld geerntet werden muß.

Sie wechseln einen Blick untereinander, es wäre unpassend, sehr unpassend, aber sie sind jetzt wirklich kurz davor loszulachen.

– Er hat von der Jagd geschwärmt, redet Franco Pardi hastig weiter, Er hat gesagt, sie würde uns zu richtigen Jägern machen und wenn wir seine Anweisung befolgten ...

Franco Pardi verstummt.

– Was dann?

– Dann wären wir wie ihr, spricht er weiter, Was haben wir denn falsch gemacht? Es ist doch alles perfekt, oder? Wir wollten nicht respektlos erscheinen, aber ist das nicht alles perfekt?

Seine Stimme wird klein.

– Wir dachten, wir probieren es auch einmal aus.

Sie hören das alles und zeigen keine Reaktion. Ihre Gedanken sind woanders.

Der Anruf erreichte sie im Dezember vorletzten Jahres. Noch hatte Mika Stellar keinen Kontakt zu dem Mädchen aufgenommen. Noch war alles im Gleichgewicht.

Der Winter war angebrochen, dieses Jahr sollten sich zwei Jungen und ein Mädchen beweisen. Ihre Väter waren seit Anbeginn des Sommers nervös. Es war eine gute Zeit der Erwartungen, der See hatte sich mit einer Eisschicht überzogen, bald sollte es schneien. In ungefähr einer Woche würden sie die Beute holen.

Der Anruf hat sie überrascht.

Sie hatten lange nichts von ihm gehört. Er war einer ihrer Urväter und würde immer einer von ihnen bleiben, auch wenn er sein Leben jetzt in einem luxuriösem Altersheim verbrachte. Er sagte, seine Tage wären zwar ruhiger geworden, aber man konnte sich nicht vor der Außenwelt schützen. Fernsehen. Radio. Internet. Er bekam alles mit.

– Sagt euch der Name Franco Pardi irgendwas?

Der Name sagte ihnen nichts, aber das mußte er nicht, denn sie konnten alles über ihn herausfinden, wenn ihnen danach war. Genau das wünschte er sich von ihnen. Er sagte, er hätte da eine Herausforderung für sie. Er sagte nicht, woher er seine Informationen hatte. Es war unnötig, sie würden alles nachprüfen.

– Ich bin über eine ganz spezielle Beute gestolpert, ließ er sie wissen, Der Köder ist gelegt, ihr müßt euch nur noch auf die Jagd vorbereiten, und der nächste Winter gehört euch allein. Ich hoffe, ihr nehmt die Herausforderung an. Bitte, betrachtet sie als mein Geschenk an euch.

Sie versicherten ihm, daß sie mit Freuden annehmen würden.

Und jetzt stehen sie hinter der Scheune im Schnee und sind ein wenig fassungslos, daß diese unscheinbaren Männer so weit gehen konnten, sie so schamlos schlecht zu kopieren, ohne überhaupt zu wissen, was der Sinn des Ganzen war. Die Falle ist fast schon zu perfekt.

– Und was genau war euer Plan? fragt der Anführer.

Franco Pardi will antworten, sie schütteln die Köpfe, nein, sie wollen die Antwort von Edmont Lemke hören, der noch immer auf Achim Brockhaus Leiche starrt, als könnte er sie mit seinen Blicken erwecken.

– Wir …

Edmont Lemke sieht Franco Pardi an,

– Naja, wir wollten uns ein paar Jungs und ein paar Mädchen holen, spricht er weiter, Das Loch ist ja nicht gerade groß, wer weiß, wie viele Kinder da reinpassen. Deswegen wollten wir erstmal klein anfangen, ein paar Freunde einladen, ein Fest feiern.

Er zuckt mit den Schultern.

– Scheiße, Leute, wir wollten so sein wie ihr. Ich kapier nicht, was daran so falsch ist? Was muß man denn machen, um in euren Club aufgenommen zu werden?

– Club?

Langsam begreifen sie, wie diese Männer sie gesehen haben,

– Haltet ihr uns ernsthaft für Pädophile? fragt der Anführer.

Edmont Lemke schaut überrascht, Franco Pardi runzelt die Stirn.

– Moment mal, sagt er, Ich dachte---

– Seid ihr nie auf die Idee gekommen, daß man euch eine Falle gestellt hat? unterbricht ihn der Anführer.

– Falle? kommt das Echo von den beiden.

Es reicht ihnen, sie müssen nicht mehr hören. Langsam wird es zu einer Farce, und wenn sie im Zeitplan bleiben wollen, müssen sie hier fertig werden.

Der Anführer zeigt in den Schnee vor ihren Füßen.

– Kniet euch hin.

Franco Pardi beginnt zu weinen. Er weiß, er könnte um sein Leben betteln oder wie Achim Brockhaus davonrennen, aber er weiß auch, daß ihn das nur noch weiter herabsetzen würde. Das hier sind seine Götter. Er sinkt auf die Knie und senkt den Kopf. Die Tränen gefrieren in einer glitzernden Bahn auf seinen Wangen. Franco Pardis Gesicht spiegelt Ehrfurcht, Scham und Hingabe. Er weiß, so ist es richtig. Edmont Lemke dagegen kann sich nicht von der Scheunenwand lösen. Es sieht aus, als wollte er in dem Holz verschwinden. Er ist panisch, er will nicht sterben, er will alles wieder gutmachen und sich entschuldigen und entschuldigen und …

Ein Gewehrschaft wird ihm in den Magen gerammt. Er klappt zusammen und landet neben seinem Anführer auf den Knien.

Sie treten hinter die beiden Männer.

Franco Pardi schließt die Augen. Er weiß nicht, wie er sich so täuschen konnte. Er erinnert sich an eine Zugfahrt, auf der er erst nach drei Stunden mitbekam, daß er in die falsche Richtung fuhr. So ähnlich fühlt sich das an. Er muß nur aussteigen und auf den nächsten Zug warten, denn so kann es nicht enden, er hat noch so viele Fragen, er hat noch so viel Leben in sich, daß es eine Schande wäre, wenn es so enden würde; aber er weiß auch, wann etwas vorbei ist, und so ergibt sich seinem Schicksal, wie es eine Beute tut, die keinen Ausweg mehr sieht.

Eine Hand packt sein Kinn, die Kehle wird entblößt und das Messer gleitet mühelos durch das Fleisch. Dasselbe widerfährt Edmont Lemke, der sich kurz gegen den Tod wehrt, der einen letzten Atemzug macht und dabei in den Himmel schaut und keine Sterne sieht. Dabei denkt er an seine Frau, ihr gehört sein letzter Gedanke. Daß sie nie erfahren wird, wer er wirklich war, daß sie nie erfahren wird, wie er gestorben ist, und daß es gut so ist. Sein Mund schnappt auf, kein Laut kommt heraus, dann kippt er gegen Franco Pardi und so lehnen sie aneinander wie die treuen guten Freunde, die sie gewesen sind, während ihnen das Blut dampfend über die Brust läuft, während das Leben sie mit jedem Herzschlag mehr und mehr verläßt.

Edmont Lemke fällt als erster und landet auf der Leiche von Achim Brockhaus. Franco Pardi folgt ihm eine Sekunde später und legt sich über Edmont Lemkes Rücken.

Es ist getan.

Sie sind zufrieden mit ihrer Arbeit. Sie ergreifen die Toten und ziehen sie wie erlegtes Wild hinter sich her zum See. Sie sprechen dabei nicht, die Jagd ist etwas Erhabenes, und der Tod verdient Respekt. Am Eisloch angekommen versenken sie ihre Beute und waschen sich danach die Hände im Wasser, ehe sie sich wieder auf den Weg machen. Sie laufen auf den Wald zu. Sie wissen, daß das Mädchen in der Scheune in Sicherheit ist. Sie sind nicht grausam. Jede Jagd hat ihren Jäger und ihre Beute. Das Mädchen ist nie Beute gewesen.

Bevor sie im Wald verschwinden, schauen sie ein letztes Mal zurück.

– Unschuld, sagt einer von ihnen, und sie lachen.

Von hier oben können sie nur die Scheune sehen, das Licht scheint warm aus den Dachfenstern. Alles ist, wie sie es vorausgesehen haben. Sie sehen auf die Uhr, es ist Zeit für die letzte Vorstellung.

Der See liegt still unter ihnen, und da läuft ein Mann zum Ufer hinunter und bleibt auf dem Eis stehen. Sie haben vor zwei Wintern seine Tochter geholt und seitdem beobachtet, wie er mehr und mehr in seiner Trauer versank. Sie haben ihn in die Richtung gelenkt, in der sie ihn haben wollten. Sie führten ihn zu Pero Kostrin, sie ließen ihm alle Informationen zukommen, die er über Franco Pardi und seine Männer brauchte. Er war hungrig und griff nach jeder Chance, seine Tochter zu finden.

Der Mann auf dem Eis denkt, er ist ein Jäger. Sie verzeihen ihm diesen Fehler, er kann nicht wissen, daß er die ganze Zeit über der falschen Beute auf der Spur war. Mika Stellar ist eine ahnungslose verirrte Seele, und sie haben beschlossen, ihn mit seiner Ahnungslosigkeit am Leben zu lassen. So wie Sisyphos seinen Stein unentwegt den Berg hochschieben muß, so wird Mika Stellars Suche nach seiner

Tochter nie ein Ende finden. Sie hoffen, es wird ihm eine Lehre sein, das Schicksal zu akzeptieren.

Sie wenden sich ab und gehen.

Noch ist die Nacht für sie nicht zu Ende, noch gibt es eine widerspenstige Verbindung, die sie kappen müssen. Erst dann findet dieser Winter einen würdigen Abschluß, erst dann ist diese Jagd beendet, und sie können in den Schoß ihrer Familien zurückkehren.

ICH

ICH

Nachdem mir Laura gesagt hat, wo sie wohnt, habe ich sie vor ihrem Zuhause abgesetzt. Ich parke hundert Meter entfernt am Straßenrand und beobachte im Rückspiegel, wie sich die Haustür öffnet und ihre Mutter sie in die Arme schließt. Der Vater tritt nach draußen und sieht sich um. Er kann nicht wissen, daß ich hier bin, dennoch schaut er in meine Richtung. In kurzer Zeit werden sie nicht mehr über diese Nacht reden, in der ihre Tochter verschwand, um nach acht Stunden wieder vor der Tür zu stehen. Sie werden das Thema vermeiden, und ihre Tochter wird nicht mehr das Kind sein, das sie vor diesen acht Stunden war. Vielleicht wird sie in Therapie gehen, vielleicht wird sie sich ein Leben lang ängstigen. Ich weiß es nicht, und ich will es nicht wirklich wissen, denn ich habe mein Bestes getan, und mehr geht nicht.

Erst als der Vater wieder ins Haus zurückgekehrt ist, fahre ich ohne Licht aus der Parklücke. Mir ist egal, was Laura ihnen erzählt. Ihre Geschichte ist hiermit beendet, meine Geschichte geht weiter.

Morgen früh werde ich wieder zur Hütte rausfahren. Ich werde mich mit Hacke und Spaten an die Arbeit machen und hinter der Scheune graben. Ich werde so lange suchen, bis ich die Leiche meiner Tochter gefunden habe, vorher gebe ich keine Ruhe.

Es ist unwichtig, wer Achim, Edmont und Franco umgebracht hat. Vielleicht war es ein anderer Vater, vielleicht hat sich eine Gruppe von Verzweifelten zusammengetan, und sie sind mir zuvorgekommen. Es ist unwichtig, und es ist mir recht. Sie haben mir die Arbeit abgenommen, und diese Schuld klebt nicht an meinen Händen. Dafür bin ich dankbar. Sie sind nicht mehr, nur das zählt. Mein Ziel ist erreicht. Sie haben mich zu meiner Tochter geführt, und ich habe einem Mädchen das Leben gerettet. Jetzt kann ich wieder ich werden.

Und ich bin der Jäger, der die Jagd beendet.

Es fühlt sich gut und richtig an. Die Welt ist wieder ein wenig mehr im Gleichgewicht, und ich wünschte, ich könnte dir das alles erzählen. Vielleicht kommt es ja dazu, vielleicht stehe ich dir eines Tages tatsächlich noch einmal gegenüber, und da wird keine Leere mehr in deinen Augen sein, weil ich dafür gesorgt habe, daß du in Sicherheit bist. Ich weiß, du wärst stolz auf mich. Nur das zählt. Denn wie ich es auch drehe und wende, am Ende habe ich all das nicht nur für meine Tochter, sondern auch für dich getan.

Zu Hause ziehe ich mich um und packe meine Sachen. Mit dieser Nacht hört Mika Stellar auf zu sein. Alles ist zu einem guten Ende gekommen. Es fehlt nur noch ein letztes Kapitel, dann kann ich auch dich verabschieden. Sollten wir uns nie wiedersehen, habe ich zumindest diese Worte, die mich für immer mit dir verbinden werden.

Das letzte Kapitel gehört dir ganz allein, Lucia, wie es sich für eine Heldin gehört, die einen weiten Weg gegangen ist, um an ihr Ziel zu kommen.

DU

DU

Du wartest. Du weißt, es ist erst vorbei, wenn es vorbei ist. Du magst diesen Gedanken. Er liegt wie ein kleiner runder Stein in deinem Mund und hat kaum Gewicht. Der Gedanke ist simpel. Er sagt das Eine und meint es auch.

Es ist vorbei, wenn es vorbei ist.

Und danach kannst du den Stein ausspucken.

Es ist Samstagabend, und der Schneefall weht knisternd gegen dein Fenster. Du hörst es, obwohl du es nicht sehen kannst, die Vorhänge sind zugezogen und an den Rändern mit Klebeband festgemacht. Kein Lichtschein dringt von draußen herein. Die Dunkelheit ist überall, sie hängt von der Decke herunter, sie lauert unter dem Bett und schleicht über den Boden und füllt dich aus.

Du bist aus deiner Starre erwacht. Es ist der letzte Winter der Furcht für dich. Nie wieder wird dir der Schnee so nahe kommen. Nie wieder Tränen, nie wieder auf jedes Geräusch lauschen und sich fragen, was als nächstes geschieht.

Aber noch ist es nicht soweit.

Noch atmest du flach und wartest geduldig, noch sind die Schritte im Flur nicht verräterisch.

Stunde um Stunde.

Einmal kommt der Pfleger und bringt mich zu dir. Du hörst uns den Flur runterkommen und bist hellwach, als wir in dein Zimmer schauen. Seine Stimme, meine Stimme, keine Gefahr für dich. Du bleibst unter dem Bett liegen und wartest, daß wir wieder gehen.

Wir lassen dich allein.

Stunde um Stunde vergeht.

Der Schneefall setzt aus, nur der Wind rüttelt noch an den Fenstern.

Es wird still.

Dann nähern sich wieder Schritte und halten vor deiner Tür.

Diese Schritte sind anders, sie wollen nicht gehört werden.

Die Klinke wird runtergedrückt.

Die Männer verlassen das Dämmerlicht des Flures und betreten die Finsternis deines Zimmers. Sie wollen kein Licht, denn sie sind die Dunkelheit, aber sie wissen nicht, daß du von derselben Dunkelheit erfüllt bist.

Nachdem sie die Tür geschlossen haben, ist es, als wären sie nicht anwesend.

Kein Atmen, nichts.

So still sind sie.

Nur das flüsternde Rauschen des Radios unter deinem Bett.

Aber du siehst sie.

Aber du beobachtest sie.

Sie warten nicht, daß sich ihre Augen an die Dunkelheit gewöhnen. Sie sind sich ihrer so sicher, daß sie ungeduldig sind. Ohne Schutz und ohne Deckung setzen sie sich in Bewegung. Sie haben dir versprochen, daß sie wiederkommen würden, sobald du sprichst. Sie haben nicht gesagt, wann das sein wird. Ein ganzes Jahr lang hat dich ihre Abwesenheit jeden Tag mit Furcht erfüllt, obwohl du wußtest, daß sie dich erst im Winter bei Schnee und Eis holen würden.

Dennoch warst du tagtäglich vorbereitet. Jede Minute. Irgendwann mußte es ein Ende haben.

Jetzt ist irgendwann.

Ihre Hände finden dein Bett, tasten über die Decke, tasten über das Kissen.

Das Bett ist leer.

Sie erstarren, damit haben sie nicht gerechnet.

Sie legen die Köpfe schräg und lauschen.

– Hört ihr das? sagte einer.

– Unter dem Bett, sagt ein anderer.

Das Rauschen des Radios lockt sie unters Bett. Sie treten in deine Falle wie eine Beute, die noch nie einen Jäger gesehen hat. Du beobachtest jede ihrer Bewegungen, denn du hast Katzenaugen und die Seele einer Eule.

Sie hocken sich hin und schauen unters Bett.

Es ist so weit.

Lautlos trittst du aus der Nische hervor, das Messer liegt sicher in deiner Hand, kein Schritt zu schnell, keiner zu langsam. Du stehst jetzt hinter ihnen und sie ahnen nichts. In ihren Köpfen bist du noch immer ein kleines Mädchen. Auch das ist ein Teil deiner Tarnung. Du bist keine dreizehn mehr, du bist eine junge Frau, die eine lange Zeit auf diesen Moment gewartet hat.

Sieben Jahre Geduld.

Sieben Jahre Wut.

Sieben Jahre Ewigkeit.

Und danach wirst du nach Hause gehen.

Und danach wirst du in deinem eigenen Bett schlafen und erwachen, und deine Eltern werden sich wundern, wo du nur so lange gewesen bist. Du weißt genau, wie sich das anfühlen wird. Du wirst in dein altes Leben hineinschlüpfen wie in ein Kleidungsstück, das dir nach all der Zeit noch immer vertraut ist. Und jeden Tag wirst du an deinen Bruder denken, ohne daß es schmerzt. Und der Schnee wird nur noch Schnee sein, und der Winter deiner Furcht wird ein Ende finden.

All das wünsche ich dir.

Du machst den letzten Schritt.

Deine Beute hat keine Ahnung, wer da hinter ihr steht.

Es ist ein gutes Ende für einen neuen Anfang.

ENDE

Mein Dank geht an

Peter,
der mich auf dem finsteren Pfad dieser Geschichte begleitet hat
und immer seine schützende Hand über mich hielt,
obwohl er am liebsten eine Axt geschwungen hätte

Daniela,
auch wenn es für dich unerträglich war,
hast du mir bis zur letzten Seite beigestanden

Gwen,
die ich auf halbem Wege verlor,
die aber jeden Stein in der Geschichte umgedreht hat,
damit ich sah, wo die Löcher sind

Christina,
der ich alles im Voraus erzählt habe,
damit sie mich vor dem kleinen Wahnsinn bewahrt

Greta,
die das Feuer zum Lodern brachte
und auf Umwegen zu meinem Rhythmus
und meiner Sprache fand

Corinna,
die mich immer wieder aus der Dunkelheit holt,
die mir ein Licht ist